意林

高票好文
GAOPIAO HAOWEN

名家妙笔，一苇以航

《意林》编辑部 编

吉林摄影出版社
·长春·

图书在版编目（CIP）数据

　　名家妙笔，一苇以航 /《意林》编辑部编 . -- 长春：吉林摄影出版社，2023.5
　　（意林高票好文）
　　ISBN 978-7-5498-5787-6

　　Ⅰ . ①名… Ⅱ . ①意… Ⅲ . ①散文集—中国—当代 Ⅳ . ① I267

中国国家版本馆 CIP 数据核字 (2023) 第 078960 号

意林高票好文・名家妙笔，一苇以航
YILIN GAOPIAO HAOWEN MINGJIA MIAOBI YIWEIYIHANG

出 版 人	车　强
主　　编	顾　平　杜普洲
责任编辑	王维夏
总 策 划	蔡　燕
统筹策划	许树平
设计总监	资　源
执行编辑	董　腾
封面设计	金　宇
美术编辑	岳红波
发行总监	王俊杰
封面供图	瑞景创意
开　　本	700mm×1000mm 1/16
字　　数	150千字
印　　张	8
版　　次	2023年5月第1版
印　　次	2023年5月第1次印刷

出　　版	吉林摄影出版社
发　　行	吉林摄影出版社
地　　址	长春市净月高新技术开发区福祉大路5788号
	邮　编：130118
电　　话	总编办　0431-86012616
	发行科　0431-86012602
经　　销	全国各地新华书店
印　　刷	天津泰宇印务有限公司
书　　号	ISBN 978-7-5498-5787-6　　定　价：20.00

版权所有　翻印必究
（如发现印装质量问题，请与承印厂联系退换）

目录

荒野的声音	张　炜	001
暴风雪后的马群	格日勒其木格·黑鹤	002
泉	贾平凹	003
神出鬼没的山	张晓风	004
河流日夜向两岸诀别	鲍尔吉·原野	005
珠子灯	汪曾祺	006
你来人间一趟，你要摘次月亮	花　凉	007
森林响了一夜	周蓬桦	008
人生到处都是马拉松	冯　唐	009
不忘露珠的寂静之味	舒　婷	010
恨月亮	李修文	011
心情不好时，到蔬菜地看看	李汉荣	012
蕨草一直在我家门前目送恐龙	李汉荣	013
创造月亮	张丽钧	014
交往的距离	马　德	015
植物猎人	莫小米	016
在蕉荫下睡午觉	周华诚	017
深山已晚	傅　菲	018
细读的妙处	肖复兴	019

目录

时　间	沈从文	020
肉身努力生活，灵魂"在野"流浪	周华诚	021
蚯　蚓	鲍尔吉·原野	022
潮　汐	周晓枫	023
春天的步调	刘亮程	024
苦　雨	傅菲	025
瀑布三千道	冯骥才	026
荒漠一夜	符浩勇	027
我只有一束鲜花	张炜	028
那一年的蟋蟀	庞余亮	029
雪落在雪里	鲍尔吉·原野	030
槐　花	季羡林	031
柳木拐杖	李汉荣	032
大　地	毕飞宇	033
采树鳔	张炜	034
船	苏童	035
千鸟会	张炜	036
花　园	汪曾祺	037
青山白发	林清玄	038
冬　花	贾平凹	039
留有余地	明前茶	040
陋　室	贾平凹	041

目录

麻雀冬恋	鲍安顺	042
养月亮	郭华悦	043
把一只鸟拢在手里	鲍尔吉·原野	044
骆驼刺	陈忠实	045
月光追过来	刘亮程	046
爱的本质是一种智慧	蒋勋	047
语言是一个美丽的陷阱	池莉	048
守岁	冯骥才	049
培养你的冠军精神	俞敏洪	050
你在大雾里得意忘形	铁凝	051
距离与美	朱光潜	052
买一亩大海	鲍尔吉·原野	053
最是花影难扫	迟子建	054
李商隐的雨	毕飞宇	055
丢失的月光	李汉荣	056
从容爬山	宗璞	057
星星缀满我的脸	傅菲	058
九月的云	毕飞宇	059
一起去看山	阿来	060
苔藓之美	梁衡	061
月色是最轻的音乐	傅菲	062
枕边的夜莺	迟子建	063

目录

向绿芽道歉	王鼎钧	064
美瓷不碎	刘心武	065
晤雨	池莉	066
美,永无尽头	周晓枫	067
生命的智慧	傅菲	068
池塘	贾平凹	069
一粒米的旅行	王太生	070
渐醒人	莫小米	071
头脑中的旅行	彭程	072
风雪夜归人	马亚伟	073
丝瓜与葫芦	李汉荣	074
教训一只鹰	秦建荣	075
命运的均值回归	岑嵘	076
有些事想起来湿润而美好	王太生	077
第一次背娘	刘俊奇	078
河对岸的星群	鲍尔吉·原野	079
蝉与毛鸡蛋	钟翰	080
片刻的光亮	曾颖	081
蝴蝶只七日	毕淑敏	082
一碗入梦	林清玄	083
理想里的那些飞蛾	罗西	084
没有人在春雨里哭泣	鲍尔吉·原野	085

目录

死线综合征	叶倾城	086
自己的真相	余秋雨	087
发芽的石头	石兵	088
欲 火	莫小米	089
炕和猫	张炜	090
人前不可有霉相	流沙	091
不要打扰妈妈的快乐	王章材	092
蝴蝶黄	王剑冰	093
往有光的地方去	杨澜	094
树瘤成就好木碗	明前茶	095
把弱点变成"根据地"	周国平	096
顶撞落日的牛	赵亚东	097
鹦哥的故事	张大春	098
鸟窠	贾平凹	099
风吹不断有根的树	zqlmyx	100
花打头	王太生	101
清明从雨滴里降落人间	鲍尔吉·原野	102
纸杯上的诗	陈更	103
人身上有多少泥	蒋子龙	104
盲 猫	曾舒倩	105
爹娘树	张金刚	106
你可知道,江南水多	陈更	107

目录

杜甫睡不着	陈 更	108
孤 老	爱玛胡	109
碗里的小太阳	毕淑敏	110
新手看树木，高手看森林	古 典	111
爱不超重	肖复兴	112
晴也须来，雨也须来	耿艳菊	113
山 音	秦碧薇	114
深 秋	鲍尔吉·原野	115
听 雨	陈 更	116
肚才与计较	商 略	117
我的无知和无能	李 娟	118
插花记	陈 更	119

荒野的声音

□张 炜

野物都是一些古怪的东西。我对它们的眼神怎么也忘不掉。

一只春天沙滩上的小麻蜥爬到高坡上，它一直在瞅我。小柳莺在柳絮里扑动，它也会忙里偷闲瞥瞥我，小眼睛真机灵。沙锥鸟在地上飞跑，故意不飞，一边跑一边歪头看人，想看看人有多大本事。林子里有一万种声音，只要用心去听，就会明白整个大海滩上有多少生灵在叹气、说话、争吵、讲故事和商量事情。人是听不懂它们的话的，所以只好去猜。猜它们的话就像猜谜语，有人猜得准，有人一句都猜不着。外祖母说一辈子住在林子里的人总能听懂一点，哪怕是只言片语也好。她说有个和自己年纪差不多的老婆婆懂鸟语，日子过得相当不错。

大海滩上的生灵包括树木花草，而不仅仅是能够奔跑和飞动的野物。树木让风把自己的声音送给另一棵树，送给人和动物。比如鸟儿啄一颗无花果，风就把四周白杨和梧桐的感叹传过去："可怜啊！惨啊！呜呜呜！"兔子啃着狗牙草，把长长的草筋抽断，四周的草都在诅咒："勒坏你的兔子牙！勒！勒呀勒！"这么多生灵一起咒骂，兔子吓得蹦起来就跑。

夜晚好像安静了。不，夜晚有一只鸟边飞边哭。还有一只母狐在抽抽搭搭抹眼泪，看着月亮祷告。花面狸一丝丝往斑鸠身边爬，到了最危险的那会儿，喜鹊掷出了一颗橡子，击中了花面狸的鼻子。鸟儿和四蹄动物都在暗影里警醒，时不时相互扔一支飞镖，那是小泥丸或沉甸甸的种子壳。两只上年纪的刺猬老姐妹坐在一截枯树枝上拉家常，一个说："我生第一个孩子奶水不足。"另一个说："我的小儿子手不老实，偷邻居家的水虫。"

林子里的夜晚，有的睡着，有的醒着；有的上半夜睡下半夜醒；有的整夜不睡。大海闹了一夜，白天睡。许多生灵都是大白天睡觉的。不少鸟儿和人一样，夜里用来睡觉。所以鸟儿和人差不多，都是太阳出来话就多起来。白天和夜晚的荒野不太一样，大概是分成了两半的。不同的野物与生灵分成两大拨儿，它们各自占据一个荒野。我们因为是人，基本上和鸟儿一伙，占住的是白天这个荒野。

我告诉好朋友壮壮："咱们属于白天，晚上就交给另一些家伙好了。"壮壮说："嗯，那都是一些坏家伙。"我没有立刻表示同意，因为我在想他的话对不对。我说："晚上也有好的家伙，比如猫头鹰和刺猬，比如我们家很早以前的那只猫。你爷爷晚上不睡时，也是好的家伙。"

壮壮没法反驳我的话，转而说别的。他忧愁的事情和我一样，就是上学。"到了那一天，我们就得被关到高墙里面，还不知是怎么回事哩。"他皱着眉头。我想了想说："反正谁也逃不掉这种鬼事。说不定上学也有一些有趣的事，谁知道呢。"他听了同样没有立刻反驳我。我知道，壮壮最近一年多来有些佩服我了。这是越来越了解我的原因吧。我很高兴。

走在林子里，我们谈了各种树木花草的脾气和特点。我重复了不少外祖母的观点，指着一大片紫穗槐说："别看它们长不高，可它们代表了荒野！"壮壮长时间看着，没有赞同也没有反驳。正在这时，远处传来了野鸽子的叫声："咕噜噜咕！咕噜噜咕！"壮壮凝神听了一会儿，转脸看着我说：

"这也是代表荒野的。我觉得这就是荒野的声音……"

我以前没有想过。真的啊！就是野鸽子的呼喊，才把海滩和林子变得更大了，大到没有边缘。我深深地赞同。

(图/熊LALA)

暴风雪后的马群

□格日勒其木格·黑鹤

我在不同的时节看过马群，但冬天的马群，一直让我难以忘记。

那个冬天，一场百年不遇的暴风雪从锡林郭勒呼啸而过，那就是牧民所称的白灾，无数牲畜不堪寒冷纷纷倒下。在草地这种广袤无边的疆域里，风与雪所挟带的自然力量轻易地主宰着原本脆弱的生命。

我进入草地时正是黎明，在灰蓝色的天空中，雪地一片苍茫，在极远处，由于颜色的相近，几乎无法分辨地平线的轮廓，天与地相接在一起。车在近一米深的雪中开出的道路上向前行驶。两边的雪地中几乎一无所有，扑面而来的只有没有任何感情色彩的白色，这也许是草原一年中最苍白的季节。无边无际的单调颜色让人昏昏欲睡。

终于，前方雪地中一个黑色的影子突然闪现，我的精神为之一振。随着距离越来越近，它的形象也显得越加清晰，如同一朵绽放在雪地中的黑色花朵。

当车驶近时，我看清了，那是紧紧地挤在一起的一群马。

车停下时，距离已经很近，但那些紧紧拥在一起的马群竟然没有出现任何骚动，依然低眉顺目地挤在一起，站在那里一动不动，似乎在同伴颈项间找到了寒夜之后温暖的慰藉。

尽管它们的长鬃和尾巴在风中轻轻飘扬，宣示着生命的活力，但我已经发现了有些异样，在这种寒冷的季节里，在马群的上空我没有看到由呼吸带来的白色的雾气。

草地里的朋友验证了我的猜测。这是一群已经被昨夜的严寒夺去生命的马，它们会一直站在这里，直到明年春天到来，冰雪解冻时，它们才会倒下。

我面前的马群，就是曾经在夏天绿色的大地上奔跑、交配、洗浴的马群，此时安详地伫立。我不知道那是锡林郭勒的凌晨几点，灵魂终于无法忍受寒冷的可怕侵袭，留下马匹正慢慢僵硬如岩石一样的躯体纷纷飞去。这就是暴风雪后的马群，只要看过一眼就永远无法忘记，在这些紧紧依偎在一起的，还散发着冰冷的牧草气息的身躯上，这种更接近半野生状态的马表情坚忍而平静。那只也许最早被生命舍弃的四腿细长的幼马紧紧地依偎在母亲的腹下，在它如湖冰般深蓝的眼睛里，我并没有看到一丝对风雪的恐惧。而它的母亲，正低下头颅，试着用嘴唇温暖自己的孩子。

它们就保持着这种姿势凝固了。

这是一组不屑风雪的雕塑。

也许你从没去过草地，或者从未真正理解冬天的含义，那么你就去看看那些马群，去冬天的草地看看那些死去之后仍然站立着的马群。它们在等待着你，像等待一个兄弟。看到它们，你会以为它们只是暂时歇息，随时准备再次驰骋大地。看到它们，你就会理解冬天就这样让大地铭记。

这些马群像经过雷殛之后的巨杉，依旧挺立，就这样站过整个冬季，直到春天，当牧草铺满大地时，才会像决堤的洪水一样訇然倒地。

草地上的朋友告诉我，在马群倒下的地方，牧草会丰茂无比，并会呈现出黑夜般沉稳的色彩。而且，只要你相信，在盛夏某个寂静的夜晚，你伏下身去，会听到，在大地的深处，回响着马蹄星群般翻涌的轰鸣。

（图／罗再武）

泉

□贾平凹

我老家的门前,有棵老槐树,在一个风雨夜里,被雷电击折了。家里来信说:它死得很惨,是拦腰断的,又都裂开四块,只有锯下来,劈成木柴烧罢了。我听了,很是伤感。

后来,我回乡去,不能不去看它了。

这棵老槐,打我记事起,它就在门前站着,我们做孩子的,是日日夜夜恋着它,在那里荡秋千、抓石头、踢毽子,快活得要死。

冬天,世上什么都光秃秃的了,老槐也变得赤裸,鸟儿却来报答了它,落得满枝满梢。立时,一只鸟儿,是一片树叶;一片树叶,是一个鸣叫的音符:寂寞的冬天里,老槐就是竖起的一首歌子。于是,我们就听着这冬天的歌。

如今我回来了,离开了老槐十多年的游子回来了。一站在村口,就急切切看那老槐,果然不见了它。夜里,我无论如何不能睡得,走了出来,又不知身要走到何处,就呆呆地坐在了树桩上。

小儿从屋里出来,摇摇摆摆的,终伏在我的腿上,看着我的眼,说:"爸爸,树没有了。"

"没有了。"

"爸爸也想槐树吗?"

我突然感到孩子的可怜了。我同情老槐,是它给过我幸福,给过我快乐;我的小儿更是悲伤了,他出生后一直留在老家,在这槐树下爬大,可他的幸福、快乐并没有尽然就霎时消失了。

"爸爸,"小儿突然说,"我好像又听到那树叶在响,是水一样的声音呢。"

唉,这孩子,为什么偏偏要这样说呢?是水一样的声音,可是水在哪儿呢?

"爸爸,水还在呢!"小儿又惊呼起来,"你瞧,这树桩不是一口泉吗?"

我转过身来,向那树桩看去,一下子使我惊异不已了:啊!真是一口泉呢!那白白的木质,分明是月光下的水影,一圈儿一圈儿的年轮,不正是泉水绽出的涟漪吗?我的小儿,多么可爱的小儿,他竟发现了泉。

"泉!生命的泉!"我激动起来了,想这大千世界,竟有这么多出奇,原来一棵树便是一条竖起的河,雷电可以击折河身,却毁不了它的泉眼!

我有些不能自已了。月光下,看着那树桩皮层里抽上来的嫩枝,是那么的精神,一片片的小叶绽了开来,绿得鲜鲜的,这绿的结晶,生命的精灵,莫非就是从泉里溅起的一道道水柱吗?

小儿见我高兴起来,他显得也快活了,从怀里掏出一撮往日捡起的鸟的羽毛,万般逗弄,问着我:"爸爸,这嫩枝儿能长大吗?"

"能的。"我肯定地说。

"鸟儿还会来吗?"

"会的。"

"那还会有雷电击吗?"

小儿突然说出的这句话,却使我惶恐了,怎样回答他呢?说不会有了,可在这世界里,我仅仅是一个小小的分子,我能说出那话,欺骗孩子,欺骗自己吗?

"或许会吧,"我看着小儿的眼睛,鼓足了劲说,"但是,泉水不会枯竭的,它永远会有树长上来,因为这泉水是活的!"

我说完了,我们就再没有言语,静止地坐在树桩的泉边,在袅袅起动的风中,在万籁沉沉的夜里,尽力平静心绪,屏住呼吸,谛听着那从地下涌上来的,在泉里翻腾的,在空中溅起的生命的水声。

(图/罗再武)

神出鬼没的山

□张晓风

如果我说"那些神出鬼没的山",你会以为我在撒谎吗?

古人用词,实在有其大手段,例如他们喜欢用"明灭"。像王维说"寒山远火,明灭林外"倒还合理。韦应物诗"寒树依微远天外,夕阳明灭乱流中"也说得过去。但像杜甫说"回首凤翔县,旌旗晚明灭"就不免有印象派的画风,旗帜又不是发光体,如何忽明忽暗?柳宗元的游记大着胆子让风景成为"斗折蛇行,明灭可见",朱敦儒的词更认为"千里水天一色,看孤鸿明灭",仿佛那只鸟也带着闪光灯似的。

你欲近不得,欲远不得,忽见山如伏虎,忽闻水如飞龙。你如想拿笔记录,一阵云来雾往,仿佛那性格古怪的作者,写不上两行就喜欢涂上一堆"立可白",把既有的一切来个彻底否认。一时之间,山不山、水不水、人不人、我不我,叫人不仅对山景拿捏不定,回头对自己也要起疑了。

同伴写生,我则负责发愣发痴,对于山水,我这半生来做的事也无非只是发愣发痴而已——也许还加一点反刍。其实反刍仍等于发愣,那是对昨日山水的发愣,坐在阳光下,把一路行来的记忆一茎一茎再嚼一遍,像一只馋嘴的羊。我想起白杨瀑布,竟那样没头没脑从半天里忽然浇下一注素酒,你看不出是从哪一尊壶里浇出来的,也看不懂它把琼浆玉液都斟酌到哪里去了。你只知道自己看到那美丽的飞溅,那在醉与不醉间最好的一段醺意。我且想起,站在桥墩下的巨石上,看野生的落花寂然坠水。我想起,过了桥穿岩探穴,穴中山泉如暴雨淋得人全身皆湿,而岩穴的另一端是一堵绿苔的长城,苔极软极厚极莹碧,那堵苔墙同时又是面水帘,窄逼的山径上,我拼命培养自己的定力,真怕自己万一被那鲜绿所惊所惑,失足落崖,不免成了最离奇的山难事件。

想着想着,忽觉阳光翕然有声,阳光下一片近乎透明的红叶在溪谷里被上升的气流托住了,久久落不下去,令人看着看着不免急上心来,不知它怎么了局。至于群山,仍神出鬼没,让人误以为它们是动物,并且此刻正从事大规模的迁移。

终于有人掷了画笔说:"不画了,算了,画不成的。"

其他几人也受了感染,一个个仿佛找到好借口,都把画笔收了。我忽然大生幸灾乐祸之心,嘿嘿,此刻我不会画画也不算遗憾了,对着这种山水,任他是谁都要认输告饶的。

负责摄影的似乎比较乐观,他说:"照山,一张是不行的,我多照几张拼起来给你们看看。"

他后来果真拼出一张大山景,虽然拼出来也不怎么样——我是指和真的山相比。

我呢,我对山的态度大概介乎两者之间吧,认真地说,也该掷笔投诚才行,但我不免仍想用拼凑法,东一角、西一角,或者勉强能勾山之魂、摄水之魄吧!让一小撮山容水态搅入魂梦如酒曲入瓮,让短短的一生因而甘烈芳醇吧。

(图/陈明贵)

河流日夜向两岸诀别

□鲍尔吉·原野

　　河流看到岸上的人，如同火车里的旅客所见的窗外的树，嗖就过去了。让河水记住一个人是徒劳的事情。河流像它的名字说的那样，一直在流。河流甚至流进黑夜里，即使没有星星导航，它们也在默默地流，用手扶着两岸摸索前进。无月的黑夜，哗哗的水声传来，听不出它们朝哪个方向流。仿佛河水从四面八方涌来，流入一口井。

　　河留不住繁花胜景。岸上的桃花单薄羞怯，在光秃秃的天地里点染粉红。枝上的红与白星星点点，分不清是花骨朵还是花，但河已流走，留下的只是一个印象。印象如梦，说没发生过亦无不可。马群过来喝水，河只看到它们俯首，不知到底喝没喝到水，河已走远。

　　河水流，它们忘记流了多少年。年的概念适合于人，如秋适合于草、春适合于花、朔望适合于潮汐。没有哪一种时间概念适合于河，年和春秋都不适合描述它的生命轨迹。河的轮回是石缝的水滴到山里的小溪再到大海的距离，跟花开花落无关。当年石缝里渗出的水跳下山崖只为好奇，它不知道有无数滴水出于好奇跳到崖下，汇成了小溪。它们以为小溪只是一个游戏，巡山而已，与小鱼蝌蚪捉迷藏。没承想，小溪下山，汇入了小河，小河与四面八方的河水汇合，流入浩浩荡荡的大河，它们知道这回玩大了，加入悲壮的旅程，走入不归路，归是人类的足迹，恐田园将芜。河水没有家园，它只灌溉别人的家园。河的家在哪里？恐怕要说是大海，尽管它尚没见过海。如果把河比喻为人，它时时刻刻都在诀别，一一别过此生此世再也不会见到的景物。人看到门前的河水流过，它早已不是昨日的河水。

　　今日河水与你也只有匆匆一瞥，走了。没有人为河送行，按说真应该为河送行。河水脉脉地、默默地，夜里则是墨墨地流过，无人送它一枝花。河有故乡吗？河只记得上游。上游是它的青年、少年和童年，而这一个当下它还在上游。下游有多远，不是五里地、十里地，那是天际，是可以流去的一切地方，那里不是空间，是时间。

　　佛法常常劝人想到死亡。死亡不光是一个生命的终结，还是一块磨石、一个巨大的譬喻、一面镜子或召唤，是集合地点和最真实的存在。如果"存在"这个词具备实在的含义，说的即是死亡。死亡蹲在遥远的天边，人一步一步叩拜它，事实上，它就在人的身边，和人一起到达天边。

　　如果不以肉体做生命的唯一，人与万物的死死生生从没有过停歇，生死不曾对立而在相互穿越，这里面不包括被贴上标签的"我"。

　　河水有我吗？正像河水不会死亡，干涸是蒸发与渗入泥土，而非死亡。水在河里不停翻转，水分子时时与其他水分子组合成波浪或镜子般的平面。浪涛一秒之后化为其他浪涛，只有势，而无形。水没有记忆，没有历史欠账，没有荣辱，清浊冷暖高下缓急对河流无所谓，它所有的只是一张长长的河床。

　　阳光每每给河水披上黎明的金纱，太阳落山之前到河里洗浴。河水如奔跑的野火，贯通大地。河水上飘过稻花之香、熟麦之香。河水给山洗脚，于高崖晾晒雪白的瀑布。河水每到一处记忆一处，记忆山包括山上的一朵小花，记录天上与水面的星座。

　　河水深处，鱼群如木梳从河的肋边梳过，水草在河底盛开暗绿的花朵。河水告别了山顶的弯月，告别了软弱的炊烟，告别鸟群。此时牧童在河面写字，羊群用鼻子闻河水的气味。河流穿过桥梁为它搭建的凉篷，穿越容易迷路的沼泽。河水于宽大处沉睡、狭窄处唱歌，河水的前方差一点点就汇入天上的银河。河水每时每刻都与岸上的一切诀别，以微微的波浪……

（图/HHYM）

珠子灯

□汪曾祺

这里的风俗，有钱人家的小姐出嫁的第二年，娘家要送灯。送灯的用意是祈求多子。元宵节前几天，街上常常可以看到送灯的队伍，姑娘、媳妇走出来，倚门而看，且指指点点，悄悄评论。这也是一年的元宵节景。

一堂灯一般是六盏。四盏较小，大都是染成红色或白色而画了红花的羊角琉璃泡子。一盏是麒麟送子：一个染色的琉璃角片扎成的娃娃骑在一匹麒麟上。还有一盏是珠子灯：绿色的玻璃珠子穿扎成的很大的宫灯。灯体是八扇玻璃，漆着红色的各体寿字，其余部分都是珠子，顶盖上伸出八个珠子的凤头，凤嘴里衔着珠子的小幡，下缀珠子的流苏。这盏灯分量相当重，送来的时候，得两个人用一根小扁担抬着。

这是一盏主灯，挂在房间的正中。旁边是麒麟送子，琉璃泡子挂在四角。到了"灯节"的晚上，这些灯里就插了红蜡烛。点亮了。从十三"上灯"到十八"落灯"，接连点几个晚上。平常这些灯是不点的。

孙家的大小姐孙淑芸嫁给了王家的二少爷王常生。她屋里就挂了这样六盏灯。不过这六盏灯只点过一次。

王常生在南京读书，思想很新。订婚以后，他请媒人捎话过去：请孙小姐把脚放了。孙小姐的脚当真放了，放得很好，看起来就不像裹过的。

孙小姐是个才女。孙家对女儿的教育很特别，教女儿读诗词。除了《长恨歌》《琵琶行》，孙小姐能背全本《西厢记》。嫁过来以后，她也看王常生带回来的《迦茵小传》《茶花女遗事》，两口子琴瑟和谐，感情很好。

不料王常生在南京得了重病，抬回来不到半个月，就死了。

王常生临死对夫人留下遗言："不要守节"。

但是说了也无用。孙王二家都是书香门第，从无再婚之女。改嫁，这种念头就不曾在孙小姐的思想里出现过。这是绝不可能的事。

从此，孙小姐就一个人过日子。这六盏灯也再没有点过了。

她变得有点古怪了，她屋里的东西都不许人动。王常生活着的时候是什么样子，永远是什么样子，不许挪动一点。自从王常生死后，除了过年之前，她亲自监督着一个从娘家陪嫁过来的女佣人大洗一天之外，平常不许擦拭。

她病了，说不清是什么病。除了逢年过节起来几天，其余的时间都在床上躺着，整天地躺着。除了那个女佣人，没有人上她屋里去。

她就这么躺着，也不看书，也很少说话，屋里一点声音没有。她躺着，听着天上的风筝响，斑鸠在远远的树上叫着双声，"鹁鸪鸪——咕，鹁鸪鸪——咕"，听着麻雀在檐前打闹，听着一个大蜻蜓振动着透明的翅膀，听着老鼠咬啮着木器，还不时听到一串滴滴答答的声音，那是珠子灯的某一处流苏散了线，珠子落在地上了。

女佣人在扫地时，常常扫到一二十颗散碎的珠子。她这样躺了十年。

她死了。

她的房门锁了起来。

从锁着的房间里，时常还听见散线的玻璃珠子滴滴答答落在地板上的声音。

（图/木木）

你来人间一趟，你要摘次月亮

□花 凉

我读初三的那一年，十三四岁，那个时候我听不懂化学课，我们家旁边开了几家租书店，一本书一天一毛钱，我花了五六块钱，在初三的化学课上，看完了琼瑶的六十部小说。

当然只能是偷偷地看，那个时候的老师和父母一样，热衷于收缴压在课本下的课外书，我小学的时候便被收缴过一本《一千零一夜》，到了高中已经练就了一身好本领，能在被老师发现之前迅速地把课外书藏起来，想再收缴我的课外书，门都没有。那个时候的我，也会偷偷地编织一些故事，晚上完成作业之后的台灯下，拿出本子像模像样地写着自己心中的故事。

坦白地说，在那个以学业为重，还是应试教育的时期里，我所做的一切，都被父母和老师，冠以"不务正业"的名号。

爸爸曾在我抽屉里发现一张张手写的言情故事时勃然大怒，呵斥着我："你再这样不务正业迟早会毁掉的，你以为自己真能写出来什么东西吗？"

当然，我说这些，并没有责备父母或者老师的意思，我能理解他们，因为同一些特殊的道路比起来，他们更愿意我们安安稳稳地，走上那条大多数人会走的较为平坦的道路。

有时我会收到一些年轻的男孩女孩的私信或是留言，他们和当年的我一样，有着同样的期冀与憧憬，也有着同样的困惑与迷茫，有人说"我一直都有着自己的文字梦，希望有一天也能发表自己的小说"。

我想说的是，当你们写下这些的时候，你们应当知道，自己是幸福的。因为在这短暂的生命中，你们找到了自己的月亮。它挂在你的窗前，遥远又明亮，它让你对明天怀有期待，让你有想要努力的方向。你要做的，就是踮起脚来，努力地触碰这轮月亮。

在第一篇小说发表之前，我有三个月的退稿期。我记得那时候我通过网络认识一个同样刚刚开始写文的姑娘，我们在写稿的深夜里互相鼓励，在收到退稿信的时候互相安慰，约定坚持到三十岁，我们当然没有等到三十岁。如今我二十四岁，离第一篇文章变成铅字已经过去了六年，六年里当然有过迷茫与疲惫，有过压力与焦躁，有过怀疑与懈怠，但因得心中的这点明月光，我都知道，我不会放弃写作。

它给过我太多温暖，给过我太多慰藉。它让我不管在现实生活中遇到怎样的伤痛与挫折，都有港湾可躲避。它让我仍怀有天真与热忱，仍相信理想与爱。

如今我有机会在专栏中写下这些话，同你们分享这些人生的过往，我想对自己说声谢谢，谢谢当年那个在深夜里揉着眼眶，小心翼翼地将文档粘贴进邮件里，再满怀期待地按下发送键的少女，谢谢她坚持了下来。并且会继续坚持下去。

电影《超凡蜘蛛侠》里，女主角格温在毕业典礼上说过这样一段话："我们总以为青春是永恒的，实际上并非如此，生命的价值恰恰在于它并非永垂不朽，生命因有限而可贵。现在的我更能体会到这一点，我之所以要说这些，是想提醒大家，生即幸福，不要浪费生命为别人的想法活，要活出自己的意义，为你珍视的事物奋斗，心无旁骛，即使最后未能如愿，至少我们曾精彩地活过。"

你来人间一趟，你要摘次月亮。

（图/张翀）

森林响了一夜

□周蓬桦

其实，白天的森林是没有声音的——夏天过去，秋天来了，阳光懒懒地照着空地上的干草，空气中弥漫着一种野蘑菇味，周围的一切都是静静的，可以听见蜥蜴在草间爬动，可以听到血管一样细小的流水从树身上滴落。有一次，我捧起一把腐殖土放到鼻端嗅闻，一股古怪浓郁的腥气，胃里的酸水呕吐出来。但当我把这捧土放到阳光下一晒，竟然很快转化为松木的香气，令人觉得妙不可言。

我猜想，那是动物们的精魂被阳光逼跑了，跑到了某一株树上继续躲藏。

常常，在整整一个白天，我都背倚着一棵高大的水杉，享受森林的宁静，我的脑海里幻化出各种美好的往事：江南小镇的窗户，一张美丽女子的脸颊，木阁楼上方满天的星光，咯咯的笑声在黑暗中比蒲草还暖。那有着一双美眸的女子究竟是谁呢？我搜肠刮肚地检索回忆，却最终不得要领——名字忘了，细节忘了，过程也忘得差不多了。隐约记得，她的额头闪烁着一丝雪花的高冷，她的手指细腻、孤独而柔软，握在手里，像一条可怜巴巴、刚刚出生的小蛇；她的话语在深夜，像盛开的凌霄花一样生动悦耳，让窗户变白发亮。哦，那是多么久远的事情。

后来我想，可能是我实在太贪恋这林中的寂静了，上帝便让我拥有另外一番体察——在那个秋天的下午，我背倚树身陷入睡眠，山风骤起将我吹醒，我起身伸了个懒腰，在林间踱步，黄昏来临，林中的夕阳像火一样燃烧。我饿了，就在腐败的草堆里捡拾野果，很快捡到几只红透的落地沙果，还有三只猕猴桃、两只半生不熟的黑梨和一些野山芹菜，奇怪的是肚子也不怎么饿，仿佛吸一口空气就饱饱的了。我忍不住在心底大叫一声："让我寂静下去吧，像寂静本身！"我衣衫不整，一脸胡子拉碴，满嘴胡言乱语，说些不着边际的话，自己也不走心，让其随风飘散。渐渐地，记忆已然丧失，语言开始退化，视力呈现模糊，而我的听觉则异乎寻常，能听到死寂的森林中发出的微小响动——松鼠摇动尾巴、蚂蚁遭遇水灾、果球突然爆裂、露珠滚落在地……世界上什么是大事情？对我而言，这些事情就是。

但是，黄昏过后，夜幕降临，在深深的夜晚，我开始听到树枝与树枝在互相摩擦；虎狼之间在争斗残杀；我听到一向善良的梅花鹿在合谋让一只山狸落入猎人设置的陷阱……我的情绪坏透了。就这样，风吹了一夜，森林响了一夜。

后来，冬天到了，十一月份，白山突然下了一场大雪，我被冻僵在林中的树桩上，身体动弹不得，但勉强还能呼吸，更加奇怪的是，还能听到林间的各种喧嚣。风呼啸着掠过山林，雪一场接着一场，我能明显地感受到自己的身体渐渐变凉，被风雪敷了一层冰甲，越裹越厚。好在，我还能看到眼前的河流和悬崖，凭借残存的记忆，靠每天数算从山上滚落多少石头过日子。那些石头大小不一，从山崖落到河里。比如，腊月初六，从山上落下五块石头，其中一块重达五十公斤左右；正月十八，从山上滚落七块石头，砸死了刚好路过的两只狍子；阳历三月，从山上滚落一片碎石，数目不清，连带着一株弯曲的酸枣树自山顶飞落……春天，碎石滚落之后，一股清冽的气息扑面而至，我抖了抖僵硬的身体，脑海里跳出一个字眼：哦，春天！河流解冻，群鸟飞过，大地和山峦呈现起伏的曲线。

我融化了，抖落身上的冰屑，歪歪斜斜地走出了森林。

（图/蝌蚪猫）

人生到处都是马拉松

□冯 唐

我第一次知道你是个什么东西的时候，我就认定，你是地球上有史以来最无聊的运动。

所以我在高中的时候就断定，马拉松和我没有任何关系。

我四十岁之后的某一天，忽然遇上一个很帅的瘦子，我叫不出他的名字。他说，我是阿信啊，我们曾经是同事。我使劲想，你原来不是个胖子吗？他说，我跑了很多马拉松，然后我每次过海关都要解释，护照照片里的胖子其实就是我。后来莫名其妙反复见到阿信，他每次都说马拉松，我实在烦了，定下一条原则，每次只给他十分钟说长跑这件事儿。阿信每次被硬性阻止的时候，眼神迷离，不知道眼睛该往哪儿放，不知道舌头该往哪儿去。

2015年的5月，我一个中学的朱江师弟赞助了一个要在一百天里连续跑一百个马拉松的疯子陈盆滨，风雨无阻，从广州跑到北京。师弟说，好多疯子都陪他跑了，你也陪他跑一程吧。我想也没想，就说，好。我好胜心作祟，心想，不能丢脸。我不知道陪跑可以从三公里到全程都行，以为既然跑了，就是全程。于是和阿信说，救我，我只有两个月的时间，告诉我如何训练。

阿信用了少于十分钟的时间给我安排了一个训练计划，安排快递给我送了一块运动手表、几件跑步衣服和一个心率带。他说，时间短点，但是你天赋异禀。

我穿了跑步衣裤、我戴了跑步手表、我勒上心率带。第一个五公里在北京龙潭湖，绕湖一圈二点七公里，我跑了接近两圈，第一个十公里在厦门，海边跑道平坦，周围标语都似乎为了对岸能看见，十公里，我竟然跑了只有一小时。第一个三十公里在北京奥森公园，大圈跑了三圈，三十三公里，我瘫在公园门口，一心想死。带我跑的宋海峰说，你可以跑全马了。

从河北地界开始，和陈盆滨跑了半马，跑到延庆境内的山里，他问，你还跑吗？我说，谢谢你陪了我二十公里，你放开跑吧，我到最后五公里陪你。

我第一个全马是在法国波尔多跑完的，领完奖牌和一瓶胜利酒，我坐在马路牙子上，慨叹生不如死。旁边一个小孩子拿着手机狂打电子游戏，偶尔斜眼看我，我听见他的心里话："你傻啊？"

我忽然坦然，我心里想和他说的是，我忽然明白了，人生其实到处都是马拉松，特别是在最难、最美、最重要的一些事情上。

比如，职业生涯。我第一份工作是麦肯锡管理顾问，我工作了两年之后，第一次到了升项目经理的时候，没升上去。我导师安慰我说，职业生涯是个马拉松。我知道他和所有失败的人都这么说，但是我跑完了全马之后，回想起他的话，我认为他是对的。很多时候，短暂的起伏并非人力所能控制，诚心诚意，不紧不慢，做心里认为该做的事情，是最正确的态度。

比如，爱情。相遇不易，珍惜不易，但是更难的是相遇之后，不能珍惜之后，还是念念不忘，心里一直祝福。

人生苦短，想不开的时候，跑步，还想不开，再多跑些，十公里不够，半马，半马不够，全马。

(图/陈明贵)

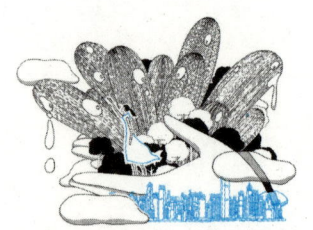

不忘露珠的寂静之味

□舒 婷

不经意从一部日本畅销小说里读到："所谓风流，就是不忘露珠的寂静之味。"仿佛此时才觉得聚蚊如雷的市声，汹汹扰扰难以忍受，随即起来关窗。

有一条美丽的河流被一支动听的民歌传颂着。老师带孩子们来到河边写生，孩子们问："老师，河在哪里？"老师流了眼泪。小时候他就在这河边摸鱼扑水练狗刨式，母亲挽着裤管淘米捣衣，河风送着整整一列船队。现在他的学生们看到的仅是一道小泥沟，连芦苇都渴死了。

天然湖泊也在被迫精简机构，由于地下水位的迅速降低，由于污染，由于填滩盖疗养院；瀑布都有了管教，平时野性全无，被引去耕地发电。上级领导来了，才开闸放松辔头，暂现片刻龙腾虎跃的真身。如此观瀑布，跟看马戏团表演差不多。尤其当你听说，放两个钟头的水，将损失五千块钱，你便觉得那白花花流的都是银子，因而很是心疼。

游湖和观瀑毕竟不是日常生活，赞叹罢了，人都回到钢筋水泥的城市迷宫里。浩渺的水，洛妃的水，大禹的水，"细雨轻烟"的水，"疑是银河落九天"的水，水的神话，水的霓裳彩衣，水的冰清玉洁，都被人类一一解构。水的分子式是H_2O，水源来自四通八达的管道，带着铁锈和漂白粉味儿。矿泉水、纯净水、太空水，水的乱世家族被温温吞吞封存在塑料瓶子里，随人们去旅行。谁敢"拨开青苔喝山泉"呢？

大清早开了重重铁门，送孩子穿过城市去上学，不觉得缺了什么。夜半应酬或下班回来，半幅裙裾沾了尘灰是有的，但不会被打湿。和情人在马路上散步，如果鞋尖泅潮，不是刚过了一辆洒水车，就是谁家的污水泼到街上来。直到有一天，在菜市场上看到地摊上叫卖的塑料玫瑰，伧俗的染色花瓣上，竟然粘着几粒透明小球。只是在这个时候，才相信人们还没有完全忘掉这个叫作露珠的小精灵。

永远不会滚动，永远不会干涸，永远不会作"鲛人泣"和"风度欲成津"的廉价树脂露珠儿！

玫瑰、茉莉、紫罗兰，需要什么香味均可招之即来，因为香精的品种越来越齐全。炎热的南方，人们买门票租棉大衣，参观室内冰雕，用人造雪堆雪人，孩子们以为，南极就是建在公园里的一座冰库。商人懒得精心复制露珠，因为它在工业社会里无从依附。甚至诗人也不再以露水蘸笔，生怕读者说他文艺腔，好酸。

什么都可以仿造，就连生命都可以原版克隆。但露水的寂静之味，却是无法模拟、无法拼凑的。露珠的凝然和滴落，是日月精华，在荷之上，在芝草之间，寂静悠远。其幽秘其清凉其浓淡深浅，都不是眼睛可以企及，耳朵可以捕捉，嘴唇可以品尝的。

我们可以放弃宫槐、板桥和马蹄声，但损失不起朝露与夜霜、梦想的绿地和传说中的原始森林。在肉体囚困、灵魂日渐干枯的今天，我们怀念露珠的寂静之味，以赎罪愧疚的心情。

（图/孙小片）

恨月亮

□李修文

正月十五，元宵节，我和小蓉，我们离开了镇子，要去她的村子里偷青——此地的风俗是，元宵，趁着月黑风高，年轻人一定要化身为盗贼，前往相熟人家的菜地，管它白菜、萝卜还是豆苗，偷了就走，绝对不会有任何后患。不偷青的小伙子，娶不上媳妇；不偷青的姑娘，嫁不出去。唯一需要讲究的是，偷盗的对象一定要相熟，最好是没出五服的亲戚，如此，偷青和被偷青的人才不至于伤了和气。

入夜之后没多久，大风呼啸而来，将整个镇子笼罩。稍后，天上飘起了雪子，砸在玻璃窗上，发出清脆的声响。这时候，小蓉却来敲我的房门，迟疑了再三，她还是告诉我，她想回村子里去偷青。偷青于她，何以如此重要？她沉默了一小会儿，对我说，在外打工的三个弟弟，还没有一个娶上媳妇。他们好几年都没回来，自然地，好几年都没偷青了，所以，为了他们娶上媳妇，她年年都偷青。

一定要去吗？雪子越变越粗粝，夜幕越来越深不见底，我问小蓉。小蓉想了想，还是对我点头。既然这样，我便对她说，我跟你一起去。我套好外套，穿上鞋，又找了一只手电筒，然后，拉扯着她便往外面走。

镇子外面的山野里，原本就遍布着深深浅浅的沟壑，现在，因为修公路，那些沟壑一直延伸到了镇子里唯一的那条街结束的地方，连日里阴雨的关系，沟壑里全都是积水。跟随着沟壑，又绕过了沟壑，没想到的是，尽管我们如此谨小慎微，可是，当我跨过一道沟壑，刚刚伸手去搀小蓉过来，脚底下的一小块沙土松动，我硬生生摔倒在地。仓促之下，手电筒脱手而出，转瞬间便落入了沟壑里的积水中。这下好了，满世界只剩下了黑暗。

我们被困在了"一线天"，小蓉说：当地的人们过这"一线天"只有一个法子，那就是跑过去，不要命地跑过去。好吧，那么，小蓉，我们还等什么呢？让我们跑起来吧——于是，我们奔跑起来。也不知道怎么了，一路上，横生的枝杈被我们轻易地推开了；挡路的石头被我们轻易地跳过了；也就是在此时，大地上的微光突然变得亮堂起来，但是，我并没有抬头，而是低着头，继续向前跑，我知道，月亮，月亮出来了，我们受苦了，它也受苦了。我们终将跑出这命定的深谷，就像它，终将高悬在整个人间的头顶。

月亮出来了。大地上的一切，全都变得亮堂了。在"一线天"之外的田埂上，我和小蓉，都没有说话，各自驻足不前，各自张大了嘴巴去喘息，看上去，却又不只是喘息：我们张大了嘴巴，简直就是想要一口吞掉目力所及的全部——山冈和丛林，沟渠和村庄，对了，还有菜地，那些被篱笆看护起来的白菜、萝卜和豆苗，全都跟我们一样，刚从天牢里挣脱出来，它们受过的苦，足以令它们安安静静。看着看着，我也变得像它们一般安静了，和小蓉一起，在田埂上坐下，就好像，两只野兽终于可以舔舐自己的伤口了，又好像，世间的受苦人终于来到了自己的收成身边。

在田埂上歇息了一小会儿之后，我和小蓉对视一眼，她笑着，我也笑着，我们站起身来，连商量都不用，面朝着村庄，面朝着白菜、萝卜和豆苗，开始了不疾不徐的奔跑——是啊！到了这个时候，我们再也用不着狂奔了，你看，村庄伸手可及，菜地伸手可及，小蓉的弟弟们，他们的婚事也伸手可及，再说了，只要月光高高在上，一切就都来得及。

（图/木木）

心情不好时，到蔬菜地看看

□李汉荣

你若遇到想不开的事情，一定要想开，千万不可对着身边的绳子啦、刀子啦，触景生情甚或一念之差，竟把它们套上或架上脖子，千万别啊，想开些，再想开些，有什么想不开的呢？

万一还是想不开，我建议你出去走走，就跟着我，一同到蔬菜地里走走，坐坐，看看。

好，咱就坐在田埂上，和蔬菜面对面，你看，蔬菜也在看我们呢。

你看啊，你就好好看看这些蔬菜。

你以为这被埋没的土豆，就真的埋没了，会在埋没它的土里苦闷自杀？

不，哪会啊？在被埋没的日子里，正是生长的好日子，土豆在暗暗使劲长呢。

你以为西红柿被谁的风言风语气红了脸，肺都气炸了？怎么会呢？那是人家高兴，西红柿的想法就这么简单和坚定：只要住在土地的家里，就没有什么不高兴的。

它经常为又一次能看见阳光高兴到狂喜的程度。

你当然不会偏执地以为葫芦把自己挂起来是在上吊自尽，从古至今，从来没出过这样的闷葫芦。乐天达观、心胸宽广的葫芦，总是沿着春天的线索，尽可能把自己挂到一个合适的位置，当然，最好是挂在月亮经过的那扇窗口。

嗨，你看见菠菜了吧，屎尿都往人家身上泼，这下脸没处放了。

可是，人家菠菜不这样想，泼吧，屎尿们，庄子曰："道在屎溺"，屎里有道，屎里有营养。在屎尿们的污蔑和丑化下，菠菜却长得更体面，出落得更漂亮了。

你再看刚刚被刀割过的韭菜，你以为它从此完了？完了的是它的旧我，在刀痕里，它获得了新生。什么是绝处逢生，什么是向死而生？这死而复生、不断新生的韭菜，在给我们一次次耐心地讲解生与死的辩证法。

你看这包包菜，上面有虫咬过的口子，多厉害的虫的牙齿。但是，人家包包菜并不为此绝望和诅咒，或者心里从此就充满对世界的仇恨。不，人家包包菜有度量，也有方法。它谨慎地关上一扇扇窗和一扇扇门，保护着自己那颗清纯的心。虫眼不是季节的句号，它该怎样生长还是怎样生长。

至于那些虫眼和伤痕，倒成了它无公害、无毒素的显著标志。有经验的人都会说，能被虫虫看上，能容得下虫虫，说明这棵菜心地善良，清香可口，能养虫，肯定也养人。

那些躺在地上的西瓜啊、南瓜啊、冬瓜啊，绝不是因为没有被挂在高处或没有被摆在显眼的位置，而颓废而厌世而气急败坏而在地上打滚撒泼，不，它们天生是一群快乐的傻瓜，也是一群大智若愚的傻瓜，更是一群多情的傻瓜。

它们憨憨的外表下面，是随遇而安的好脾气，是宽厚能容的心，在它们宽厚的心里，洋溢着充沛的情感和鲜美的思想。

你再往远处看：

甘蔗在本没有糖甚至有些苦涩的土里，酿造出糖来。

花生在根本就没有花生的地方，长出花生来。

辣椒在冰凉幽暗的土里，硬是把火焰捧了出来。

含辛茹苦的玉米，此时把娃娃们搂在怀里、扛在肩上，成长的娃娃在安慰着慈爱的妈妈……

看着，看着，你渐渐眉宇舒展，脸色也开始变得清朗。当然用不着我说什么了。

该说的，蔬菜们都说了，远处的庄稼们也给予了必要的补充。

无言的植物，在向我们讲授着大地的哲学、生存的美学和成长的营养学。

（图/木木）

蕨草一直在我家门前目送恐龙

□李汉荣

六千万年前的一个黄昏,恐龙集体失踪。

地球浑然不觉,海水依旧傻乎乎地蓝,群山依旧肃立,保持着白垩纪的身姿和风骨。

上苍连眼睛都没眨一下,只有蕨草知道出事了。往日,往年,往世纪,蕨草一直是某类精英、某种著名成功人士——后来被命名为恐龙的特供食物。

蕨草养活了这庞然大物,也目睹了这庞然大物是如何遭了灭顶之灾,彻底完蛋的。

你可以想象这样的场景:两亿多年前,蕨类和其他众多植物,把地球打扮得葱茏如茵,如碧毯、如绿海,恐龙、飞龙、鱼龙、始祖鸟和它们的众兄弟粉墨登场,奔跑着、追逐着、吼叫着、欢呼着。原始的大地上,生命,上演着粗犷的合唱。

忽然,灾难自天而降,山崩地裂,生灵哭泣,沧海凝固成山岳,高陵下陷为深谷,英雄们还没来得及转身,就已纷纷倒下,连背影也没留下。

被英雄们反复践踏、蹂躏、蚕食和伤害的植物们,覆盖了英雄们的尸骸和坟墓。

它们一如既往地担当起复活大地、绿化荒原的天职。

它们仍然像最初那样,柔弱而谦卑地,匍匐于地母胸前,扎根于群山之间,在阴湿卑微之地,默默地续写大地的葱茏史诗。

就这样,从两亿多年前,它们一路走啊,走啊,目睹了无数次地质变迁和物种们轮番上演的喜剧和悲剧,它们锯齿形的书签,一直夹在地质史和生命史最为晦涩费解的段落,向懵懂的时间反复提示着悲怆的含义。

从两亿多年前,它们一直锯啊锯啊,走啊走啊,它们葱翠的脚步覆盖了无数英雄的骸骨和坟墓,覆盖了我们有限的智力和想象力,无法理解和想象的无穷往事和无边荒原,覆盖了那只有经过充分覆盖才能最终被猜想的一切。

它们葱茏的步履,走啊走啊走啊,一直走到我老家的门前。

今天早晨,在我家乡李家营,我轻轻推开老屋的木门,在门外小路,我低下头,就看见父亲的菜园旁,路边石缝里,从汉朝以及从更久远的源头流来的溪水边,长满了柴胡、灯芯草、麦冬、鱼腥草,还有那深蓝色、锯齿形的蕨草。此时,它正向我招手,是诚恳谦卑的手势。

我忽然想到:亿万年前,恐龙们也曾看见这样的手势。

——这就是蕨的简史。

中午,我吃着母亲做的好吃的蕨粉,我想着一个不太好想的问题。无疑,人类是现今地球的霸主、精英和成功人士,也即现代恐龙。

那么,蕨,这古老的植物,这时间的见证者,沧海桑田的目击者,你究竟能陪我们多久呢?或者,我们究竟能陪你多久呢?

此时,正午的阳光照在老屋前的菜园,闪烁着三亿年前的那种炫目光斑。

父亲正在菜园锄草、培土、浇水,白菜、芹菜、葱、菠菜、莴笋们长势良好。

母亲在菜园旁边长满蕨草的小路上,拄着拐杖看着菜园,慢慢地来回踱步。

看着母亲的身影和一明一暗的蕨草,我心里有一种暂且的安稳。

我且安于这有母亲、有父亲的日子。

我且安于这一碗蕨粉、一盘素食、一身布衣的日子。

门外,那蕨草,从我家老屋门前的小路旁、菜园边、溪流畔,一直向远处葱茏着,汹涌着,蔓延着,漫向大野,漫向远山,漫向苍穹,漫向时间尽头……

(图/蝈蕙猫)

创造月亮

□张丽钧

唐传奇当中,有这么三个小故事,叫作《纸月》《取月》《留月》。"纸月"的故事是讲有一个人,能够剪个纸的月亮照明;"取月"是说另一个人,能够把月亮拿下来放在自己怀里,没有月亮的时候照照;至于"留月",是说第三个人,他把月亮放在自己的篮子里边,黑天的时候拿出来照照。

我被这样的故事折服了。

自然惊叹古人想得奇,想得妙,将一颗围绕地球运行的冷冰冰的卫星想成了自我的襟袖之物;更加慨叹那不知名的作者"创造月亮"的非凡立意。不由得想,能够作出如此想象的心,定然无比澄澈清明。那神异的心壤,承接了一寸月辉,即可生出一万个月亮。

不禁叩问自己的心:你是不是经常犯"月亮缺乏症"?晦朔的日子,天上的月亮隐匿了,心中的月亮遂也跟着消亡。没有月亮的时候,光阴在身上过,竟有了鞭笞般的痛感。

"不是我在过日子,而是日子在过我。"我沮丧地对朋友说。回忆着自己走在银辉中的模样,是那样诗意盎然,但今天的手是绝难伸进昨天——我够不着浴着清辉的自己。这座城市里有一个冷饮馆,叫"避风塘"。

我路过了它,却又踅回来,钻进去消磨了一个寂寥的下午。

赚去我这整个下午的,是它的一句广告词:"一个可以……发呆的地方。"灰暗的心,不发呆又能怎样?

我常常想,苦的东西每每被我们的口拒绝,苦口的药,也聪明地穿起讨好人的糖衣服。苦,攻不破我们的嘴,便来攻我们的心了。而我们的心,是那样容易失守。

苦,在我们的心里奔突,如鱼得水。可以诉人的苦少而又少,难以诉人、羞于诉人的苦多而又多。忧与隐忧不由分说地抢占了我们的眉头和心头。夜来,只有枕头知道怀揣了心事的人是怎样辗转难眠。世界陡然缩小,小到只剩下了你和你的烦恼。白天被忽略的痛,此刻被无限放大,心淹在苦海里,无可逃遁。这时候,月亮在哪里?天空没有月亮,心空呢?

想没想过,剪个纸的月亮给自己照明?

创造一个月亮,其实是创造一种心情。痛苦来袭,我们习惯浩叹,习惯呼救,我们不知道,其实自我的救赎往往来得更为便捷,更为有效。

唐山大地震的时候,有个女孩掩埋在废墟下达八天之久,在那难熬的日日夜夜里,她不停地唱着一段段的"样板戏",开始是高声唱,后来是低声唱,最后是心里唱。

她终于幸存下来。她不就是那个剪个纸月亮给自己照明的人吗?劝慰着自己,鼓励着自己,向自己借光,偎在自己的怀里取暖。

这样的人,上帝也会殷勤地赶来成全。

人的生命历程,说到底是心路历程。善于生活的人,定然有能力剪除心中的荫翳,不叫它滋生,不叫它蔓延,给月亮一个升起的理由,给自己一个快乐的机缘,揣着月朗月润的心情,走在生命绝佳的风景里。

(图/蝌蚪猫)

交往的距离

□马 德

交往的质量在于距离。

在友谊的框架内,你第一个想起的人,一定是最好的朋友。当然,他若第一个想起的也是你,那么,你俩一定是两心相悦的至交。

你会发现,你与那个一辈子都要好的朋友之间,是有距离的。这个距离,不远,也不近,不疏,也不密,是一颗心对另一颗心的不绝欣赏,是一段情对另一段情的永久仰望。

交往过度其实是很致命的。这有点儿像吃饭,无论多么顺口的珍肴,也是不能总吃的。胃不会感知什么,但一颗敏感的心,早已变得挑剔、厌烦。人的感情亦如此,交往到了这时候,极平常的一句话,极微小的一件事,都会引起交往的一次海啸。

是的,山珍海味也有吃腻的时候。在交往的理想结果上,你不要期待永远的如胶似漆,能不断地接近与契合,就够了。

平素间,推杯换盏、称兄道弟、鞍前马后、阿谀逢迎的人不是朋友,是利益的结合体。超出常情的亲密无间,不是在交往,是在勾结、在利用、在狼狈为奸。这样的结合体,聚得快,散得也快,刚才还好得一塌糊涂,转眼间,就可以翻脸到分崩离析。

费了心思的交往,叫周旋,累;耍了心机的交往,叫算计,阴。真正的交往,是至简至真的,一扇春天的门开了,一扇含笑的门阖上,然后,天地淡然。

如果一个人一辈子都没有与别人真正交往过,不是孤高自傲太过超脱,就是品性卑琐不被人所容。当然了,若许多人都是你结交的朋友,恐怕,更多的是狐朋狗友。我们的心里,一辈子真正接纳的,只会是有限的几个人。更多的,都成了我们生命中的匆匆过客。

交往的质量,在一定意义上成就着生命的质量。

"竹林七贤"之一的山涛,投靠司马氏之后,平步青云。有一次,他想推荐同为"竹林七贤"的好朋友嵇康做官,嵇康觉得自己高洁的情操与志向受到了凌辱,于是,愤怒地给山涛写了一封信,这就是历史上有名的《与山巨源绝交书》。就这样,嵇康与好友山涛渐行渐远,却因此在魏晋名士中成就了独一无二的名声。

我觉得,最好的交往,不是双方有意识地吸附与黏合,而是彼此间无意识地渗透与融入。吸附与黏合,常常怀有目的性和功利欲,或含蓄,或浓烈,总之,看起来,有些心怀鬼胎。而渗透与融入,则不然。云淡风轻的,风倏忽间来,云恬淡着去,无欲无求,则是心灵最真挚的碰撞,是情感最纯净的需求。

历史上,俞伯牙与钟子期,高山流水,贵为知音。钟子期死后,俞伯牙黯然地把琴摔了。也许,在他看来,世界再美的乐声,如果无知音来赏,不如任天籁的香魂归去,让它成为绝唱。

(图/孙小片)

植物猎人

□莫小米

一株雅美万代兰,长在高高的悬崖上,峭壁与地面形成90度夹角。那粒种子,应该是飞鸟衔上去的。

雅美万代兰濒临灭绝,全世界仅剩二三十棵。相比之下,这一棵,是最容易采的。但即便是可以像猴子一样在树上攀缘的他,也觉得相当为难,上去花了一小时,小心翼翼地将她捧在手心,站在最高处抽了五六根香烟,才鼓足勇气带她下来。

他是植物猎人洪信介。

阿介,台湾南投县人,那里山高谷幽,是著名的兰花之乡。他是家中最小的孩子,从小就上蹿下跳,不爱读书只爱玩。

十七岁,阿介遇到一位兰花商人,卖出了几株比较少见的兰花,赚来的钱在当时能买到一辆新的机车。

尝到甜头后,家境并不富裕的阿介,就成了以挖野生兰花为生的"采花大盗"。

山林容易迷路,一次,阿介在山上迷路十几天,住山洞,吃死掉的鹿和山羊的腐肉,甚至烤蟒蟠吃。

这样出生入死采来的花,渐渐地,他舍不得卖了,他还买来很多植物图鉴,床头和洗手间都放满了,能整本整本背下来。

阿介在小兰屿岛找到了一种稀有的兰花,叫桃红蝴蝶兰,是被认为已经绝迹的物种。有商人出高价求购,阿介就是不放手。他租下一个九千平方米的园子养植物,最多时有三千多种。阿介因此变得很穷,只能到处打零工,赚的钱拿来养植物,有时自己都没钱吃饭。

直到44岁,他才有了第一份稳定的工作,成为辜严倬云热带植物保种中心的植物猎人。

阿介进保种中心并非一帆风顺,因为只有初中学历,被国际合作基金会拒绝了两次。团队的其他人员都是植物学博士、硕士,书本知识丰富却缺少实践经验,采集植物的数量实在无法令人满意,而阿介加入的第一年,就采集到1500种濒危植物,超过其他工作人员采集量的总和。

"植物猎人"这个词,最早出现在17世纪的欧洲。当时的植物猎人将珍稀植物从遥远的美洲带回英伦,但那个时代的植物猎人,更多来自利益的驱使。

阿介年过不惑没有成家,他说:"结婚是要负责的,我太爱采集植物了,有一天我绝对是死在山里的那个人。"

他说:"在社会中,我是很穷困潦倒的,森林里面最适合我,有一种梦幻又富有的感觉。"

阿介哪是什么植物猎人?分明是植物爱人啊!

(图/兜子)

在蕉荫下睡午觉

□周华诚

《蕉荫午睡图》是"扬州八怪"之一的罗聘为老师金农作的画，画上几株巨大的芭蕉，绿荫如盖。盛夏炎炎之时，想起乡下蕉荫，的确有一股清凉扑身而来。

我读此画，神游千里，想起千岛湖建勇兄的山野之居，因那里有芭蕉。我开车去访建勇兄的山居，也是在一个夏日，小山村叫桃源自然村。

不知道建勇兄第一次到这里来是什么感受。那时，三幢房子，东倒西歪，在半个世纪以前，这里是乡村的供销社和邮电局。后来，这里沉寂了，人们离开了，房子破败了。又过了很久，建勇这样的年轻人从杭州或上海那样的大城市回来了。应该没有人能猜到会有这样的变化——沉寂落寞的村庄活过来了，东倒西歪的砖墙换成了简洁的现代建筑；房子重新被年轻人的欢笑声装满。

乡村为他们安放情怀与理想，提供了机会。

乡村原本就是美的，但容易被时光和尘土遮蔽。许多设计师去到乡间，把乡村的美给擦亮了。美需要有人提醒——蛙鸣是美的，月光是美的，露珠是美的，蕉荫是美的。

建勇兄种植了几十株芭蕉，这感觉有点奇妙，似乎有了芭蕉，就有了山水的空灵，有了古琴的幽远，有了"蝉噪林逾静，鸟鸣山更幽"的意境。芭蕉，就如乡野里的其他寻常事物一样，美还是不美，颇考验人的心境。

譬如清人蒋坦在《秋灯琐忆》里记道，某段时间心绪不佳，听到雨打芭蕉之声，颇觉烦闷，遂在蕉叶上题写："是谁多事种芭蕉，早也潇潇，晚也潇潇。"没想到次日，其妻在蕉叶上续题两行字："是君心绪太无聊，种了芭蕉，又怨芭蕉。"

画《蕉荫午睡图》的罗聘，真是个有趣的人。他跟别的画家都不同，他擅画鬼，且以此著称。这样一个人，跟蒲松龄应该很有共同语言。罗聘的师父金冬心生性淡泊，喜欢学生的这幅图，遂在画上题曰："先生瞌睡，睡著何妨。长安卿相，不来此乡。绿天如幕，举体清凉。世间同梦，惟有蒙庄。"关于美这件事，宜静静地感受，或者睡着了去感受。

希望有更多的人，跟建勇兄一样，回到乡野之间，且跟从前的冬心先生一样，在蕉荫下睡一个长长的午觉。

深山已晚

□ 傅 菲

去深山之前,不会料想到自己会看见什么,是什么令自己产生额外的惊喜。深山,给人许多意料之外的喜悦。譬如,巨大的蜂窝吊在三十米高的乌桕树上,松鼠在林间嬉戏,一棵被雷劈了半边的树新发青霭的树枝,壁立的岩石流出汩汩清泉,松鸦抱窝了一群叽叽喳喳的小鸟……这让我迷恋。

我收集了很多来自深山的东西,如树叶花朵,如动物粪便,如羽毛,如植物种子,如泥土。用薄膜把收集的东西包起来,分类放在木架上。木架上摆放最多的,是荒木的腐片。

之前,我并没想过收集腐片,去了几次荣华山北部的峡谷,每次都看见巨大的树,倒在涧水边,静静地腐烂,有一种说不出的东西,撞击着我。有树生,就有树死。生,是接近死亡的开始。有一次,我和街上扎祭品卖的曹师傅,去找八月瓜,找了两个山坳,也没找到。曹师傅说,去南浦溪边的北山看看,那边峡谷深,可能会有。我们绑着腰篮,渡江去了。

立冬之后,幽深的峡谷里,藏着许多完全糖化的野果。猕猴桃、八月瓜、薜荔、地稔、寒莓、苦槠子,这些野果,在小雪之后,便凋谢腐烂了。我和曹师傅沿着峡谷走,四眼瞭着两边的树林。"这么粗的树,怎么倒在这里?"曹师傅指着深潭说。我拨开灌木,看见一棵巨大的树,斜倒在潭边的黑色岩石上。

这是一棵柳杉,穗状针叶枯萎,粗纤维的树皮开裂,有部分树皮脱落下来。我对曹师傅说:柳杉长在沙地,沙下是岩石,根深扎不下去,吃不了力,树冠重达几吨,就这样倒了,它的死,源于身体负荷超出了承重。柳杉倒下不足半年,它棕色的树身还没变黑,它还没经历漫长的雨季。

雨季来临,树身会饱吸雨水,树皮逐渐褪色,转色,发黑,脱落,再过一个秋季,木质里的空气抽干水分,树开始腐烂。我从腰篮里,拿出柴刀,劈木片,边劈边说:倒在涧边,柳杉成了天然的独木桥,可以走二十九年呢。

荒木要烂多少年,才会变成腐殖层呢?我不知道。泡桐腐化五年,肌骨不存。山茶木腐化二十年仍如新木。檵木腐化五十年仅仅脱了一层皮。碾盘粗的枫香树,只需要十年便化为泥土。木越香,越易腐化——白蚁和细菌,不需要一年,噬进了木心,无限制地繁殖和吞噬。白蚁和细菌是自然界内循环的消化器。千年枫香树,锯成木板,可以盖一栋大房子的楼板,最终成了最小生物体的果腹之物。

最好的树,都是老死山中的,寿寝南山。

倒下去,是一种酣睡的状态,横在峡谷,横在灌木林,横在芭茅地,静悄悄的,不需要翻动身子,不需要开枝长叶。它再也不需要呼吸了。它赤裸地张开了四肢,等待昆虫、鸟、苔藓。树死了,但并不意味着消亡。死不是消失,而是一种割裂。割裂过去,也割裂将来。死是一种停顿。荒木以雨水和阳光作为催化剂,进入漫长的腐熟。这是一个更加惊心动魄的历程,每一个季节,都震动人心。

对于腐木来说,这个世界无比荒凉,只剩下分解与被掠夺。对于自然来说,这是生命循环的重要一环。

这一切,都让我敬畏。如同身后的世界。

(图/豆薇)

细读的妙处

□肖复兴

读书从来有粗细快慢之分。

读书细的功夫，是阅读的基本功之一。读书要细，这个"细"，说着容易，做起来很难。不如举例说明。

已故的老作家汪曾祺先生的短篇小说《鉴赏家》，或许能够从阅读的细这方面给予我们一些启发。

小说讲述乡间一个名叫叶三的水果贩子，跟城里一个叫季陶民的大画家交往的故事。这个大画家家里一年四季的时令水果，都是叶三给送，所以他和画家非常熟悉。有一次叶三给画家送水果，看见画家正画着一幅画，画的是紫藤，开满一纸紫色的花。画家对叶三说："我刚画完紫藤，你过来看看怎么样。"叶三看了这幅画，说："画得好。"画家问："怎么个好法呢？"

这就要说明什么叫细了。我们特别爱说的词是：紫藤开得真是漂亮，开得真是好看，开得真是栩栩如生，但是，这不叫好，更不叫细，这叫形容词，或者叫作陈词滥调。我们在最初阅读的时候，恰恰容易注意这些漂亮词语的堆砌，认为用的词儿越多，形容得才能够越生动。恰恰错了。我们还不如这叶三呢。叶三只说了这样一句话，画家立刻点头称是，叶三说："您画的这幅紫藤里有风。"画家一愣，说你怎么看出来我这紫藤里有风呢？叶三跟画家说："您画的紫藤花是乱的。"

这就叫细。紫藤一树花是乱的，风在穿花而过。读书的时候，要格外注意这样的细微之处，这是作者日常生活的积累。同样，在生活中观察得仔细，也会帮助我们在阅读中读得仔细。

又有一次，画家画了一幅画，是传统的题材，耗子上灯台。画完以后，赶上叶三又送水果来，画家说："你看看我这幅耗子上灯台怎么样。"叶三看完以后，说："您画的这只耗子是小耗子。"画家说："奇怪了，你何以分出来，说说原因。"叶三就说："您看您这耗子上灯台，它的尾巴绕在灯台上好几圈，说明它顽皮，老耗子哪儿有这个劲头，能够爬到灯台上就不错了，早没有劲头绕了。"

什么叫细？这就叫细。你看见耗子，我也看见耗子，你看见灯台，我也看见灯台了，但是，人家看见了耗子的尾巴在灯台上绕了好几圈，我没有看见，这就有了粗细之分。

又有一次，画家画了一整幅泼墨的墨荷，这是画家最拿手的。他在墨荷旁又画了几个莲蓬。叶三又送水果过来，画家问他画得怎么样。画家也跟小孩一样，等着表扬呢，因为叶三是他的知音呀，但是这次叶三没表扬，他对画家说："您呀，这次画错了。"画家说："我画了一辈子墨荷都是这么画的，还没有人说我错。你说我错，我错在哪儿？"叶三说："我们农村有一句谚语'红花莲子白花藕'，您画的这个是白荷，白莲花，还结着莲子，这就不对了，应该是开红花才对呀。"画家心下佩服，他想，叶三一年四季在田间地头与农作物打交道，人家的农业知识比自己来得真切！画家当即在画上抹了一笔胭脂红，白莲花变成红莲花。

细，还在于生活的积累。没有生活知识的积累，只凭漂亮的词语是写不好文章的。叶三告诉了画家，缺乏生活知识，即使画得再细致入微，却可能是错误的，是南辕北辙的。知识是文章写作时的底气和依托。"操千曲而后晓声，观千剑而后识器"，说的就是这个道理。文字表面的细的背后，是知识的积累。这种知识，靠书本的学习，也靠生活的实践。

细读，锻炼我们的眼睛，让我们的眼睛能够看到文字背后的细微之处；也锻炼我们的心，让我们的心在日常生活之中能够细腻而温柔。

（图/豆薇）

时 间

□沈从文

一切存在严格地说都需要"时间"。时间证实一切，因为它能改变一切。气候寒暑，草木枯荣，人从生到死，都不能缺少时间，都从时间上产生作用。

常说到"生命的意义"或"生命的价值"。其实一个人活下去真正的意义和价值，不过占有几十个年头的时间罢了。生前世界没有他，他是无意义和价值可言的，活到不能再活死掉了，他没有生命，他自然更无意义和价值可言。

正仿佛多数人的愚昧与少数人的聪明，对生命下的结论差不多都以为是"生命的意义同价值是活个几十年"，因此都肯定生活，那么吃、喝、睡觉、吵架、恋爱……活下去等待死，死后让棺木来装殓他，黄土来掩埋他，蛆虫来收拾他。

生命的意义解释得即如此单纯，"活下去、活着、倒下、死了"，未免太可怕了。因此，次一等的聪明人，同次一等的愚人，对生命的意义和价值找出第二种结论，就是"怎么样来耗费这几十个年头"。虽更肯定生活，那么吃、喝、睡觉、吵架、恋爱……然而生活的得失取舍之间，到底就有了分歧，这分歧一看就明白的。大而言之，聪明人要理解生活，愚蠢人要习惯生活。聪明人以为目前并不完全好，一切应比目前更好，且竭力追求那个理想。

两种人即同样有个"怎么来耗费这几十个年头"的打算，要从人与人之间寻找生存的意义和价值，即或择业相同，成就却不相同。同样想征服颜色线条做画家，同样想征服乐器音声做音乐家，同样想征服木石铜牙及其他材料做雕刻家，甚至于同样想征服人身行为做帝王，同样想征服人心信仰做思想家或教主，一切结果都不会相同。因此世界上有大诗人，同时也就有蹩脚诗人，有伟大的革命家，同时也有虚伪的革命家。至于两种人目的不同，择业不同，那就更一目了然了。

看出生命的意义和价值，原来如此如此，却想在生前死后使生命发生一点特殊意义和永久价值，心性绝顶聪明，为人却好像傻头傻脑，历史上的释迦、孔子，就是这种人。这种人或出世，或入世，或革命，或复古，活下来都显得很愚蠢，死后却显得很伟大。屈原算得这种人另外一格，历史上这种情况可并不多。可是每一时间或产生一个两个，就很像样子了。这种人自然也只能活个几十年，可是他的观念、他的意见、他的风度、他的文章却可以活在人类的记忆中几千年。一切人的生命都有时间的限制，这种人的生命又似乎不大受这种限制。

话说回来，万事万物需要时间证明，可是时间本身又像是个极其抽象的东西，从无一个人说得明白时间是个什么样子。时间并不单独存在。时间无形、无声、无色、无臭。要说明时间的存在，还得回过头来从事物去取证。从日月来去，从草木荣枯，从生命存亡找证据。正因为事事物物都可为时间做注解，时间本身反而被疏忽了。

"前不见古人，后不见来者"，这是一个真正明白生命意义同价值的人所说的话，老先生说这话时心中的寂寞可知！能说这话的是个伟人，能理解这话的也不是个凡人。目前的活人，大家都记得这两句话，却只有那些从日光下牵入牢狱，或从牢狱中牵上刑场的倾心理想的人，最了解这两句话的意义。因为说这话的人生命的耗费，同懂这话的人生命的耗费，异途同归，完全是为事实皱眉，却胆敢对理想倾心。

他们的方法不同，他们的时代不同，他们的环境不同，他们的遭遇也不相同，相同的是他们的心，同样为人类向上向前而跳跃。

（图/陈明贵）

肉身努力生活，灵魂"在野"流浪

□周华诚

和草木在一起待久了，语言会变得多余。惊蛰到来，牛牵引着犁铧走向遍布阿拉伯婆婆纳和节节草的野地，那里正盛开着一个喧闹的春天。在犁尖插进微热的土地，把新鲜的泥巴翻转过来之前，二者不需要什么山盟海誓，或蜜语甜言。它们一见钟情，水到渠成。

我的外公一辈子在山里劳作，夏天种得几畦辣椒，拣出最大最红的辣椒装上一担，走十几里路挑到城里去卖。城里人在辣椒面前挑拣，说这个不好，那个不好，外公嗫嚅半天，说不出话，最后一拎扁担不卖了，又挑了辣椒走十几里路回家。外公不知道的是，在城里接受挑拣，那不只是辣椒的命运，即便是黄瓜、苹果、香蕉，还有人，也照样被挑拣，最后剩下一堆废瓜，因那只是城市的一种行事习惯而已，如同行路，两条腿要让路于两个轮、两个轮要让路于四个轮一样。

父亲在田间种水稻，他告诉我，水稻的生长过程也是严格遵循四时节气。

中国人的智慧里，有光阴与节气。节气这件事存在的意义，正是让人不要走得太快，走得太急。很多事你急也急不来。现在的人，大多心急，可是只要返回一百年两百年看一看，返回一千年两千年看一看，你就知道，并没有什么可急的。

节气就是规矩，草木与人，都要遵循这些规矩。父亲守着四时，一年里种一季两季稻，一辈子不过收获几十次、百余次稻谷，已无法再多，光阴不会给你更多的可能。如果要享受自然的果实，你唯一需要的就是耐心，然后陪着它们在光阴里缓慢成熟。

和草木在一起待久了，你的脸上也就慢慢有了植物的神情。什么是植物的神情？我可以举一个例子。我认识一位水稻科学家，他是一位博士，一年之中，他的大多数时间都在浙江、海南，以及印度尼西亚的稻田里。刚被农业大学录取的时候，他哭了："妈妈呀，我已经努力读书了，为什么还是要去种田？"后来他分配到了水稻研究所，一辈子种田。我观察他，发现他的脸上有着几个特点：第一个特点是黑，被太阳晒黑的；第二是粗糙，他从来不抹七七八八的化妆品，更不会去整容，或割双眼皮；第三个特点，是似乎渐渐地与这个社会的流行脱节。所以，现在你知道了，草木的神情是一种什么样的神情。他们从草木中间来，风啊，水啊，小桥啊，这是他们熟悉的。他们知道一辈子是多长，从盛到衰要走多远的路，周而复始是什么含义，欣欣向荣又是什么景致。

是的，景致。草木在大地上，大地是静的，草木是动的；草木生长，随风摇摆，而大地静止，亘古沉默。这一动与一静，构成大地上的景致。人也是大地上的草木。人有脚，可以至四方。草木无脚，我们以为它无法远距离行走，但只要时机成熟，它其实会比有脚的野兽走得更远。一粒种子，可以走到三千年以后，给它雨水、空气、阳光，它就可以穿破种壳，长出一株嫩芽。好了，现在你已经知道，草木其实比人有更多的自信。

这样说吧，人和草木在一起待久了，他走到阳光下，就拥有一脸的自信与淡然。

（图/孙小片）

蚯 蚓

□ 鲍尔吉·原野

蚯蚓多么温和,一生待在土里蠕动。它一辈子走过的路程也超不过100米,大地是蚯蚓的家。土,说起来是坚硬的东西,用铁锹挖一锹土,土上带着切痕。但蚯蚓能在土里行走,这又算一个柔软胜刚强的例子。

有人说蚯蚓食土为生,如果这样就太好了,它永远不愁吃的东西。土虽多,蚯蚓却不见长胖,它懂得节制。或者,土吃起来很慢,蚯蚓沙沙地咀嚼,一天吃不了多少就饱了。

蚯蚓身体粉红,跟人的肉色接近。它的身体干净。这样的身体表明土地原本不脏,即使吃土也可以长出人肉的颜色。而人需要吃粮食和肉才长出人色。

光吃菜,人脸偏绿,人身上的血红细胞减少,转为血绿细胞,接近于螳螂的气色。六十年代初,满街都是这种颜色的人,走路东倒西歪。

我见到蚯蚓先想到蛇。蚯蚓跟蛇有多少亲缘关系?它们相似,但蚯蚓比蛇少一层皮。蛇皮,中药称蛇蜕。它是蛇的盔甲,而蚯蚓没有。

蚯蚓没见过蛇,蛇只是一个传说。蚯蚓觉得下辈子变成蛇也不迟。这辈子做一条安分守己的蚯蚓已经够好。它的天敌,比如鹰或鸡轻易吃不到蚯蚓。泥土的堡垒让蚯蚓十分安全,而蚯蚓也没想出去抓鸡或吃人。蚯蚓吃土的口感好像吃饼干,沙沙响。蚯蚓觅食无须像牛羊那样翻过一座又一座山坡,它抬头就有吃的,食品同时是被子、褥子、还是房子和床,总称土。

蚯蚓喜欢土地的黑暗,静谧安详。土用臂膀护住蚯蚓,因为它没盔甲。

蚯蚓偶尔也到地面上走一走,它觉得没什么意思,一来阳光晃眼,二来道路不平。

蚯蚓在地面辗转不安,不如回到土里舒服。蚯蚓学不会蛇的灵巧。蛇哆嗦一下钻进草丛,再哆嗦一下钻进石缝。蚯蚓觉得蛇如果不吃药根本做不出这样的动作,这类似于麻痹震颤症。

有人听过蚯蚓的歌声,在雨后。说蚯蚓的歌声细弱如丝,像吹一片树叶子。蚯蚓唱歌做什么?雨浇湿了泥土,也浇湿了蚯蚓的身体。它听到沙沙的声响并非口腔咀嚼而来自雨,不禁惊呆,仿佛雨在吃土。每一片草叶都对雨滴做出回应,蚯蚓终于在沉默的大地下听到了歌声,随之合唱。

不知道蚯蚓怎样在泥土里寻找自己的同伴。它生来孤独,如果有一天听到隔壁泥土松动,那一定是客人来访。两条蚯蚓缠到一起拥抱,有说不完的话,话题是土。

蚯蚓想不出离开土还能说什么话。除了土,蚯蚓还谈到雨和庄稼的根须。蚯蚓在地下跟草和庄稼的根须握手,它们洁白的根须散发着甜味。对蚯蚓来说,穿过这些根须相当于穿越森林。如果进入一片玉米地,蚯蚓毕其一生也走不出这片地下的森林。土里还有什么?蚯蚓见到最多的是蚂蚁。蚂蚁其实很凶恶,孤零零的爪子长在机器式的身躯上,头颅似乎没有一点理智。蚂蚁贪财,搬运一切东西。

蚯蚓走路离不开扭捏。其实它只会掘土,并没有学过走路。它不知学会走路有什么用处,蚯蚓哪儿也不想去。大地温暖安全,适合一切爱睡眠的生物,其中有蚯蚓这样连皮都没有的、露出赤裸鲜肉的温和生物。

(图/张翀)

潮汐

□周晓枫

潮汐，使海拥有自己的心跳，于是海不再是简单的地理概念，而是具有生物学特征的活体：蓝皮肤的海巨人有着古老而饱满的生命，我们能从潮汐里感受到原始情欲般不息的律动。

最初只是缓梯形的波浪，渐渐，海面现出猛虎的条纹……涨潮时的大海暗蓄风雷。

当波涛如战鼓，当默默积聚的浪就像鲸鱼涌起的背，大海以令人震撼的席卷之力传达着它的愤怒。它似乎渴望着某种破坏和审判。巨浪澎湃，组成巴洛克式的白色塔尖——海洋。

海之所以令人敬畏，还在于，它的暴力同样可以漠然地作用于自身。风暴来临之前饥饿的海面，天空翻滚末日般的乌云，海水呈现墓碑般的岩灰色。暴风雨开始的几分钟像打击乐，此后很快变成交响曲。为了锻炼勇气，我曾经尝试体验风浪，但大海那自毁般的无畏令人落荒而逃。到处是破碎的被强力撕扯的波浪，那时，连大海本身都像是残骸。我想起尤瑟纳尔提到过一句话："尊敬"这种纯金，如果不掺杂一定的恐惧成分，可能会太软。

幸好，海还有它的消沉、它的倦怠，还有它的无能为力，否则，海只是不受道德拘禁的兽王，让人类这种陆地生命难以亲近。正如醉酒的不断翻腾的胃囊，海呕吐着它尚未消化的东西：贝壳、死鱼、沉船上的遗骸。有时，累极了的海几乎无力掀动波浪，光线阴沉，我们看到的是水银般的、波动得异常缓慢、晦暗而凝滞的大海——那因庞大自重而不能挪移的巨物，慢慢丧失它的挣扎。尤其退潮时分，浪涌越来越弱，泡沫散碎，像垂危者逐渐松开的拳头……这是弥留之际的大海。

日复一日，海，重复这样的节奏，从雷霆万钧到筋疲力尽，它一次次复活，再度浪涌，隆起蝶泳者那有弧度的背肌。海在潮汐中不断复习，仿佛这是循环的历法，仿佛是在重复中巩固自制的律令。

每当凝望大海——那喘息的胸膛，我总能感觉某种极端的激情：像追逐真理那样因无望而无限的激情。这种激情，甚至能表现出至为节制的力量。有时候的海水万般柔情，波浪就像动物被抚触的皮毛那样掠过一阵阵既迷醉又紧张的战栗——什么样的手，使大海这样的巨兽也为之颤抖，并在永不止息的剧烈渴望中自我折磨？

谜样的月亮，想象力之外的魔法。当首次得知潮汐主要来自月亮的牵引，我惊异不已，相当于听说蝴蝶用翅膀吊起了桶里的井水。月亮如此皎洁、宁静，它只是一小片虚幻的光。即使用调焦后的望远镜窥视，像把花瓣放在显微镜下的载玻片那样，我们看到的，依然是它内部的荒凉：碱性的月壤，注定只能种植一株落尽叶子的树；树下，旋转着清凉寂寞的舞者。气质孤楚，月亮带了一点病态的温柔。缥缈、微凉、静若处子，纸薄的月亮却能搅动遥远之外的海洋暴力。

这奇怪的对称，也许反倒是通约的法则：唯轻盈之物才能制衡最大的重器。比如灯塔之光指引万吨巨轮。比如理想，仅凭它动听的发音，可以让几代人甘愿付出喉咙里的血。比如死，为了抵偿它的安静，我们动用了一生的喧嚣。在更大的意义上，对诸如轻重大小的理解似乎是与日常远远不同的。所以，最后的伊甸园未必存在于浩茫天际，也许是藏在小孩子的瞳孔里。所以，当月亮里的占卜者起舞，能够召唤史诗般汹涌的海水，召唤眼线狭长的信天翁展翼迁徙，召唤鲨鱼露出齿锋，召唤锚状海星，渐渐变成寂静的标本……

月亮，无比安宁，这金黄斑驳的鱼鳞是大海所敬拜的图腾。一涨一落，巨大的蓝心脏为它而跳动、激荡。

(图/罗再武)

春天的步调

□ 刘亮程

刚发现那只虫子时,我以为它在仰面朝天晒太阳呢。我正好走累了,坐在它旁边休息。其实我也想仰面朝天和它并排躺下来。

春天刚刚开始,地还大片地裸露着。许多东西没有出来。包括草,只星星点点地探了个头儿,一半儿还是种子埋藏着。那些小虫子也是一半儿在漫长冬眠的苏醒中。这就是春天的步骤,几乎所有生命都留了一手。它们不会一下子全涌出来。即使早春的太阳再热烈,它们仍保持着应有的迟缓。因为,倒春寒是常有的。

当一场寒流杀死先露头的绿芽儿,那些迟迟未发芽的草籽、未醒来的小虫子便幸存下来,成为这片大地的又一次生机。

在春天,有许多人和我一样早早地走出村子,有的扛把锨去看看自己的地。尽管地还泥泞,苞谷茬端扎着。秋收时为了进车平掉的一截毛渠、一段埂子,还原样地放着。没什么好看的,却还是要绕着地看一圈子。

有的出去拾一捆柴背回来。还有的人,大概跟我一样没什么事情,只是想在冒着热气的野外走走。很少有人在这样的天气窝在家里。春天不出门的人,大都在家里生病。病也是一种生命,在春天暖暖的阳光中苏醒。它们很猛地地生发时,村里就会死人了。这时候,最先走出村子挥锨挖土的人,就不是在翻地播种,而是在挖一个坟坑。这样的年成命定亏损。人们还没下种时,已经把一个人埋进土里。

我注意到牛在春天喜欢屁股对着太阳吃草。驴和马也这样。狗爱坐着晒太阳。老鼠和猫也爱后腿叉开坐在地上晒太阳。

我同样能体会到这只长年爬行、腹部晒不到太阳的小甲壳虫,此刻仰面朝天躺在地上的舒服劲儿。一只爬行动物,当它想让自己一向阴潮的腹部也能晒上太阳时,它便有可能直立起来,最终成为智慧动物。仰面朝天是直立动物享乐的特有方式。一般的爬行动物只有死的时候才会仰面朝天。

这样想时突然发现这只甲壳虫朝天蹬腿的动作有些僵滞,像在很痛苦地抽搐。它是否快要死了?我躺在它旁边。它就在我头边。我侧过身,用一根小木棍拨了它一下,它正过身来,光滑的甲壳上反射着阳光,却很快又一歪身,仰面朝天躺在地上。

我想它是快要死了。不知什么东西伤害了它。这片荒野上的一只虫子大概有两种死法:死于奔走的大动物蹄下,或死于天敌之口。还有另一种死法——老死,我不太清楚。

这只甲壳虫没有马上死去。它挣扎好一阵子了。我转过头看了会儿远处的荒野、荒野尽头的连片沙漠,又回过头,它还在蹬腿,只是动作越来越无力。它一下一下往空中蹬腿时,我仿佛看见一条天上的路。

接着它不动了。我用小棍拨了几下,仍没有反应。

我回过头开始想别的事情。或许我该起身走了。我不会为一只小虫子的死去感到悲哀。我最小的悲哀大于一只虫子的死亡。就像我最轻的疼痛在一只蚊子的叮咬之外。

我只是耐心地守候过一只小虫子的临终时光,在永无停息的生命喧哗中,我看到因为死了一只小虫而从此沉寂的这片土地。别的虫子在叫。别的鸟在飞。大地一片片明媚复苏时,在一只小虫子的全部感知里,大地暗淡下去。

(图/木木)

苦 雨

□傅 菲

雨簌簌落。雨打在南瓜叶上，弹跳起来，又落下去，碎出一声：嗒嗒。南瓜花初谢，小南瓜只有肚脐眼儿大。雨从山梁一圈圈箍下来，一阵比一阵盛大。

有人挑着竹箕去剪番薯藤。番薯藤还没有两尺长，剪一半留一半，挑回家，再分节剪，扦插到番薯地里。借雨种番薯，借阳育谷种。

雨水浇透了的土，随手抓一把，稀烂。我把毛竹按节锯成一筒一筒，在节底凿一个孔，以栽花。黄泥夯墙，黑泥栽花。黑泥灌入竹筒，手指压实，栽上菖蒲、兰花、藿香蓟、朱顶红、葱兰。一个竹筒栽一株。这样栽的草本，不会死。之前，我还在竹筒里，埋水果的种子下去，如枇杷核、柚子核、杨梅核、杏核、桃核。除了杨梅，其他水果的核都发了芽。芽在十一月发出来，来年春，树苗有半尺长。我抱着竹筒，一起埋在山中荒地，让它们听从自己生命的召唤。

思考过很长时间，植物、动物有幸福感吗？动物有情感思维感官，有痛感有兴奋感，肯定能体会幸福。植物能体会幸福吗？我觉得，能体会。比如，我们用刀砍一下树，树抖动一下，有的树还流下浓浓的树脂，如松树、漆树、杉树。树没有发声器官，喊不出痛，只有拼命颤抖着身子，拼命地流身上的汁液。在山野，风吹来了，树叶沙沙响；雨落下来了，树枝淌着水珠。树在表达幸福。

那动植物最幸福的一生，应该是怎么样的呢？我认为，是默默地生默默地死。生也不被知，死也不被知。或者说，生不被戕害，死不被践踏。鱼入了河，鸟入了林，正是这样幸福的时刻。

雨后的傍晚，远空难得抹了一襟晚照。这个时候，原野重获了生机。沟壑里的水慢慢浅下去，田露出了灰色的浆泥。白鹭、黄嘴山鸦、灰背鸫在安静地吃食。雨水下了多日，它们似乎忍受了足够的饥饿，它们再也顾不得将退的夕光，埋头啄食。我也踏上草径，去田畈走一个大圈。高高的白杨树聚集着归巢的雀鸟，莲荷浮出零散的圆叶，牛背形的古城山生出几分肃穆。我感到，脚下的大地和所见的山川，滋生出巨大的慈悲。大地怜爱万物，包容万物。

院子里种下的梅树，结了很多梅子，青中透红。我想着，再过半个月，梅子熟了，摘下来，焐一坛梅子酒。雨下了八天，一个梅子也不剩，霉了蒂，雨打即落。枣也是这样，地上都是绿豆大的枣粒。屋角的柚树上，结了五十三个小果，也只剩下十三个。花开得那么多，果结得那么少，是因为经过雨季。待果熟，还得经过更加漫长的干旱。一个瓜，一个果，到了熟透，都经历了九死一生。留给我们的一瓜一果，凝结着生存的极大智慧，而并非出于某种偶然。

天上落下来的水，涌入了河里。河水上涨，一日浪高一日，泄不出去的水，淹没了田野。秧田、瓜田、芋头田、葡萄田，成了一片水泽之国。

雨季以摧枯拉朽的力量，扫荡将死之物；补充了地下水，为土地储备了丰厚的续生资源；稀释了土壤农药、化肥污染，为生命体提供了更洁净的生存环境；淡水通过自然的循环，得以更广阔地分布，以尽可能广泛地孕育万物。当某种非常规气候出现，我并不认为它是恶劣的气候，是对人类的一种惩罚，而是认为这是大自然通过自我调节，恢复到更理想的状态的一种方式。

无论多漫长的雨季，终究会结束。季节会给任何气候，画上休止符。季节是一只魔手，操弄着一架神秘的键盘，翻云覆雨。雨季过后，便鲜有雨了。雨成了稀罕物。秧苗迎着骄阳，碧油油生长。这是自然界最伟大的业绩。

（图/蛔菓猫）

瀑布三千道

□冯骥才

一想到挪威,第一个冒出来的形象就是由天而降的雪白的瀑布。

十年前,我去过一次卑尔根。令我震撼的是山间的瀑布。我从来没有见过其他地方有如此丰沛的泉水。一天夜里住店歇脚,听到不远地方泉水轰鸣,好像飞机起飞那种声音。怎样的瀑布能发出如此巨响?我们被诱惑起来,出了旅店,摸黑去瞧那个呼吼不已的山间"巨兽",没想到它竟在几里外的地方。

待走到跟前,尽管夜很黑,却隐约地看到它巨大的狂滚的有些狰狞的形态。

到了卑尔根,我对挪威朋友说,你们的瀑布太棒了。挪威朋友说,那你应该从这里再进一趟峡湾,挪威最应该去的地方是峡湾。

这一次我又来到奥斯陆,决心要去一趟峡湾。可是,受着大西洋暖流影响的峡湾的气候是莫测的。待到了著名的佛拉姆码头,天正下雨,入住旅店后又听了一夜的雨,清晨拉开窗帘依旧是漫天阴云,雨反而更紧一些。总不能再等一天,冒雨也要进峡湾看看。这样,乘着油轮驶入一片高山深谷中,当想到船驶在海水而非江水上时,感觉确实有些奇异。

浓烟一般的雨雾遮住山色、水光和远处的景物。但是我相信,当老天拿走你一样东西的同时,一定还会给你另一样东西,就看你是否发现,于是我看见了——瀑布!

一条雪白的瀑布远远地挂在高山黝黑的石壁上,直泻而下,中间受阻,腾起烟雾,折返三次,遂落入湾中。由于远,听不见水声,却看得出它奔泻下来时的冲动与急切。

不等我细细观看,船已驶过,然而又一道瀑布出现了。峡湾里有这样多的瀑布吗?是的,随着船的行进与深入,一道接着一道瀑布层出不穷地出现在眼前,而且千姿万态。有的飞流直下,一线如注;有的宛如万串珍珠,喷洒似雨;有的银龙般狂奔激涌,由天而降;有的烟一般地纠缠在峭壁上,边落边飞。途经一处,两边危崖陡壁挂满大大小小瀑布,竟有五六十道,我没有见过如此众多、各不相同的瀑布同时展现,简直是瀑布的博览会!而每一道瀑布的出现都给人们带来一种惊喜。

你说阴雨是给我败兴还是助兴?我庆幸自己的幸运,但还是难以明白一场雨怎能生出如此壮美的瀑布奇观?

由于我们事先选择另一条路返回奥斯陆,这条路必须翻越一座两千米高的山顶,这便有幸找到了瀑布奇观的答案。

当我们的车子爬到极顶,景象变得奇异甚至有些恐怖。一堆堆殷红的石头,刺目的白雪,枯死而发黑的苔藓,不仅无人,鸟也没有,任何活的生命都看不到,古怪、原始、死寂,好像来到月球上。车子开了很长一阵子,居然没见到别的车开过,负责驾车的伙伴小俞说:"如果这时车子熄了火,咱们可就完了。"这话增加了人们心里的恐惧感。

当车子开进山顶腹地,出现了许多巨大的湖,一个连着一个,湖的彼岸常常很远,甚至有水天相接之感。

回到奥斯陆后,我把此行之所见告诉一位久居这座城市的朋友。我说:"我估算了一下,二百里的峡湾里的瀑布至少有一千道。"朋友笑道:"峡湾里的瀑布是无法数字化的。你有没有留心山壁处处都是泉水流过的痕迹?如果你那天雨水再大些,那些地方也是瀑布。瀑布还要多上两倍呢,至少三千道。"他不等我说话,接着说:"别忘了,你去的只是桑格纳峡湾。挪威西北部海边可是布满峡湾呀。"

于是,现在一想到挪威,第一个冒出来的形象就是由天而降的雪白的瀑布。

(图/点点)

荒漠一夜

□符浩勇

天蒙蒙亮的时候，他已在大漠的荒滩里跋涉了整整一夜。

他嚅动着苦涩僵硬的舌头，舔了舔嘴唇上的干血泡，面对一望无际的沙漠，不由回望一眼身后的追敌——晨雾里闪着两点绿光的饥饿的野狼，心里又掠过一阵恐惧和绝望。

昨天下午为了拍摄沙漠上的绿洲，他离开了驼队，深入荒滩深处。

当黄昏降临的时候，沙梁上传来一声凄凉血性的狼嗥，他回首寻望，蓦然发现暮色里浮动着两点闪亮的寒光，倏地，疲惫夹带着饥饿一同向他袭来……

整整一夜，他别无选择，慌惶地在大漠里奋力前进。途中，他为补充体力，把带的干粮吃完了，水壶里的水喝干了，肩上压着沉沉的摄影机和行囊背包。但他不忍心将拍到的海市蜃楼般的别致风景一掷了之，那可是他艺术生命的价值所在。然而，野狼显然盯上他了，将他视为大漠里唯一的补充营养的佳肴，他只好拼力地在沙漠里走着。他心里明白，在荒漠里，缺水是最大的灾难，野狼同他较量的是毅力和意志，自己若是稍有松懈，在沙漠里倒下，野狼就会冲上前，挥舞双爪，将他撕成碎条，充饥解渴，而他拍摄的荒漠里的别致风景将化为乌有。

他回望野狼时，明显发现野狼浑身抽搐，脊梁的骨节更加突起，干瘪的肚皮贴在沙土上。喘气声越来越粗重，他们之间的距离越拉越长……渐渐地，野狼举步维艰，停下来了。他心里不由掠过一阵狂喜，野狼终于撑不上自己了。

少顷，又听到野狼嗥叫一声，发现它掉头，灰溜溜地往回逃窜。他不由挺直身躯，英雄般地傲立着，似乎嘲笑野狼意志的崩溃瓦解。

当野狼的背影逃遁远去，他一下子瘫倒，他该往哪里走？何方才能寻到驼队？哪里才有水源？由于严重缺水，他已鼻孔出血，七窍冒烟，四肢乏力。忽而，他转念回想，猝然想到，野狼的转向莫非预告着前方是一条通向大漠腹地的死亡之路？于是，他意识到只有重新振作，尾随野狼，或许才有可能离开大漠，找到驼队，使别致风景焕发艺术之光。

他挺起疲惫的身躯，沿着野狼逃遁的方向赶去。他既不能尾随太近，那样会惊扰它；当然又不能太远，如果稍有松懈，就会迷失跋涉的方向。

芨芨草是大漠里跋涉者的救命圣草，沙梁坎下，野狼过处，芨芨草已被啃尽；他追踪而来，只好刨出草茎，细嚼取湿。野狼困乏了，停下来回头对峙地盯着他；他也停下来，机警地准备应对野狼的反扑。有多少回，狼跑他奔，狼歇他停。

有几阵子，狼的双腿摇摆踉跄，迷迷茫茫地迈步，他就像虚脱一般神情恍惚，晕晕蒙蒙地跟着……

狼撵人整整一夜，人追狼足足一天，又是日头西斜的时候，终于，沙梁坎下出现了一片罕见的沙洲——那是内陆河被沙漠侵袭后仅剩的一汪清水。

野狼仿佛忘却了疲惫，奋着四蹄奔过去。

他喜出望外，狠狠地咬了一下血唇，忽而，一阵熟悉的驼铃声响过，昨天同行的地质勘探队出现在前方。

他顿时泪水漾出眼眶，蒙眬中，他看见两名地质队员正端枪向着喝水的野狼瞄准，他声嘶力竭地喊："别打它，没有它，我走不出荒漠，是它救了我的命……"

声落枪响，野狼猝然倒在水边，枯瘦的四肢一动不动。

他一个趔趄，向前一个滚翻，昏了过去。

（图/兜子）

我只有一束鲜花

□张 炜

20世纪60年代，那时我在上小学。

上学前，妈妈和外祖母一遍遍叮嘱我：千万要听话啊，无论是谁都不要招惹啊。就这样，我心里装着一大堆嘱咐，战战兢兢地背上了书包。

可能因为我太沉默了吧，从第一天开始，学校里的人都用一种奇怪的眼神看我。我每时每刻都是拘谨的，尽管我总是想法遮掩它。我试着对同学和老师微笑，或者至少对他们说点什么才好——试了试，很难。

从学校出来，一个人踏上那条灌木丛中的小路时，我才重新变成了自己。就在那些日子里，我发现了一个秘密：校园里有个人像我一样孤单。我敢肯定，这个人也像我一样，暗暗压着一件可怕的心事。

她就是我们的音乐老师。她来这所学校已经多年了，她与其他老师不一样，我觉得她那双温柔的眼睛抚慰着每一个同学，特别是投向我的时候，目光中竟然没有歧视也没有怜悯，而仅仅是一份温煦的东西。

当时学校十几里外有一处小煤矿，每到秋末全班就要去山上捡煤，以供冬天取暖用。因为雨水可以把泥中的煤块冲洗出来，所以越是下雨就越要爬到山上。大家都穿了雨衣，可是"黑子"他们几个故意不穿，溅上满身满脸的黑泥。

我好不容易才捡到的煤块，一转眼就被他们偷走了。有一次"黑子"走过来，狞笑着看我一会儿，突然，"黑子"跳到一边，接着往前一拱，把我撞倒在斜坡上。坡很陡，我顺着陡坡一直滚落下去。

我的头上、手上、身上都被尖尖的石棱割破撞伤，雨衣被撕得稀烂。我满脸满身除了黑泥就是渗出的血，雨水又把血水涂开来……

正在我发木的时候，有一只手扶住了我：是音乐老师！她不声不响地把我揽到一边，蹲下，用手绢擦去我身上脸上的血迹，牵着我走开……

她领我直接去了场部医务室。我的伤口被药水洗过，又包扎起来。离收工还有一段时间，她领我去了宿舍。

我人生第一次来老师的住处：天哪！原来是如此整洁的一间小屋，我大概再也看不到比这更干净的地方了。一张小床、一个书架，还有一张不大的办公桌——我特别注意到桌旁有一架风琴；床上的被子叠得整齐极了，上面用白色的布罩罩住。屋里有阵阵香味儿：水瓶中插了一大束金黄色的花……

她要把我衣服上的泥浆洗掉、烘干，我只得在这儿耐心地等下去。天黑了，她打来饭让我一起吃。这是我一生中所能记起的最好的一餐饭。我的目光长时间地落在那一大束花上……我想起我们家东篱下也有一丛金黄色的菊花。

第二天上学，我折下最大最好的几枝，小心地藏在书包里。我比平时更早地来到了学校……她看到那一大束菊花，眼睛里立刻欢快地跳动了一下。

后来的日子里我就像有了一个新的功课：把带着露珠的鲜花折下来，用硬纸壳护住它们，这样装到书包里就不会弄坏。如果上课前没有找到老师，就得小心地藏好。我看到她急匆匆地往办公室走去了——她如果在课间休息时回宿舍就好了，那时我就会把花儿交给她。我倚在门框上，咬着嘴唇等待。下了第一节课，她没有返回，我只好等第二节课。课间操时她终于回到了宿舍，可我又要被喊去做操。我知道，我的老师最喜欢的就是这一大蓬颤颤的、香气四溢的鲜花——比起我无尽的感激，这只是一份微薄的礼物。

我一无所有，我只有一大束鲜花。

（图/陈明贵）

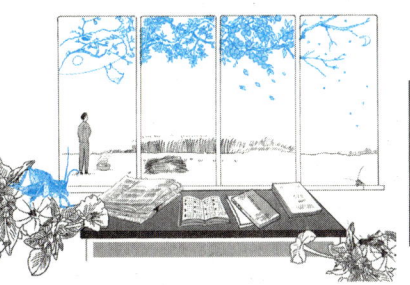

那一年的蟋蟀

□庞余亮

写下"那一年"——我心里一震,像一根被扯断的晾衣绳。那一年的书房,是安了简易木门的书房,四平方米的小棚屋。

那一年,还有蟋蟀,三只蟋蟀。我根本不知道那三只蟋蟀是什么时候搬进书房的。

是的,我会永远记住我刚刚到乡下做教师的那一年,我的小书房外便是学校的泥土操场,到了开学,学生最初几天的课程便是劳动课:拔草。

草被拔出了一堆又一堆,各班把草统一抱到校园的一角晒,晒干了送去食堂当柴烧。我捧着新发的教科书回到书房,突然被一阵浓烈的草香味击中,简直令我不能自持。

草怎么这样香啊?草香一直弥漫到晚上,我坐在书桌前,那时候,我的小书房里堆放着各式各样的纸。每天我读完书,用水壶给书房墙角的晚饭花浇水。晚饭花那么香,连蟋蟀们都开始打喷嚏了,它们一只又一只地叫起来了。开始我还不知道有几只,后来我听清了,是三只,三只蟋蟀在伴奏——这是秋天对我的奖赏,而我,则是这无词曲的主角。

在那个秋天,我在蟋蟀声中读完了《我爱穆源》《三诗人书简》《雪地上的音乐》等书。再后来,秋天越来越深,天越来越冷,外面的蟋蟀已经不唱歌了,晚饭花也越开越小了,而三只蟋蟀还在歌唱。在此前的一段时间,我向朋友诉说了我在乡下的深深苦闷。朋友回信说:"里尔克有句诗说,有何胜利可言,挺住意味着一切……"我多想把这句话送给这三只蟋蟀,送给我身边的这些书本……

后来,我突然有了一个念头,假如我死后,我的书会不会散落各方——我那么年轻,居然那么伤感。我在乡下见过许多离开主人后面目全非又不被珍惜的书。我想这个问题时泪流满面,我裹紧已掉了五颗纽扣的黄大衣。那个晚上可真静啊,我的三个蟋蟀朋友也有感应似的哑了口……而外面的冷空气一阵又一阵地袭来……

向外一探,下雪了,这是当年的第一场雪,雪花很小,像我上大学时小小的忧伤。

我在那所乡村学校待了15个春天,当然,也待了15个秋天。每个春天都有草的萌发,每个夏天都有草的疯长,当然,我还在反复阅读《三诗人书简》《我爱穆源》这些经过时间淘洗留在我简易书房里的书,也有我从远方邮购过来的一批又一批类似《小王子》《拆散的笔记簿》《大地上的事情》等好书。阅读它们的时候,我以为埃克苏佩里的飞机就降落在我们的操场上,米沃什就是那三只蟋蟀中的一只,而苇岸呢,就是操场边最高的一棵树。

再后来,我离开了那间小书屋,也离开了我的学校,很坚决,仿佛是恩断义绝,但又常常梦见那个坐在小书房里的人,刚刚18岁、体重44公斤的小先生。

可现在,小先生已是老先生,体重早已过了60公斤,多的是脂肪和衰老。疯长的草不见了,蟋蟀更是把我遗忘了,昔日的忧伤也少了许多——能说些什么呢?说命运,还是说昔日重来?还不如不说话,把晾衣绳上的衣服重新洗一遍吧。

但是,那一年的书房,有喜悦,有奇迹,也有清水鼻涕。

那一年的书房,我的书比我还耐寒。

(图/兜子)

雪落在雪里

□ 鲍尔吉·原野

雪落在雪里，算是回到了故乡。雪从几百或几千米的空中旋转、飞扬，降落到它一无所知的地方，因为身边有雪，它觉得回到了故乡。

雪本来是水，它的前生与后世都是水。风把它变成了雪，披上盔甲和角翼，在天空中慢慢飞行。雪比水蓬松，留不住雨水的悬崖峭壁也挂着毛茸茸的雪花。雪喜欢与松针结伴，那是扎帐篷的好地方，松针让雪变成大朵的棉花。天暖时分，松针上的雪化为冰凌，透明的冰碴儿里针叶青葱，宛如琉璃。

白狗背上落了雪，白狗回头舔这些白白的雪花，沾一舌头凉水。雪落多了，狗身上多了一层毛。白狗觉得这是走运的开始，老天可以为白狗下一场白雪，世上还有什么事不可能发生呢？雪花落在白马身上，使它的黑瞳更象水晶。没有哪匹白马比雪还白，雪在白马背上像撒了盐。雪让乌鸦啼声嘹亮。乌鸦站在树桩上看雪，以为雪是大地冒出的气泡，或许要地震。乌鸦受不了在雪地上行走踩空的失落感，它觉得这是欺骗，每一个在雪地上行走的生灵都觉得受到了欺骗，一脚踩一个窟窿，脚印深不可测。

雪填满了树洞，这些树洞张着白色的大嘴，填满雪。灌木戴上白色的绒帽。雪落在河床的卵石上，凹凸不平。石头们——砾石和山岩盖上了被子，雪堆在了它们的鼻尖。雪从树梢划过，树梢眼花缭乱，伸出枝杈却抓不到一片雪。雪让乡村的屋脊变得浑圆，草垛变成巨大的刺猬。老天爷下雪比下雨累，就像打太极拳比做广播体操累。下雨是做操，下雪要用内力，使之不疾不徐，纷纷扬扬。老天不懂野马分鬃、白鹤亮翅，根本下不了雪，最多下点儿霜。

下雪的夜晚，我愿意眺望夜空，希望看到星星，但每次都看不到。雪花遮挡了视线，直接说，大雪让人睁不开眼睛。当然，你可以认为是星星化为雪的碎屑飘落而下。仿佛天空有人拿一把钢锉，锉星星的毛刺，雪花因此飘下来。我在雪霁的次夜观星，见到的星星都变小了一些，且圆润。我想不能再锉了，再锉咱们就没星星了。

雪让空气清新，跟雨比，雪的气息更纯洁。人在雪地里咳嗽，震荡肺腑，让雪的清新进入血液深处。雪的气息比雨更富于幻想，好像有什么事情就要发生。是圣诞老人要来了吗？

雪落在雪里。雪和雪挤在一起仰望星空，它们的衣裙窸窣作响。雪的冰翼支出一座小宫殿，宫殿下面还是宫殿。雪轻灵，压不倒其他雪的房子。空中，雪伸手抓不到其他的雪，终于在陆地上连为一体。水滴或雨滴没想到风把它们变成雪之后，竟有了宫殿。它们看着自己的衣服不禁惊讶，这是从哪儿来的衣服？银光闪闪的。

阳光照过来，上层的雪化为水滴流入下面的宫殿。透过冰翼，雪看到阳光橘红。雪在树枝上融化，湿漉漉的树枝比铁块还黑。雪在屋檐结出冰凌，它们抓着上面冰凌的手，不愿滴下。雪在屋顶看到了山的风景，披雪的山峦矮胖美，覆雪的鸟巢好像大鸟蛋。雪水从屋檐滴下，结成冰凌。冰凌像一排木梳，梳理春风。雪在雪的眼睛里越化越少，它们不知道那些雪去了哪里。雪看到树枝变尖变硬，风从南方吹来。"因为雪，抱回的柴火滴落水珠。"

（图／木木）

槐 花

□季羡林

自从移家朗润园，每年春夏之交的时候，我出门向西走，总是清香飘拂，溢满鼻官。抬眼一看，在流满了绿水的荷塘岸边，在高高低低的土山上面，就能看到成片的洋槐，满树繁花，闪着银光；花朵缀满高树枝头，开上去，开上去，一直开到高空，让我立刻想到在新疆天池上看到的白皑皑的万古雪峰。

这种槐树在北方是非常习见的树种。我虽然也陶醉于氤氲的香气中，却从来没有认真注意过这种花树——惯了。

有一年，也是这样春夏之交的时候，我陪一位印度朋友参观北大校园。走到槐花树下，他猛然用鼻子吸了吸气，抬头看了看，眼睛瞪得又大又圆。我从前曾看到一幅印度人画的肖像，为了夸大印度人的眼睛，他把眼睛画得扩张到脸庞的外面。这一回我真仿佛看到这位印度朋友瞪大了的眼睛扩张到了面孔以外来。

"真好看呀！这真是奇迹！"

"什么奇迹呀？"

"你们这样的花树。"

"这有什么了不起呢？我们这里多得很。"

"多得很就不了不起了吗？"

我无言以对，看来辩论下去已经毫无意义了。可是他的话对我起了作用：我认真注意槐花了，我仿佛第一次见到它，非常陌生，又似曾相识。我在它身上发现了许多新的，以前从来没有发现的东西。

沉思之余，我忽然想到，自己在印度也曾有过类似的情景。我在海德拉巴看到耸入云天的木棉树时，也曾大为惊诧。碗口大的红花挂满枝头，殷红如朝阳，灿烂似晚霞，我不禁大为慨叹："真好看呀！简直神奇极了！"

"什么神奇？"

"这木棉花。"

"这有什么神奇呢？我们这里到处都有。"

陪伴我们的印度朋友满脸迷惑不解的神气。我的眼睛瞪得多大，我自己看不到。现在到了中国，在洋槐树下，轮到印度朋友（当然不是同一个人）瞪大眼睛了。

在我们的日常生活中，我们都有这样一个经验：越是看惯了的东西，便越是习焉不察，美丑都难看出。这种现象在心理学上是容易解释的：一定要同客观存在的东西保持一定的距离，才能客观地去观察。难道我们就不能有意识地去改变这种习惯吗？难道我们就不能永远用新的眼光去看待一切事物吗？

我想自己先试一试看，果然有了神奇的效果。我现在再走过荷塘看到槐花，努力在自己的心中制造出第一次见到的幻想，我不再熟视无睹，而是尽情地欣赏。槐花也仿佛得到了知己，大大小小、高高低低的洋槐，似乎在喃喃自语，又对我讲话。周围的山石树木，仿佛一下子活了起来，一片生机，融融氤氲。荷塘里的绿水仿佛更绿了；槐树上的白花仿佛更白了；人家篱笆里开的红花仿佛更红了。风吹，鸟鸣，都洋溢着无限生气。一切眼前的东西连在一起，汇成了宇宙的大欢畅。

(图/月儿)

柳木拐杖

□李汉荣

爷爷拄着一根柳木拐杖，去河那边走亲戚。走到半途，在原野的尽头，爷爷撒了一泡尿。爷爷提起裤子继续赶路。忽然感到手里缺了一样东西，路似乎也高低不平了。爷爷才记起在撒尿的时候，他顺手把那根柳木拐杖插在地上，忘记了，于是手就这么空着，路就难走起来。

爷爷在亲戚家住了十天。临走前，亲戚给他一根柳木拐杖，并且叮咛说：再不能把它丢了，无论撒尿、歇息，都要记着它，你手里有一根柳木拐杖。

爷爷走原路返回。在原野的边缘，他看见了他丢失的那根柳木拐杖，它已扎了根，长出细细的柳芽。

爷爷拄着亲戚送给他的柳木拐杖走回家。回到家，柳木拐杖已被太阳烤干，爷爷用它烧火做饭。

原野尽头的那根柳木拐杖，已很快长成一棵大柳树，成为过路人乘凉的地方。树上的鸟儿叽叽喳喳，生儿育女，成就了一方乐土。

爷爷对我说："孩子，手里如果有多余的东西，比如一捧种子或一根柳木拐杖，能扔下就要舍得扔下，不要自己吃完用尽，留一些在路途上吧，说不定，它们会长出一片风景。"

爷爷还说："不要害怕自己丢点东西。自己受些损失，天地会因此得到好处。天地好了，你还会不好吗？柳木拐杖长成柳树了，鸟还愁没家吗？夏天还愁没有绿荫吗？"

爷爷送给我一根柳木拐杖，叮咛说："孩子，一路走好。"

在城市，我不敢拄这根柳木拐杖，人家会笑话我土气，嫌我影响交通；如果我不小心将它丢失在大街上，不仅它不会在水泥地板上长出绿叶，我还会因此被罚款。

城市呀，水泥呀，工业呀，技术呀，电脑呀，网络呀，市场呀，爷爷给我的这根柳木拐杖果真就没有价值了？果真就没有长成一棵柳树的希望了？除了垃圾，我再也不能给这个世界留下别的东西了？

我很快回到故乡，把这根柳木拐杖插在爷爷的坟上。它会长成一棵柳树。等我老了，就离开城市返回故土，从这棵柳树上折一根枝丫做我的拐杖。

我会像爷爷那样，拄着拐杖在大地上走来走去，如果不小心丢失了它，没关系，它会被土地保存起来，长成一棵大柳树。

柳树的绿荫，是我留给大地的身影……

（图/吴敏）

大 地

□毕飞宇

在村庄的四周，是大地。某种程度上说，村庄只是海上的一座孤岛。我把大地比喻成海的平面是有依据的，在我的老家，唯一的地貌就是平原，那种广阔的、无垠的、平整的平原，每一块土地都一样高，没有洼陷，没有隆起的地方，没有石头。你的视线永远没有阻隔，如果你看不到更远的地方了，那只能说，你的每一次放眼都可以抵达极限。极限在哪里？在天上。天高，地迥；天圆，地方。

我想我很小就了解了什么是大。大是迷人的，却折磨人。沙漠和瀚海的大只不过是你需要跨过的距离，平原的大却不一样，它是你劳作的对象。每一寸都要经过你的手。这是何等的艰辛！有些事情你可以干一辈子，但不能想，一想就会胆怯，甚至不寒而栗。

有一年大年初一，下午，家里就剩下我和父亲。我们在喝茶、吸烟、闲聊，其乐融融。父亲突然问我，如果把"现在的你"送回"那个时代"，让你在村子里做农民，你会怎么办？我想了很长时间，最后说："我会死在我的壮年。"父亲不再说话。我说的是真实感受，但是，我冒失了，我忘记了说话的对象是父亲。我经常犯这样的错。父亲是"那个时代"活下来的人，我的回答无疑戳到了他的痛处。但我还是要说，父亲"活下来"了，这是一项多么了不起的壮举。

庄稼人在艰辛地劳作，他们的劳作不停地改变大地的色彩。最为壮观的一种颜色是鹅黄——那是新秧苗的颜色。我为什么要说新秧苗的鹅黄是"最壮观"的呢？这是由秧苗的"性质"决定的。秧苗和其他庄稼不一样，它要经过你的手一棵一棵地插下去。在天空与大地之间，无边无垠的鹅黄意味着什么？意味着大地上全是庄稼人的指纹。鹅黄其实是明媚的，因为来自"手工"，它壮观极了。

"青黄不接"这个词一定是农民创造出来的。从这个意义上说，这个世界上最注重色彩的是庄稼人。一青一黄，一枯一荣，大地在缓慢地、急遽地做色彩的演变。庄稼人的悲欢，骨子里就是两种颜色的疯狂轮转：青和黄。青黄是庄稼的颜色、庄稼的逻辑，说到底是大地的颜色、大地的逻辑。当仁立在田埂上的时候，我的瞳孔里永远是汪洋：鹅黄的汪洋——淡绿的汪洋——翠绿的汪洋——乌青的汪洋——青紫的汪洋——斑驳的汪洋——淡黄的汪洋——金光灿灿的汪洋。它们浩瀚、壮烈，同时死气沉沉。

大地是色彩，也是声音。泥土在开裂，流水在浇灌，这些都是声音，像呢喃，像交头接耳，鬼鬼祟祟又坦坦荡荡。麦浪和水稻的汹涌则是另一种音调，无数的、细碎的摩擦，叶对叶，芒对芒，秆对秆。摩擦汇聚起来了，波谷在流淌，从天的这一头滚到天的那一头，是啸聚。声音不算大，但是架不住它的厚实与不绝，它成巨响的尾音，不绝如缕。尾音是尾音之后的尾音，恢宏是恢宏中间的恢宏。

大地在那儿，还在那儿，一直在那儿，永远在那儿。这是泪流满面的事实。

（图/麦小片）

采树鳔

□ 张 炜

如今的果园是自己的了。

父亲领着松松在果园里做活，无非剪剪枝、修修土埂，说不上多么累。松松闲下来就喜欢攀到树上。她如今18岁了，个子不高，紧紧地贴在树木的粗丫上。她从树上下来时，那根粗丫还热烘烘的。

松松喜欢树鳔的色彩，有的金黄，有的洁白，都那么晶莹透亮，可爱极了。她知道树鳔都是从树木的伤口、裂缝中流出来的——想到这里，她的心就猛地一动。她觉得树鳔绝不是平平常常的东西，它或许是大树干涸凝结的血液和精髓。

有一棵老李子树结了不知多少李子。父亲是那么喜欢这棵树，它身上也常常渗出又大又亮的树鳔来。有一次下起小雪，一连下了三天。雪停下来，松松走到了园里。她从老李子树身边走过，一下惊呆了：它身上挂满了闪亮的树鳔！

松松以后每每走近这棵老李子树都要停留一会儿。她对父亲说："这棵树快死了！"父亲看也不看女儿一眼，咕哝一句："胡诌！"松松知道自己的判断没错，因为她知道树鳔都是树木流出来的最宝贵的东西。不久，老李子树真的死了。父亲看着这棵树，又看看一边的女儿，嘴里发出不解的一声："哼？"

父亲费力地挖出老李子树的躯体。好粗大的一棵树呀！父亲盘算着用它打一套漂漂亮亮的组合家具呢！

一件件家具进入组装阶段了。松松对小木匠说："这些树都死了，又给你做成了家具！"小木匠说："它们这会儿就不是树了。你得说：一个衣橱、一个大立柜——你得这么说。"松松点点头。停了会儿，她突然问了句："你知道它们都是怎么死的吗？"小木匠摇了一下头。"是这样——"松松从口袋里摸出一块树鳔，"它呀，一丝一丝从树木的裂口往外渗。后来干结成这样，你看看吧——它原来像血液一样在树的身体内流着，树才活。树鳔都从树的伤口渗出来了，最后，树也就死了。"

小木匠认为树鳔和木胶差不多，于是用树鳔替代木胶往家具的榫缝里灌。松松看着树鳔汤汁一丝丝地渗入缝隙里，心里一阵阵宽松。她相信它们又开始转活了。一件件家具神气地立起来，瞅着屋里所有人。父亲用手拍它们，它们发出声音。松松想象着那些树鳔正滋润着它们，在全身的脉管和肌肤里周流不息。

"这些家具是活的，爸。"她抚摸着说。父亲点点头："可不！都是活的。组合家具嘛，并到一块行，分开也行，都是活的。"松松再不言语。

父女两个合计了一下，把一套崭新的组合家具放在一个大间里。父亲让女儿睡在里面。松松日夜都能嗅到淡淡的油漆味。夜里，最安静的时候，她老觉得它们在看她。这天夜里她没有睡着，后来，她听到这套组合家具里咳嗽的声音。她从床上坐了起来。白天，她打开每件家具看，发现里面除了一些木屑，什么也没有。

父亲说："这是接缝的地方在响——大约新家具都要响响的。它们刚刚变成了柜子什么的，筋骨不顺。"松松盯着立在墙边那溜儿高高大大、放着淡淡光芒的东西，心想这不是别的，是些复活了的精灵啊！那些崭新的家具夜间仍然响着。"这些精灵！"她在心里叫一声。

（图／罗再武）

船

□苏 童

到常熟去的客船每天早晨经过我家窗外的河道，是轮船公司的船，所以船只用蓝色和白色的油漆涂装成两部分，客舱的白色和船体的蓝色泾渭分明，使那条船显得气宇轩昂。每天河道里都要通过无数艘船，我最喜欢的就是去常熟的客船。我曾经在美术本上画过那艘轮船，美术老师看见后，很吃惊，说："没想到你画船画得这么好。"

孩提时代的一切都是易于解释的，孩子们的涂鸦往往在无意中表露了他们的挚爱，而我对船舶的喜爱一直延续到今天。

我热衷于对船的观察或许隐藏了一个难以表露的动机，这与母亲一句随意的玩笑有关。我不记得那时候我有多大，也不知道母亲是在何种情况下说了这句话，她说："你不是我生的，是从船上抱来的。"这是母亲们与子女间常开的漫无目的的玩笑，当你长大成人后才知道那是玩笑，母亲只是想在玩笑之后看看你惊恐的表情，但我当时太小，还不能分辨这种复杂的玩笑。我因此记住了自己的另一种来历，尽管那只是一种可能。我也许是船上人家的孩子，我真正的家也许在船上！

我上小学时，一个真正的船户的孩子来到隔壁我舅舅家。我舅舅家只有女孩没有男孩，那男孩的父母就通过几道人情把儿子送到我舅舅家——一个老实而显得木讷的男孩，脖子上戴着船户子弟常戴的银项圈。我对那男孩的船户背景有一种狂热的兴趣，我一边嘲笑他脖子上的项圈，一边向他提出各种问题，问他为什么不待在船上，跟他的父母在一起，难道在船上不如在我舅舅家好玩？那个男孩只是回答我，他要在街上上学。他不愿意跟我谈话，也不愿意跟我做朋友，这使我觉得有点颓丧。

有一天我听见窗外响起一片嘈杂声，跑出去一看，一条大木船在向我舅舅家门前的石埠慢慢靠拢。船上的那对夫妇忙着靠岸，而一个小男孩站在船头拼命地向岸上挥手，嘴里大叫着："哥哥，哥哥，哥哥！"我随后就看见我舅妈拉着那男孩站在石埠上，我知道这就是那男孩家的船，船上的夫妇是他的父母，那个大叫大嚷的小男孩是他的弟弟。我几乎是怀着一种忌妒的心情看着眼前这一幕的，但我发现那男孩一点不高兴，他仍然哭丧着脸，面对满脸喜色的家人。我觉得他不知好歹，他母亲眉眼周正，他父亲英俊魁梧，他的家在一条船上，可他还哭丧着脸！

那船户的儿子在我舅舅家住了一个学期后就被他祖父接走了。奇怪的是，他一走，我对自己身世的想象就停止了，或许是我长大了，或许是一个真实的船户的儿子清洗了我内心对船的幻想。至此，船在河道上行驶时我成了一个旁观者，我仍然对船展开与年龄有关的想象，但那几乎是一种对航行和漂泊的想象了。在寂静的深夜或者清晨，我有时候被窗外的橹声惊醒，有的船户是喜欢大声说话的，一个大声地问："船到哪里去？"另一个会大声地答："到常熟去。"我就在被窝里想：常熟太近了，你们的船要是能进入长江，一直驶到南京、武汉，一直驶到山城重庆就好了。

我初中毕业报考过南京的海员学校，没有考上，这就注定了我与船舶和航行无缘的命运。我现在彻底相信我与船并没有特殊的关系，在我仅有的一次海上旅途中，我像那些恐惧航行的人一样大吐不止，但我仍然坚信船舶是世界上最抒情、最美好的交通工具。假如我仍然住在临河的房屋里，假如我有个儿子，我会像我母亲一样向他重复同样的谎言："你是从船上抱来的，你的家在一条船上。"

关于船的谎言也是美好的。

(图/木木)

千鸟会

□张 炜

外祖母问我："最能唱歌的是什么鸟儿？"

我当然知道，是云雀，它们常常飞在天上，不停地唱啊唱啊……以前外祖母就指着天上的云雀讲过：无论飞得多么高，它都能看见下边的小窝，那儿有一只小草篮似的窝，它的孩子就在里边，妈妈从高处看着地上的孩子，为孩子唱歌。

我羡慕云雀。我想念妈妈。我出生后大半跟外祖母在一起，她给我讲了无数的故事，这也等于唱歌了。就从这一天开始，我特别留意树上的鸟儿，我学外祖母闭着眼睛，用心去想。

一只云雀在空中唱个不停，我用心捕捉歌声，闭上眼睛。好像听懂了一点，真的，那是一首多么欢快的歌："乐乐乐乐，哎呀！我真快乐！宝宝睡吧睡吧，从太阳出来，睡到太阳降落！乐乐乐乐，妈妈真快乐！宝宝别怕，软软的小窝，白茅花被子暖和和！乐乐乐乐，妈妈真快乐……"

我跑回屋里，把听到的歌唱了一遍。外祖母高兴极了，亲亲我的脑壳说："一点不错，就是这样唱的，你用心听，就听懂了！"

"可你以前说自己听不懂鸟儿的话……"

外祖母笑了："也许会的，像你这样用心，总有一天会听懂一点的。"

我到林子里，遇到了一群花喜鹊，它们正在吵闹，见了我就不吱声了。这样停了一会儿，它们当中的一只响起一句粗粗的吆喝，于是再次说起来。我坐在一棵白蜡树下，旁边有一蓬马兰草。我闭上眼睛听听啊啊，想听个明白。我似乎猜出了第一句、第二句，还猜出了其中的一两句："看看看看，是这小子来了！""认得认得，茅屋里的孩子！""他蔫不唧儿的，不太精神哪！""那是那是，好果子吃不着，吃不着！""咱知道有好果子熟了，咱不告诉他！""不告诉，不告诉，咳咳，东渠的桑葚紫又紫，咱不告诉他！""不告诉，就不告诉！"

我睁大眼睛看着这群花喜鹊。它们一个个又肥又亮，羽毛滑滑的。这当然是因为一天到晚不干活儿，专吃好东西。一帮嘴馋的懒家伙。不过我今天可听到了它们的一点秘密。

我看了看太阳，正是半上午时分，一切还来得及。我想快些赶到东边水渠那儿，饱饱地吃一顿甜甜的大桑葚，再捎一些给外祖母。这样想着，我站起来就往东走。我发现树上的一群花喜鹊彼此看了看，好像一点都不着急。我继续往前，走了一会儿，才听到它们在身后再次嚷叫起来。它们大概开始议论别的事情了，不再理我。

我很快找到了那条暗绿色的水渠。在小木桥的旁边果然有几棵桑树，但树上没有果实。我沿着水渠往北走了一段路，终于发现了几株枝叶茂密的大桑树。啊！果实累累！只可惜走近了才知道，它们全是青涩的，离变紫的日子还远着哩……我被骗了！

往回走时，我仔细想着听到的那些花喜鹊的叫声："哼哼，咔咔，嚓嚓嚓嚓，咔啊咔啊……"就是这样。嗯，也许它们压根儿就没有说到果子的事，而是议论接下来的冬天怎样盖一座新房子。它们说啊说啊，有讲不完的话。老天，要真正听懂鸟儿说话，这可太难了，大概是天底下最难的了。外祖母多聪明，可她一辈子都没有听懂。但我会有耐心的。我一定要给外祖母一个惊喜。🌟

（图/张翀）

花 园

□汪曾祺

花园里旧有一间花房,由一个花匠管理。

花匠离去后,花房也跟着改造园内房屋而拆掉了。那时我认识花名极少,只记得黄昏时,夹竹桃特别红,我忽然又害怕起来,急急走回去。

我爱逗弄含羞草。触遍所有叶子,看都合起来了,我自低头看我的书,偷眼瞧它一片片地开张了,猝然又来一下。他们都说这是不好的,有什么不好呢?荷花像是清明栽种。我们吃吃螺蛳,抹抹柳球,便可看佃户把马粪倒在几口大缸里盘上藕秧,再盖上河泥。我们在泥里找蚬子、小虾,觉得这些东西搬了这么一次家,是非常奇怪有趣的事。缸里泥晒干了,便加点水,一次又一次。

有一天,紫红色的小嘴子冒出了水面,夏天就来了。荷叶上哗啦哗啦响了,母亲便把雨伞寻出来,小莲子会给我送去。

大雨忽然来了。一个青色的闪照在槐树上,我赶紧跑到柴草房里去。那是距我所在处最近的房屋。

我爬到堆近屋顶的芦柴上,听水从高处流下来,响极了,訇——空心的老桑树倒了,葡萄架塌了,我的四近越来越黑了,雨点在我头上乱跳。

忽然一转身,墙角两个碧绿的东西在发光!哦,那是我常看见的老猫。老猫又生了一群小猫。原来它每次生养都在这里。我看它们攒着吃奶,听着雨,雨慢慢小了。

那棵龙爪槐是我一个人的。我熟悉它的一切好处,知道哪根枝子适合哪种姿势。云从树叶间过去。壁虎在葡萄上爬。杏子熟了。何首乌的藤爬上石笋了,石笋那么黑。蜘蛛网上有一只苍蝇。蜘蛛呢?花天牛半天吃了一片叶子,这叶子有点甜吗?那么嫩。金雀花那儿好热闹,多少蜜蜂!啵——金鱼吐出一个泡,破了,下午我们去捞金鱼虫。香橼花蒂的黄色仿佛有点忧郁,别的花是飘下,香橼花是掉下的,花落在草叶上,草稍微低头又弹起。

大伯母掐了枝珠兰戴上,回去了。大伯母的女儿,堂姐看金鱼,看见了自己。石榴花开,玉兰花开,祖母来了。

"莫掐了,回去看看,瓶里是什么?"

"我下来了,下来扶您。"

家里宴客,晚上小方厅和花厅有人吃酒打牌。(我记得有个人吹得极好的笛子。)灯光照到花上、树上,令人极欢喜也十分忧郁。

点一盏纱灯,从家里到园里,又从园里到家里,我一晚上总不知走了多少趟。有亲戚来去,多是我照路,说哪里高,哪里低,哪里上阶,哪里下坎。若是姑妈舅母,则多是扶着我的肩膀走。

人影人声都如在梦中。但这样的时候并不多。平日夜晚园子是锁上的。

小时候胆小害怕,黑黢黢的,树影风声,令人却步。而且相信园里有个"白胡子老头子",一个土地花神,晚上会出来,在那个土山后面,花树下,冉冉地转圈子,见人也不避让。

有一年夏天,我已经像个大人了,天气郁闷,心上另外又有一点小事使我睡不着,半夜到园里去。

一进门,我就停住了。我看见一个火星。咳嗽一声,招我前去,原来是我的父亲。他也正因为睡不着觉在园中徘徊。

我搬了一张藤椅坐下,我们一直没有说话。那次,我感觉我跟父亲靠得近极了。

(图/蛔菓猫)

青山白发

□林清玄

在北莺公路上,刚进入山路的时候,发现道路左边蹿出来一丛丛苇芒,右边也蹿出了一丛丛苇芒,然后车子转进了迂回的山路,芒花竟像一种秋天的情绪,感染了整片山丘,有几座乔木稀少的小丘,蒙上了一片白。冬天的寒风从谷口吹来,苇上白色的芒花随着飘摇起来。

我忍不住下车站在整山的白芒花前。青色山脉是山的背景,那时的苇芒像是水墨画的留白,这留白的空间虽未多着墨,却充满联想,仿佛它给山的天地间多留了空间,我们可以顺着芒花的步迹往更远的天地走去。

我站在苇芒花中间,虽不能见到山的背面,也看不到那弯折的路之尽头,但我知道,顺着这飘动的白色寻去,山的背面是苇芒,路的尽头也是苇芒。

在乡间,苇芒是最低贱的植物,因此它的生命力特别强悍,一到秋天,它就成为山野中最美的景色。

有一年,我在花盆里随意栽植一株苇芒,本来静静地躺在花园一角,到秋末它突然抽拔开花,那些黄的红的花全成了烘衬它的背景。那令我们感觉,苇芒代表了自然的时序,它一生的精华都在秋天。

有一次,我路过村落去探望郊区的朋友,在路旁拔了几株苇芒的长花送给朋友,他收到苇芒花时不禁感叹:"竟然已是秋天了!"——苇芒给人季节的感受,胜过了春天的玫瑰。

明朝才子于孔兼在《菜根谭题词》里说:"天劳我以形,吾逸吾心以补之;天厄我以遇,吾亨吾道以通之。"想找到一条补天通天的道路,可是,我们的心再飘逸,我们的道再高远,恐怕都无法让苇芒在春日里开花吧!

人面对自然、宇宙、时空的无奈,实在是无可奈何的事,豪放如李白,在《把酒问月》一诗中曾有一段淋漓的描写:"今人不见古时月,今月曾经照古人。古人今人若流水,共看明月皆如此;唯愿当歌对酒时,月光长照金樽里。"真真写出了淡淡的感慨。人能与月同行,而月却古今辉映,人在月中仅是流水一般的情境。同样的,人能在苇草白头之时感慨不已,可是年年苇草白头,而人事已非!

少年时代读《孔雀东南飞》,有几句至今仍不能忘:"君当作磐石,妾当作蒲苇,蒲苇韧如丝,磐石无转移",这是刘兰芝在对丈夫表达永志不渝的誓词,竟把芦苇蒲草比作永远的磐石,令人记忆鲜明,最后仍不免徘徊于庭树之下,自挂东南枝,殉情以殁;刘兰芝魂灵已远,不能知道她心中的苇草,仍在南方的山头开放。

想到苇草的种种,突然浮起苏东坡的名句"青山一发是中原",那青山远望只是一发,而在秋天的青山里,那情牵动心的一发却已在无意之中白了发梢,即使是中原,此刻也是白发满山了吧!

我离开那座满芒花的丘陵,驱车往乡间走去,脑中全是在风中飘摇的芒花,竟使我微微颤抖起来,有一种越过山头的冲动,虽然心里明明知道山头可攀,而青山白发影像烙在心头,却是遥遥难越了。

(图/豆薇)

冬 花

□贾平凹

七寸宽的，一尺长的，一件印刷品，嵌在银箔花边里的玻璃框里待售。我看见它的时候，它蒙着一层灰尘。我十分庆幸，立即掏钱买了回来。

这是一幅日本名画，作者是东山魁夷。

画描绘的是一个冬夜。天上有一轮月亮，满满圆圆的。没有一朵云，也没有一颗星星，占去了画面一半的空间。月亮却是不亮，淡极，白极。那一半的下面盈盈的是一棵老树，树冠呈扇形，隆地而起的半圆。树枝一动不动的，没有一片叶子，没有一个小花小果。全树一色灰白，不知道是落了银粉，还是挂了微霜。

画面上再没有什么了，朦胧而又安静，虚空而又平和，我只能说出它的物理成分，却道不出它的情调；或许我意会了，苦于用语言不能表达。恐怕最伟大的文学家也说不出来，任何一个平凡的人却能感觉出这是冬夜。

多么冷的一个夜晚啊，我感到衣裳太单薄了，似乎不可忍耐了。

这幅画挂在我的房中，每每心烦意乱，就面画而坐，它似乎是安宁我的神灵，我于是得到了慰藉，得到了解脱；我觉得我是唯一能理解它的了。

有这么一回，我正看着，偶然间在画的左角，发现了小小的两个字：冬花。这是画的题字，却使我大吃一惊，而且从此陷于疑惑了。那题字笔画了了，而且我一直未能注意：它怎么是"冬花"呢？冬天是不可能有花的，画面上又没有画花，何以是花呢？

我是不知道的了。月下树下是没有一个人，东山魁夷又在日本，问谁去呢？我苦闷了三天，终于看出这树是长在河边的，或者场畔的，那么，这几步之外，该是有村，有人的了。这要去问那人了。

人呢？在这沉沉夜里，人恐怕掩了柴门，已经睡了。昨日刮了一天风，飘走了树上最后一片叶子，今夜，才冷得这般干，这般清；那人如何过得长夜，推开了那扇窗子，看着这树了。他是在想：今夜里有月亮了，这么满圆。这树，是枯了吗？它静静地在冬夜里，沉思了，默想了，它或许正在做一个长长的梦，梦见春天的花，春天的叶，春天的果呢。生物学家讲：树有多高，根有多长，它在地面上是一个枝的半圆，地下的那根该是另一个半圆了，在向纵深掘进，在积蓄力量。地上地下，一个满满的圆，是供给暮老的冬天的一个花圈？是献给新生的春天的一个花环？那人一定是在唱了——

黑黑的天空一轮月亮/那是夜的太阳/孤独的太阳/孤独的灵魂/冬夜从此不再漆黑。

茫茫的大地一棵树木/那是冬的花蕾/寂寞的花蕾/寂寞的灵魂/冬天从此有了颜色。

啊！冬天并不是死寂的，冬天有花呢。这是那人看见的，也是他告诉我的。这个不知名儿的，不见脸儿的人，揉着睡眼，打着哈欠，伸舒了身骨，怕要走下炕来，步出门去；而他终没有时间走进这画里来，又去忙他的事了，去修理春耕的农具，去精选春播的种子……

啊！我真想唤出那个人来了！尊敬的，你肯出来吗？带我一块度过冬天，说给我些冬天的童话，教给我些春耕的劳作，我一定要叫着你是老师，好吗？

(图/兜子)

留有余地

□明前茶

南瓜园里,南瓜的小苗刚刚露头时,萤火虫就拿它当鲜嫩的点心来啃食,几只萤火虫就能把它啃得麻麻点点,让可怜的南瓜苗断了生机。

农场的老周为我们示范怎样为柔弱的小苗驱赶萤火虫:他从镇上学校食堂里搜罗来成筐的鸡蛋壳,用火钳夹着,逐一在火苗上燎烤,直到鸡蛋壳发出微微的焦气。然后,再搜罗一些竹筷,钳断筷子做成小棍,在南瓜苗的近旁用小棍支起烧焦了的鸡蛋壳,如同撑起一顶顶迷你的华盖。

萤火虫惧怕焦蛋壳的气味,有了这个防护措施,它们就避而远之了。等南瓜苗长大,伸展出日新月异的牵藤,叶子转眼间比巴掌还要大,农人们就不管萤火虫来不来吃了。喷杀虫药的办法是他们绝对不喜欢的。夏日的菜园,怎能没有萤火虫飞舞?在农场里,萤火虫绝对不算对农作物危害最大的害虫,根本不需要用农药来喷杀。

南瓜花开了,农场小孩的夏日游戏,就是蹑手蹑脚走近南瓜花(一般是雄花),右手将花瓣口猛地拢紧,左手掐下花柄,数只萤火虫就由此"入瓮"了。回家后用瓶子把萤火虫装起来,就成了蚊帐里的一盏小灯——亮莹莹的幻想之灯。这种捉虫法,就像跟萤火虫做游戏。被孩子折下来的南瓜花,虽然已经被萤火虫啃出小洞,也会被裹上面糊油炸了当茶点,不会浪费。

相比之下,喷药是最没有长远眼光的做法。吃了被药放翻的虫子,鸟雀也会中毒的。鸟雀遭毒杀,大自然原本不动声色勾连着的生物链被粗暴地扯断,第二年的虫害会变本加厉。

但鸟雀也是要防的。以梨园为例,如果不防鸟,梨子长到乒乓球大小,就会被鸟儿东一口、西一口啄出很多洞。梨子还在幼年时期,就毁了。因此,梨子结出来没多久就要被套上小袋子,隔一段时间还要换大袋。这是相当考验人眼、心、手能否合一的体力活:每人肚子上系一个褡裢式的围兜,纸袋就放在围兜里,左手拿出一小沓纸袋,右手飞快地抽、捻、套,用订书机咔嚓一下封口。专注的熟手,扛着沉重的铁梯爬上爬下,一天能套十多棵树、数千只梨子。可有一件事相当奇怪:就算藏在枝条缝隙里的梨子,他们套起来也没有一个漏网的,但偏偏漏过了向阳面的几只梨。

梨园老板说:"那是给鸟留着的。梨不留,鸟不来,梨园里的害虫就会泛滥成灾。"

套了袋子也不解决问题?是的,因为梨子需要呼吸,袋口不能封得太死,食心虫完全有缝隙钻进去。这样,套了袋还需再除虫。而除虫就要去袋喷药,那可耗费人工。

于是,最好的办法还是留下向阳处最醒目、最甜美的果实,邀请吃虫的鸟儿来驻留。鸟雀的啄食,肯定也除不尽所有的害虫,但有什么关系?有虫眼的梨子收下来,就不卖了,秋天他们会自己熬一些秋梨膏来吃。

农人讲不出"和谐共生"之类的大道理,他们只知道梨子、鸟雀、害虫之间的微妙牵制是大自然布下的迷局,他们宽容地笑着说:"要留有余地,因为大家都要活下去。"

(图/麦小片)

陋　室

□贾平凹

推开一扇黑门，就进入一个世界了。一墙之外的阳光挺好，却也有风，是从旁边的高楼下过来的，压缩了的，无形而尖硬；这门就随身紧关，一切复沉沦于黑暗了。

主人是玩墨的，这黑屋大致也和谐。屋的开间是三米，入深也是三米，三三得九，如果再有一点纵横，一切就好了，是一个囫囵数字的平方。主人玩墨是玩在纸上的，这桌上桌下、书架里书架外，全堆放了纸卷，一屋子易燃之品。那么，锅盆碗盏，衣物用什就寸土必争，竟然能巧妙地放下三个沙发：一个大沙发，白日迎宾待客，夜里供儿子安眠，鬼知道儿子却能在沙发上长就那么高的个子！两个小沙发，永远是夫妇享受的地方，而且恰到好处，沙发前可以放一个永不熄灭的火炉。人以食为本，火炉上的水壶日夜是醒着的。醒着的是难受的，所以总唠唠叨叨。

主人常常在沙发上坐了，取笑水壶不旷达。

当然，始终不醒的是另一间房子，长沙发紧边的地方，有一个门洞。门洞没有帘子，好了，这正是黑帘子，永远于所有来客是一种神秘。如果有一只猫进去，放大了瞳孔，就知道这是主人的卧屋，七平方米，妙在安放一张双人床，不松不紧。而又是从床上到床下，是书是报是纸卷。一个黑封了的窟，最宜于入静，因此主人一直未失眠过。

蜈蚣有一百条腿，但并未嫌弃过腿多；云鹤有两条腿，但也并未抱怨过腿少，甚至它落下来，还喜欢一腿独立！实在没有地方让家具立脚，因为人腿太多了。唯高高的乱纸堆上，明亮亮是一台小小的座钟，座钟里有一猫头鹰，怪眉怪眼。猫头鹰是夜之魂，能在这里最好，满屋有了一种庄严感。

奇怪的是空气没有因空间狭小而稀薄，为了看清人之呼吸，就以香烟为有形的空气，吸进一口，吐出三口，袅袅扶摇到屋顶，祥云笼罩大可在俯察品类之盛后，再可仰观宇宙之大了。

主人的不修边幅，是典型环境中的典型人物也。但卧屋里挂有一把胡琴，外室里悬有一柄长剑；胡琴被尘土封住，又没弹，但它响动的是一首无声的音乐，长剑被尘土封住，但它舞动的是一副无形的英姿。当屋垂吊的一盏电灯，视认为一轮太阳，门后挂着的一片圆镜，视认为一轮月亮，太阳永不落，月亮永不缺。儿子说：还有八颗星星，两颗在他脸上，两颗在妈妈脸上，四颗在爸爸脸上，因为老子有一副眼镜。夜里或许断电了，炉火光亮，人之初是善的，人之影却诡变，在四面墙上忽大忽小，忽长忽短，自己常常为自己吃惊和感动。

工作了一天，身心都十分疲倦了，进入这个世界，窄小却温暖，昏暗而安妥。男的有妻，女的有夫，夫妻有子，有酒且饮，无酒清谈，随形适意，其乐无穷。最得意的，也最欣赏不够的是东南墙角上的蜘蛛网，大若雨帽，经纬高超，尘烟熏迷，丝粗如绳，那是人工所不能及的艺术品啊！主人是搞艺术的人，人亦成了艺术。这艺术真美。

主人是谁，说出来我知道，你知道，而且在这个唐都古城里差不多的有职有位的更知道。因为在他们宽敞明亮豪华的住宅里，挂满了通过各种渠道得来的行、草、隶、篆字幅，且常常对来访者介绍说："瞧，这字绝吧，我们这儿杰才济济，这便是著名的书法艺术家薛铸写的呀！"

（图／兜子）

麻雀冬恋

□鲍安顺

冬天,麻雀呼啦啦飞过老家屋檐,站在阳光下的树枝头、铁栅栏顶、晒衣绳上,小精灵般惹人喜爱。

我看着它们欢快嬉戏,在冰湖上蹦跳,在雪地里叫喳喳,让寒冷的冬日有了热气和喜悦。

麻雀,食性复杂,只为一口求生之食,没有一点奢侈,它是朴素之鸟,也是热爱故土的坚贞之鸟。尤其在冬天,它从不迁徙,那哗啦啦纷飞的身影,让我想起欢乐中的清贫、淡泊里的超脱,真是平凡至极,惹人怜爱。

在乡下的冬天清晨,我常被麻雀叫醒。它们的叫声,像初冬早晨的炊烟袅袅,像笑嘻嘻的童谣,像唠家常大妈的呼唤,夹杂着嗔怨的惊骇,似唱歌,也似争吵喧闹,音节短促,音色琐碎,音韵散漫,虽缺乏感染力,却让我想起了恬淡的愉悦、轻松的闲适。是呀!麻雀的性格就像一个简单的快乐之人,只没心没肺地飞翔,觅食求乐,性情散淡,没有一丝的落寞。我能感觉到麻雀对人类的友好,它们从不选择背离或逃脱,一心一意地靠近人类,却存敬畏。它抢食,也捡漏;勤劳,也有欲望;质朴地生活,也质朴地安息。

麻雀过冬,羽毛膨胀来防寒。所以那夏天的麻雀,与冬天的麻雀有所不同,一个个羽毛紧束,瘦瘦的身体,收紧得十分精干,那活泼,那机警,那飞翔中的阵阵喧哗,像夏天一般充满热情,炽热骚动。冬天的麻雀,一个个羽毛蓬松,身体肥大;翅膀没有张开时,显得慵懒、呆板、倦怠。它们虽不冬眠,可在冬天里,性情温和多了,不再激烈,有些睡意蒙眬,缺失了火焰般的热情。我曾掏过麻雀冬天藏在洞穴里的食物,听说它们每天觅食,觅不到食物时,才会吃储存的食物。秋收冬藏,井然有序,这行为很像人类。我还听说麻雀在冬天活动少,它们压缩了食量,尽量在白天觅食、晚上回窝休息。

冬天,有一只觅食的麻雀飞入了我家客厅,它寻找不到出路,几次撞在玻璃窗上,无力地扑腾翅膀。当我把窗户打开时,它飞了出去,在我眼前飞走又飞回,像在致谢,又像与我嬉戏逗乐。此时,我突然想起王晓明《鲁迅传》中的情景:一次,8岁的鲁迅正在看书,就拒绝了弟弟一起去抓麻雀的邀请。其实,鲁迅说自己喜欢麻雀,但专注于读书的时候,就要放弃一些游戏时间。

我还听过一首名叫《涩》的歌,歌中提到麻雀也提到冬天,还有一句歌词是:"是不是只有漂泊的人们,才懂得生活的苦涩?"我听后想,这是在唱麻雀,更是在唱人生,唱欢乐与苦难,唱生存的执着与生命的坚毅。

(图/蝈蒠猫)

养月亮

□郭华悦

养月亮，有场所之分。

有人把月亮养在树梢头。月上柳梢头，人约黄昏后。一个人或两个人，各有不同的情调；圆月还是残月，亦有别样风情。但有一样是相同的，抬头望月，树梢上的月亮是美丽的、清俊的，带着月夜独有的温柔气息。

有人把月亮养在泉水里。抬头望月，树梢之月，远在天边；低头观月，水中之月，近在咫尺。亦远亦近，忽远忽近，不过是因为把月亮养在了不同的地方。水中养月，少了孤寂，多了亲近。心如止水，水中有月，人与月是契合的。

也有的人，把月亮养在记忆里。谁的记忆里，没有一条长长的、窄窄的月光铺就的小路？养在记忆中的月亮，风情各异，有融入泪水的冰冷月光，也不乏照亮笑靥的柔和月色。笑与泪，喜与悲，都是记忆中的月亮不可或缺的养分。

养月亮，也有人数之分。

一个人养月亮，养出的月光是清冷而明晰的。人在俗世中翻滚，领略了种种炎凉世态。总得有那么一些时刻，抛开伪装的笑容与言不由衷的话语，一个人静静养一轮月亮。这样的月亮，能让人在疲累之余，突然有一种耳目一新的舒畅。人生暗夜，感恩月光清凉，人心光亮，那些积累的难过已一扫而光。

两个人养月亮，月光是温热的。能携手观月的人，大抵已没有多么热烈的心境。正如彼此之间的感情，平平淡淡，却如月光一般蕴含着细水长流的韵味。虽不热闹，却能直抵彼此的心房，心心相依。

几个人养月亮，月光是热闹的。这样的几个人，或是惺惺相惜的同道知己，或是相偎相依的一家老小。月光落在夜色里，将几颗心一一点亮。这样的月亮，少了清冷，多了热烈，亦是另一种风情。

养月亮，也有姿态之分。

抱膝观月，养出的月亮能唤醒童真。很多人的童年里，都有着那么一轮明月，高挂天穹。稚童抱膝，或于田埂上，或于屋顶、屋前，童眼观月，脑中无尽遐思。哪怕日后长大成人，这样的姿态仍可以让人在一瞬间回到童年，体悟童真的烂漫。

临窗望月，养出的月亮引人相思。一个人，推开一扇窗，望着空中的一轮明月，心中总不禁想起同沐于月光下的另一个人。月光漫漫，思念长长，哪怕天涯海角，但总能在床前明月光的牵引下，将思念汇聚在一起。

倚门赏月，养出的月光能洗涤心尘。当一个人倚在门上，静静领略月光时，生活中的累累伤痕便已在不知不觉中被抛诸脑后。生活不易，但在门前月色的洗涤下，滤去了浮躁，留下了安宁。尘埃散尽，心中便只有清净与诗情。

养月亮，亦是品生活，观百态。今日中秋，愿你的生活和你养的月亮一样明亮、圆满。

(图/徐进)

把一只鸟拢在手里

□鲍尔吉·原野

小时候,我希望有一只自己的鸟,双手拢着这只鸟,看它的小脑瓜在手里转动,感受小鸟身上的温热,也许能摸到它小小的心脏的搏动。

这是我的想象,我并没有这样一只鸟。鸟从天空划过只是一瞬,再无消息。

有的鸟从树里突然飞出,不知所终。有的鸟突然飞进树里,也不知所终。它们叽叽喳喳说个不停,说了那么多话,却没留下一句你能听懂的话。

博物学家怀特说:"鸟类的语言非常古老,而且,就像其他古老的说话方式一样,非常隐晦。言辞不多,却意味深长。"语言隐晦,意味深长也是李商隐的风格。

如果我有一只鸟,会仔细查看它的每一根羽毛。轻轻掀开它的翅膀,看翅膀里边和外边是不是一样,用手摸一摸它尖锐的小爪子。鸟向你眨眼,把下眼皮拉到上面,闭上眼睛。人眨眼是把上眼皮降下来,下眼皮升不上去。我模仿过鸟眨眼,但学得不像。

带着一只鸟在街上走,我要把它放进左边衣兜,用左手攥着。换到右面衣兜,用右手攥着。总之,如果我有一只鸟,始终用手攥着。鸟太小,没办法搂着,也不能抱,最亲密的方式是拢在手里,给它喂水、喂米,然后让它在一根横棍上睡觉。

我很想知道夜里的鸟在树枝上睡眠的情况。它们缩成一个团,把下眼皮拉上来盖住眼睛。睡熟了,双爪紧紧抓着树枝。那样能睡着吗?换成我,紧紧抓着一根树枝,根本没法入睡。即使睡熟了,双手还是会松开。

鸟急躁,它们所有的动作都刻不容缓。即使啄一啄胸前的羽毛也急急忙忙。有这么急吗?它们手里压着的事好像比人还多,咋办也办不完。

我听说野鸟不让人养,有人把麻雀养在笼子里,麻雀东冲西撞,绝食而死。虽然我喜欢有一只鸟,但不会把鸟装进笼子里,养鸟最好的方法是松开手,让鸟飞上天空。我一直没有鸟,我的鸟在天空中飞行。

现在我仍然喜欢鸟。我的愿望是让小鸟把我看成一棵树,对它们无所惊扰,而我有机会在近处观察它们。这个愿望差不多要实现了,麻雀经常落在离我很近的地方蹦跳啄食。它蹦的时候,好像每一步都踩在弹簧上,蹦出很远,自己控制不了。麻雀蹦的时候尾巴拖在地上,费尾巴。所以有的麻雀尾巴长,有的尾巴短。

我身旁的麻雀,猛然啄地,抬头看我。我没反应。麻雀接着啄地,再看我,用力很猛。我说学不了,我要是像你们那样啄地,鼻子早撞歪了。

鸟飞走了,它做得最多的事情是飞行,我做得最多的事情是坐在树荫下看天空中飞翔的鸟。

(图/蛔菓猫)

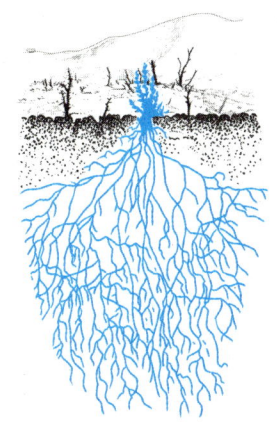

骆驼刺

□ 陈忠实

列车是在沉沉夜幕中进入柴达木的。我浑然不察不觉，已经置身地理课本上用沙点标示着的这片大戈壁了。

早晨起来，睁开眼睛就感受到裹入柴达木巨大的无边无沿的苍茫与苍凉之中了。无论把眼光投向哪里，火车刚刚驶过的来处和正在奔去的前方，车轮下路轨所枕伏的一绺直到目力所及的远处，灰青色的灰白色的沙砾无穷无尽。沙漠的颜色变化着，一会儿是望不透的青灰色，一会儿又转换成灰白色的了，无论怎么变幻，依然是构成主旋律的单调。在感受宽阔、浩瀚、博大、雄奇的深层，柴达木投射给人心里的苍茫和苍凉同样是切实的。偌大的火车在柴达木的腹地上奔驰，恰如一条节状的油蜈蚣在缓缓地蠕动，总是让人产生没有指望走出的疑虑……

生命在这里呈现出异常简单的景象。整个世界简单到只剩下一种两种绿色植物，骆驼刺和芨草。一株一株的骆驼刺，形似球状，零零散散撒落在沙砾上，没有簇聚，单株单个，据地自生。看不到印象中的森林和草地上那种或互相拥挤互相缠绕的复杂，或勾肩搭背倚竿爬高的姿势，或交头接耳唾沫相溅的喧哗。干旱和寒冷的严酷，使一切绿色生命望而却步，只有骆驼刺以最简单的形式生存下来，形成柴达木的唯一点缀。

骆驼刺，短而细的枝，针状的叶，无媚无娇，只是一个绿色的生命体。骆驼刺，开一种细小到几乎看不出的花，和孕育它的沙地一样的颜色，也应是花中最不起眼的色彩了。然而它的功能与任何花相比毫不逊色，授粉，结籽，在沉静的等待中迎接雨水，便发芽了。

远处是昆仑山，寸绿不见，铁打钢铸似的摆成一道屏障。白如棉絮的云团，在或高耸或低缓的峰巅和峰谷间缠绵。

一条泥浆似的河出现了。名曰饮马河，再恰切不过的好名字，却使人感到徒具虚名。赭红色的水，几乎看不见流动，细小到无法与河的概念联系起来，充其量只算得小河沟罢了。然而毕竟有水，便是理直气壮的河了。有水，不管赭红色也罢，浑如泥浆也罢，就能孕育繁衍出绿色的生命，各色水草，就围绕着水的走向蓬勃起来，蜿蜒出荒漠戈壁上一道惹人眼热的绿色。自然，拥挤和缠绕、簇聚和绣集、勾肩搭背和攀爬倚仗便如任何草地一样发生了，不可避免地形成了。然而，在苍茫而又苍凉的柴达木，饮马河毕竟流出来这一缕生动和一缕活泼，一缕让人遏止不住想要拥抱的俗世绿色。

毕竟使人难忘的还是骆驼刺。在柴达木，在毫不留情地虐杀一切绿色生命的干旱、暴风和严寒里，只有骆驼刺存活下来了。骆驼刺接受了严酷，承受了严酷，适应了严酷，保持而且繁衍着庞大的家庭，便可骄傲于所有的严酷，成为点缀和相伴柴达木的唯一秀色。

(图/徐进)

月光追过来

□刘亮程

夜晚我穿过村子,走进那排矮土屋中的一间,我关好门,静静蹲着。那排旧房子一直没有拆掉,那时我有一间自己的小房子,我夜夜回到那里,孤单、害怕。门薄薄的,风一吹就能破。窗户在高高的后墙上,总是半开着,我够不着。我打开锁,锁孔有点锈了,老半天打不开,一阵一阵的风从后面追来,我不敢往后看,门终于打开了,我又不敢一下进去,开一条缝,朝里望,黑黑的。有人吗?我在心里说。

一坨月光落在地上,我一侧身进去,赶紧关门,用一根木棍牢牢顶住,再用一根木棍顶在下面,这时我听见风涌到门口,月光也追过来,透进门缝的月光都会吓我一跳。我恐惧地坐在里面,穿过村子的那条路晾在月色里,我能看清路的拐角,一棵歪柳树的影子趴在地上。刚才,我匆忙走过时,没敢往那边看,我觉得它像一个东西,在地上蠕动,有时它爬到路中间,我远远绕过去,仿佛它会吃掉我。

过了那个拐角是一个芦苇坑,路弯弯地向里倾斜着,我也不敢向芦苇坑看,那些苇梢一摇一摇,风一大就朝路上扑,我总感觉后面有东西追过来,是一阵风还是一缕月光,还是别的什么,我不敢往后看,我偷偷摸摸的,好像穿过村子时被谁看见了,我甚至害怕被房子和树看见了。

门薄薄的,天窗永远敞着,不管我来不来,那坨月光都在地上汪着,我坐久了,它会慢慢移过来,照在我的腿上、脸上。我不敢让它照,就坐在它移过的地方,然后看见它越移越远,最后从墙上出去了,我抬起头,从天窗望出去,满世界的月光。月亮不见了。

而我们的新房子,在村子的另一边,已经比旧房子还要破旧。

但我不害怕刮风。风越大,我睡得越安静。仿佛我在满天地的风声中藏掖好自己。那时我可以翻身,大声喘气咳嗽,我的声音隐藏在树叶和草垛的声响中。

至今我记得我在村庄的夜晚行走的模样,我小小的,拖着一道大人的影子,我趴在别人的窗口倾听,有时趴在自家的窗口倾听,家里没有一丝声音,他们都到哪去了?别人家也没人。院门朝里顶住,门窗关着,梯子趴在墙上,我静悄悄爬上房,看见一个大人的影子也在爬墙,他在我下面,我上去时他已经在房顶,我想我的劲真大,能把一个大人的影子拖到房顶。

夏天的夜晚天窗口敞开,白白的一坨月光落在屋里,有时在地上,照见一只鞋,另一只被谁穿走,有时照见两只,一大一小,仿佛所有人穿着一只鞋走在梦中,另一只留在炕头,等人回来。月光移过炕头时,照见一张脸,那么陌生,像谁的父亲,和兄弟。

(图/麦小片)

爱的本质是一种智慧

□蒋 勋

在一些关于爱情的抽象论述中，我们绝对不会反对"专情"这件事情，我们最常歌颂的也是专情，一种"专一"和"专心"，爱一个人至死不渝，当我们对一个人这么说的时候，当然就是一生一世的事情，甚至是生生世世。

可是，所谓的"专一""专心"要如何解释？每个人在不同的成长过程中，都会有不同的领悟吧。

就像你在春天时，到阳明山上走一走，繁花盛开，你凝视着其中一朵，这一刻是不是专一、专心？

而当下一刻，你的视线转移到天上飘浮的白云上，这一刻又是不是专一、专心？

其实我们是在很多分心的片段中专心的，每一个片段的刹那是专心，从一个片段到另一个片段，还是专心，我的意思是说，我们要界定"专心""分心"是很困难的。

如果举的例子是花和白云，很多人都可以接受，但如果是一个女人和另一个女人呢？

很多事物在自然中，我们可以把它讲得很美，就像老庄思想所描述的自然。但如果是人就不一样了。我常跟朋友聊，花在开，开得那么美，香气四溢，它的目的只有一个：招蜂引蝶。

我们说，花努力绽放出美丽的姿态，吸引昆虫来采蜜，完成花粉的交配，让生命扩大和延长，我们会觉得美极了，但其实这就是一种生殖的行为。

我喜欢把人的事情放到自然规则里去看，那样我会有一种更大的宽容。

每个人生命里爱的支点要多一点。

对我而言，生命的支点有我的爱人、父亲母亲、兄弟姐妹、我的朋友，还有路边擦肩而过的路人，他们也可以是我生命中的一部分。

我依靠这些支点活着，或重或轻——我说或重或轻是指你不能把所有力量压在一个支点上，你自己会受不了，对方也会受不了。

我宁愿爱是可以平均分摊的，爱我的人，他也有亲情的爱、友情的爱，以及在生活当中还有其他能吸引他的爱的事物。

我会很感谢这些人、这些事帮我分摊了他的爱，没有全部压在我身上，让我喘不过气来。

同样，我的爱也有很多支点，不会只放在一个人身上，而这些分摊的爱，并不会减损爱情的纯度，反而是一种增加。

爱的本质是一种智慧，尤其是年龄越长时。

你在二十岁以前可以依靠上天给予的青春、健康、年轻，这些不是你自己的，是上天给予的。

而当你三十岁、四十岁、五十岁以后，你要如何保持自己的魅力？这就要靠智慧了。

庄子的意思是人皆有私心，但可以把私心扩大到整个天下，这句话听起来很吊诡，可是，它就是一种智慧，非常难做到，但不是绝对不可能。

用这种态度去面对自己最爱的东西、所有被你称为宝贝的东西、你最害怕失去的东西，你才不会害怕。因为没有一种东西是不会失去的，即使是在空间上你没有失去，总有一天你也会在时间上失去。

所有的"宝贝"你都只能暂时保管，用一种暂时保管的心情，去面对爱情，其实会好过一点、宽容一点。

而且，既然是个宝贝，就绝对不会只有你一个人爱，如果只有你一个人爱，它就不是宝贝。

（图/熊LALA）

语言是一个美丽的陷阱

□ 池 莉

对话语的警觉是在十几年前产生的。那是我从医的第三年，也是我医生生涯的最后一年，那个夏天伤寒病大流行。为了追踪传染源，我在整整一个酷热难当的夏天里，与所有伤寒病人谈话，可是我仍然没有寻找到传染源。

有一天，我突然醒悟了，我发现找不到传染源的根本原因就在于：所有病人的主诉都带着强烈的个人色彩。撒谎的人在人群中占的比例并不大，但是人们不用撒谎，他们的话语综合起来就是一个巨大的不真实，在这个不真实的话语疑团中，所有的语锋都指向多重岔路，结果是搜寻者必然误入陷阱。

更深的醒悟姗姗来迟，那时已经是20世纪90年代中期。我在德国见到了一个久违的朋友。她是90年代初嫁给一个德国人的。她的故事当时很轰动。轰动的原因并不在于她嫁了一个老外，而是她一句德语都不懂，还有，她的长相比较难看。我们没有办法理解老外的选择，于是试图理解她的选择。但是她是一个寡言的女孩子，在我们几个好友的不懈追问下，她简单地告诉我们，她选择这个老外的原因就是她在中国嫁不到一个这么英俊这么文雅这么体贴的男人。

当时，我们都认为她的牺牲太大了。我们一致认为她为自己难看的长相和接近于痴人说梦的理想付出了人生最惨痛的代价。转眼就是我再次见到她的90年代中期。这一次她带给我的不再是轰动而是震惊。她依然没有变得漂亮，但她生育了两个非常漂亮的混血儿。我们坐在她家大花园的木椅上喝咖啡，青藤果真爬满了她的篱笆。花园的远处，她的小女儿在荡秋千，儿子则在很开心地与他老爸踢球；花园的近处，是她的油画画架。

我的这位朋友，依然只能说最简单的德语，但是她的神态已经深刻改变，安详得如同在富裕安定的生活中过了三辈子一样。显然，她不仅没有付出人生最惨痛的代价，而且顺利地达到了她的理想。她深有体会地对我说："说话不重要，最简单的对话足够管用。亲密的人之间，更重要的是眼睛，是表情和动作。你认为呢？"

我认为我朋友的人生体会是一种真理或者接近于一种真理。那一天，我回到我居住的饭店，坐在窗前，望着德国幽静的绿树成荫的居民区想了很久很久。我想：这个世界上普遍的矛盾和麻烦难道不都是话语引起和造成的吗？一个人的话语只是在出口的一瞬间具有真实性。可这一瞬间眨眼就过去了。重复者和传播者使用的是自己的理解和语气，接受者则又有各自的理解背景。任何一种最细微的因素都能够改变话语的顺畅流通，使之产生多重意义。于是，我们的生活中便充满絮叨，充满解释，充满流言和蜚语，充满隔阂和攻击，也充满谩骂和扯皮。想想多么无聊啊！

其实，在一个人的生活中，与你无缘的人，你与他说再多话也是废话。但凡与你有缘的人，你的存在就能惊醒他所有的感觉。你们不用说话。你们即便说话也是一堆泡沫，在阳光下，五颜六色，看起来很美丽，其实它仅仅是你们情感交流的衍生物，过去了也就消失了。发生了就永远不会消失的是拥抱，而诺言注定会随风而逝。没错，事情就是这样的。

(图/木木)

守 岁

□冯骥才

一种昔时的年俗正在渐渐离开我们，就是守岁。

守岁是老一代人记忆最深刻的年俗之一，如今发生了变化——特别是城市人，最多是等到子午相交之际给亲朋好友打个电话发条短信拜个年，然后上床入睡，完全没有守岁那种意愿、那种情怀、那种执着。

记得守岁的前半夜我总是斗志昂扬，充满信心。一是大脑亢奋，二是除夕的节目多：又要祭祖拜天地，又要全家吃长长的年夜饭，关键的还是午夜时那一场有如万炮轰天的普天同庆的烟花爆竹。尽管二踢脚、雷子鞭、盒子炮，大人们是绝不叫我放的，但最后一个烟花——金寿星顶上的药捻儿，一定由我勇敢地上去点燃。火光闪烁中父母年轻的笑脸现在还清晰记得。

待到燃放鞭炮的高潮过后，才算真正进入了守岁的攻坚阶段。大人们通常是聊天，打牌，吃零食，过一阵子给供桌换一束香。这时时间就像牛皮筋一样拉得愈来愈长了；瞌睡虫开始在脑袋里喷洒烟雾。

无事可做加重了困倦感，大人们便对我说笑道：可千万不能睡呀。我一边嘴硬，一边悄悄跑到卫生间用凉水洗脸，甚至独出心裁地把肥皂水弄到眼睛里去。大人们说，用火柴棍儿把眼皮支起来吧。年年的守岁我都不知道是怎么结束的。但睁眼醒来一定是在床上，睡在暖暖的被窝里。枕边放着一个小小的装着压岁钱的红纸包，还有一个通红、锃亮、香喷喷的大苹果。这寓意平安的红苹果是大人年年夜里一准要摆在我枕边上的。一睁眼就看到平安。

我承认，在我的童年里，年年都是守岁的失败者，从来没有一次从长夜守到天明。

令我惊奇的是，大人怎么就能熬过那漫长一夜？

其实很简单，因为他们知道为什么守岁。可是守岁的道理并不简单。后来我对守岁的理解，缘自一个词"辞旧迎新"。而首先是"辞"字。

辞，是分手时打声招呼。和谁打招呼，难道是对即将离去的一年吗？古人对这一年缘何像对待一位友人？这一年仅仅是一段不再有用的时间吗？

那么，新的一年大把大把可供使用的时间呢？又是谁赐予我们的？是天地，是命运，还是生命本身？任何有生命的事物不都首先拥有时间吗？

可是，时间是种奇妙的东西。你什么也不做，它也在走；而且它过往不复，无法停住，所以古人说"黄金易得，韶光难留"。时光在一寸一寸地减少。在过去一岁中，不管幸运还是不幸，不管"喜从天降"还是留下无奈、委屈与错失——它们都已成为我们生命的一部分。在它即将离我们而去时，我们便有些依依不舍。所以古人要"守"着它。守岁其实是看守住属于自己的时间与生命，表达着我们的生命情感。

是的，守岁这一夜非比寻常。它是"一夜连两岁，五更分两年"。因而，我们的古人便是一边辞旧，一边迎新。以"辞"告别旧岁，以"迎"笑容满面迎接生命新的一段时光的到来。

如今守岁渐行渐远。当然，我们不必为守岁而勉强守岁。民俗是一种集体的心愿，没有强迫。我们虽然不必为守岁而勉强守岁，但如果有条件和精力来守岁，不妨体验一下这个节点的独特魅力，这也是对大自然和生命的一种敬畏。

（图/HHYM）

培养你的冠军精神

□俞敏洪

我的体育成绩不太好,尤其是我年轻的时候,任何一项体育运动我都没有得过名次,从跑步到乒乓球到篮球。现在我有一些体育运动方面的爱好,但只是爱好而已,从来不和别人比赛。我喜欢骑马,而且骑得相当不错,可以和草原牧民在一块儿跑。我喜欢滑雪,不仅会滑双板,而且会滑单板。我的单板是在42岁开始学的,三年后就滑得相当不错了。

我身上有挑战的勇气,但是从来没有把事情做到过第一名。不单在体育上我没有得过第一名,在学习上我也没有得过第一。我从小学到中学一般能混到20名左右,算是班内的中等水平,但是北大毕业的时候,我是全班倒数第五,这是一个悲摧的结局。

我也得过奖状,是在小学、初中和高中的时候,得的奖状都是千篇一律的称号——"劳动能手"。我在14岁时就获得了"插秧能手"的荣誉称号,后来又获得了"优秀手扶拖拉机手"的称号。

我更倾向于把冠军定义为一种精神状态。只有具备冠军的精神状态,我们才能像冠军一样走路,像冠军一样昂起头挺起胸,一辈子都雄赳赳气昂昂。我认为能否对得起自己的一辈子,是一个你到底有没有勇气继续走下去的问题:有没有勇气在别人讽刺你、打击你的时候走下去;有没有勇气在整个社会都看不起你的时候依然走下去。在你走下去的同时,有没有一个目标值得你去迎接挑战,值得你去闯荡,值得你去攀登。归根结底,冠军精神是一种永不言败的精神。

当你站在失败者的累累尸骨面前,依然不愿意低头;当你摔倒了一万次,在一万零一次的时候你还要倔强地爬起来——你就是冠军!

当你以一种平和的心态朝着一个目标持久地做一件事情,就会感到你心也宽了,地也宽了,天也宽了。各个领域都有冠军,像陈景润、聂卫平都在自己的领域成了冠军。很多企业家,不管是李彦宏还是马云,不管是牛根生还是江南春,他们在自己的领域也都是冠军。很多文学家,不管是贾平凹还是陈忠实,当他们写出一部受欢迎的深刻作品,他们就是冠军。而不管是钱锺书还是朱光潜,他们也都是冠军。

从历史的角度来说,任何一个冠军在未来都有可能被人超越,任何人跑出的速度在未来都有可能被另外一个人超越。但是,任何一个人的精神都是另外一个人不可能取代的。

每个人的精神都是一种人格、一种特质,一种勇气。当你拥有这种精神,这个世界上就一定会有你的位置和地盘,或者说一定会有你前进的方向。

(图/李坤)

你在大雾里得意忘形

□ 铁 凝

那时,我在冀中乡村,清晨在无边的大地上常看见雾的飘游、雾的散落。看雾是怎样染白了草垛、屋檐和冻土,看由雾而凝成的微小如芥的水珠是怎样湿润着农家的墙头和人的衣衫、面颊。

后来我在新迁入的这座城市度过了第一个冬天。这是个多雾的冬天,不知什么原因,这座城市在冬天常有大雾。在城市的雾里,我再也看不见雾中的草垛、墙头,再也想不到雾散后大地会是怎样一派玲珑剔透的景象。

城市与乡村的不同,也包括诸多联想的不同。雾也显得现实多了,雾使你只会执拗地联想起包括猪皮在内的实在和荒诞不经。城市有了雾,会即刻变得不知所措起来。路灯不知所措起来,天早该大亮了,灯还大开着;人也不知所措起来,早晨上班不知该乘车还是该走路,此时乘车大约真不比走路快呢。

我在一个大雾的早晨步行着上了路,我要从这座城市的一端走到另一端。我选择了一条僻静的小巷一步步走着,我庆幸我的选择,原来大雾引我走进了一个自由王国,又仿佛大雾的洒落是专为陪伴我的独行,我的前后左右只有不到一米的清晰距离。原来一切嘈杂和一切注视都被阻隔在一米之外,一米之内才有了"白茫茫大地真干净"的气派,这气派使我的行走不再有长征一般的艰辛。

我开始稀奇古怪地走:先走他一个老太太赶集,脚尖向外一撇,脚跟狠狠着地,臀部撅起来;再走他一个老头赶路,双膝一弯,两手一背——老头走路是用两条僵硬的腿去找平衡;走他一个小姑娘上学,单用一只脚着地,转着圈儿走;走他一个秧歌步,胳膊摆起来和肩一样高,进三步退一步,嘴里得念着"呛呛呛,七呛七"……

我在大雾里醉着走,直到突然碰见一个迎面而来的姑娘——你,原来你也正跟跄着自己!你是醉着自己,还是疯着自己?感谢大雾使你和我彼此不加防备,感谢大雾使你和我都措手不及。只有在雾里你我近在咫尺时才发现彼此,这突然的发现使你和我无法立即停下来,于是你和我不得不继续古怪着擦肩而过。你和我都笑了,笑容都湿润,都朦胧,宛若你与我共享着一个久远的默契。从你的笑容里我看见了我,从我的笑容里我猜你也看见了你。刹那间你和我同时消失在雾里。

当大雾终于散尽,城市又露出了本来的面容,路灯熄了,车辆撒起了欢儿,行人又在站牌前排起了队。我也该收拾起自己的心思和步态,像大街上所有的人那样,"正确"地走着,奔向我的目的地。

大雾里的我和大雾里的你却给我留下了永远的怀念,只因为我们都在大雾里放肆过。也许我们终生不会再次相遇,我就更加珍视雾中一个突然的非常态的我,一个突然的你。我珍视这样的相遇,或许还在于它的毫无意义。

然而意义又是什么?得意忘形就不具意义?人生又能有几回忘形的得意?

你不妨在大雾时分得意一回吧,大雾不只会带给你实在的记忆,大雾不只会让你悠然地欣赏屋檐、冻土和草垛,大雾其实会将你裹挟进去,与它融为一体。当你忘形地驾着大雾冲我跟跄而来,大雾里的我会给你最清晰的祝福。

(图/豆薇)

距离与美

□朱光潜

我的寓所后面有条小河通向莱茵河。我晚间常到那里散步,走成了习惯,总是沿东岸去,过桥沿西岸回来。走东岸时我觉得西岸的景物比东岸的美,走西岸时则相反,觉得东岸的景物比西岸的美。对岸的草木房屋固然比这边的美,但是它们又不如河里的倒影。同样一棵树,看它的正身本极平凡,看它的倒影却有几分另一个世界的色彩。我平时又喜欢看烟雾朦胧的远树、大雪笼盖的世界和深更夜静的月景。本来是常见不以为奇的东西,让雾、雪、月盖上了一层白纱,便觉得很美丽。

北方人初见西湖,平原人初见峨眉,即使审美力薄弱,也惊讶于它们的奇美。但对生长在西湖边和峨眉的人来说,除了以居近名胜而自豪,往往觉得西湖和峨眉也不过如此。新奇的地方都比熟悉的地方美,东方人初到西方,或是西方人初到东方,往往都觉得眼前的景物值得玩味。

种田人常羡慕读书人,读书人也常羡慕种田人。竹篱瓜架旁的黄粱浊酒和朱门大厦中的山珍海味,旁观者看出来的滋味都比当局者亲口尝出来的好。读陶渊明的诗,我们常觉得农人的生活真是理想的生活。可是农人在烈日寒风之中耕作时所尝到的况味,绝不似陶渊明所描写的那样闲逸。

人们常常不满意自己的境遇,而羡慕他人的境遇。俗话说:"家花不如野花香。"人对现在和过去的态度也有同样的分别。本来是很辛酸的遭遇,到后来往往变成甜美的回忆。我小时候住在乡下,早晨看到的是那几座茅屋、几畦田、几排青山,晚上看到的还是那几座茅屋、几畦田、几排青山,觉得它们真是单调无味。现在回忆起来,却不免有些怀恋。

这些经验你一定也注意到了。这是什么缘故呢?

这全是态度和观点的差别。看倒影,看过去,看旁人的境遇,看稀奇的景物,都好比站在陆地上远看海雾,不受实际切身的利害牵绊,能安闲自在地玩味目前美妙的景致。持实物的态度看事物,它们都只是实际生活的工具或障碍物,只能引起欲念和嫌恶。要看出事物本身的美,须把它摆在适当的距离去看。

再就上面的实例来说,树的倒影何以比树的正身美呢?它的正身是实用世界的一个片段,它和人发生过许多实用的关系。人一看见它,就不免想到它的实用意义。它是避风乘凉的或是架屋烧火的,在散步时我们没有这些需求,所以就觉得它没有趣味。倒影是隔着一个世界的,是幻境,是与实际人生无直接关联的。我们一看到它,就注意到它的轮廓、线条和颜色,好比看一幅图画,这是形象的直觉,也是美感的体验。

总而言之,正身和实际人生没有距离,倒影和实际人生有距离,美的差别即缘于此。

(图/月儿)

买一亩大海

□鲍尔吉·原野

买一亩大海，就买到了一年四季日夜生长的庄稼。庄稼头上顶着白花，奔跑着、喧哗着往岸边跑，好像它们是我的孩子。对，它们是浪花，但对我来说，它们是我种的庄稼。

大海辽阔无际，而我有一亩就够了。六百多平方米表面积的大海，足够丰饶。买下这一小块大海，我就是一亩大海的君王。

在我的海域上，没人来建高楼，没人能抢走这些水，我的水和海水万顷相连而不可割断。再说他们抢走海水也没地方放。这里没有动迁，没车，因而不堵车。如果我买下这一亩海，这片海在名义上就属于我，而这片海里的鱼、贝壳乃至小到看不清的微生物，更有权利说属于它、属于它们。是的，这一小片海在我爷爷的爷爷的爷爷的朋友的朋友的朋友活着的时候就属于它们——包括路过此地的鲸鱼和蹒跚的海龟，以后也属于它们。我买下之后所能做的只是对着天空说：我在这儿买了一亩大海。阳光依然没有偏私地继续照耀我这一亩海和所有的海，日光的影子在海底的沙子上蠕动。

一亩大海是我最贵重的财产，我不知怎样描述它的珍奇。早上，海面上像铺了一层红铁箔，却又动摇，海水好像熔化了半个太阳。上午，如果没有风，我的海如一大块翡翠，缓缓地动荡，如果你愿意，可以闭眼憋气钻进翡翠里，但钻一米半就会浮上来，肺里也就这么多气体。这时候，适合趴在一块旧门板上随波逐流，六百多平方米，够了，太够了。在我的领海上，我不会用线、用桩什么的，更不会用铁丝网什么的划分这块海，被划分的海太难看了。一个人的私权意识表现在大海上，就有点像蚂蚁站在大象身上撒尿。海的好看就在一望无际。到了晚上，海上生明月，天涯共此时。这两句诗连这里的螃蟹都会背，不是人教的，是海教的。金黄的月亮升起来，黑黝黝的海面滚过白茫茫的一片羊群，没到岸边就没了，也许被鲨鱼吃掉了。在海边，你才知道月亮原本庄严，跟爱情没什么关系。

下午，这亩海有时会起浪，包括惊涛骇浪。海不会因为我买下就起不了狂风巨浪，海从来没当过谁的奴隶。海按海的意思生活才是海，虽然九级大浪卷起来如同拆碎一座帝国大厦，虽然海会咆哮，但它始终是海而没变成别的东西。

谁也说不清一片海，说不清它的神奇、奥妙和壮大。何止早午晚，海在一年四季的每分每秒中呈现不重复的美和生机。买海的人站在海边看海，鸟儿飞去飞来，鱼儿游来游去。海假如可以买到的话，只不过买到了一个字，它的读音叫"海"。世上没有归属的事物，只有大海，它送走日月光阴，送走了所有买海和不买海的灵长类脊椎动物，他们的读音叫"人"。

（图/鹿川）

最是花影难扫

□迟子建

在故乡的春夏，要问什么店铺的生意最清冷，无疑是花店了。因为这时节大自然开着豪气十足的花店，谁能与它争芳菲呢？花儿开在林间，开在原野，开在山崖，开在水边，当然，这样的花儿都是野花，达子香、白头翁、蒲公英、百合、芍药、铃兰、鸢尾、绣线菊等，它们仿佛彩虹的儿女，红红白白，紫紫黄黄的，绚丽极了。

这时节的居民区也是花团锦簇，农人们栽种在花圃的虞美人、大丽花、步步高、牵牛花、金盏菊等，呼应着菜圃中的土豆花、豆角花、茄子花和倭瓜花。野花和花圃中的花儿，专为悦人眼，不肩负给人提供食物的使命，大抵是只开花不问结果，如热烈的情人，不计前程，恣意盛开。

而菜圃中开花的植物，命系人类的餐桌，花开得就规矩、适度、收敛，除了倭瓜花开大朵，其余的细细碎碎的，它们得留着精气神儿坐果。花圃和山间的花儿还开着呢，菜圃的花儿早就谢了，结了果子。

待到秋天，人们收获了果实，霜也来了。霜是花朵的敌人，它一来，花季就结束了。

冬天的花朵是什么呢？是雪花和霜花，可这样的花儿太素白了，又太脆弱了，说化就化，于是喜欢鲜亮颜色的女孩子们，不想让漫漫长冬为这样的花儿统率，她们在深秋糊窗缝时，就在两层窗中间的隔层里，造了一个花园。

那是独一无二的梅园。

极北的房屋，为了抵御寒流，玻璃窗都是双层的。这双层窗，一拃间距。深秋时节，人们在用毛边纸或是废报纸糊窗缝时，会在二层窗间，放上二三十厘米厚的保暖的锯末子，然后插几枝用蜡油捏成的梅花。

捏蜡花要眼疾手快，勇气也不能少。拇指和食指要紧密团结，先是共同探入滚烫的烛油（有点赴汤蹈火的意味），然后赶紧撤兵，再探入事先备好的一碗凉水，让沾在指尖的那层烛油，瞬间冷却而不失黏性，再飞速移兵至干树枝，随你选什么位置，以枝条为主心骨，拇指食指对着它一捏，奇迹出现了，花瓣似的烛油从指尖脱落，一朵粉红娇嫩的梅花，灿烂绽放了！一朵，两朵，三朵，七八朵，数十朵，干树枝瞬间春色贯通，梅花点点了！

这样的梅园什么时候消失呢？当寒风撤兵，春风长驱直入，把山岭涂抹上绿色，野花和庭院的花儿姹紫嫣红时，人们要开窗闻花香鸟语，破败的梅园也就成为春风中的垃圾，被清理掉了。

我很喜欢苏轼的那首《花影》："重重叠叠上瑶台，几度呼童扫不开。刚被太阳收拾去，又教明月送将来。"研究者总把它说成政治抒情诗，说是苏轼在抒发内心的愤懑，可我更愿意把它看作一首清新的自然诗。花影在台阶摇曳，任凭什么扫把，也扫不开它。这日光和明月下永不消散的花影，就是时光，不管它穿越多少年，总会把美留在人的心头。就像我遥想逝去的花儿，无论山间的，还是花圃和菜圃中的，抑或是我们亲手在二层窗格里打造的梅园，它们没有随着时光流逝而被遗忘，而是像风一样，一直吹拂着我的记忆，不让它沉睡。

等我到了父亲那般年龄，真正懂得美以后，父亲已去了另一个世界，再无人为我修剪那样的梅枝了。而且，我们不再捏蜡花，村落通了电，我们不用蜡烛了。我们得到了永恒的光明，却失去了窗格里的梅园。

（图/池袋西瓜）

李商隐的雨

□ 毕飞宇

　　李商隐的诗歌大体上可以分作政治诗和爱情诗两部分。李商隐是一个政治抱负很大的人，他热衷于官场，可他偏偏就生活在官场的夹缝里。

　　更常见更有效更安全的，是写单相思。单相思懂的人更多，更能感同身受。所以，在李商隐的身上，政治诗和爱情诗通常是合一的。

　　以《夜雨寄北》为例。

　　虽然李商隐是一个诗人，但是，在《夜雨寄北》里，他在时空的处理方式上已无限接近于小说，甚至是电影。我们具体看一看。我们把写回信的那个夜晚当作此时，也就是现在进行时，把那个地点当作此地。

　　君问归期未有期——

　　看信是现在进行时，此地。信里"问"是"君"在问，这个动作却是过去完成时，彼地。接下来，看信人开始回答了，又回到了现在进行时，此地。回答的内容呢？它指涉的是将来，当然是将来时，彼地。请大家注意一下信息量，就七个字，仅仅是时空关系就倒了好几个来回，这里的时间是接近物理时间的。

　　巴山夜雨涨秋池——

　　作者的现场。现在进行时，此地。这是一段漫长的景物描写，是夜景，一个长镜头。和第一句的快问快答或不停地回闪比较起来，这一段的节奏突然变慢了，很慢，也许有好几小时。我怎么知道是好几小时？是常识告诉我，秋天的雨不是盛夏的暴雨，它很小，很小的雨要涨满水池，不可能是一眨眼的工夫。可以说，这个"涨秋池"写的就是时间，是时间的慢，时间的难熬，也可以说，这个"涨秋池"就是心理，孤独、寂寞和忧伤。

　　"巴山夜雨"这一句锻造得极好。雨是自上而下的，李商隐把这个动态写反了，水在自下而上，这很像人类的内心，悄无声息。看似寓静于动，实则寓动于静。它表面写的是雨，是水的动态，其实写的是时间。是孤独与寂寞的长夜。这里不再是物理时间，这段时间比物理时间长一些，缓慢一些。

　　何当共剪西窗烛——

　　时间"哗啦"一下被拉到遥远的未来，大家想想，我说"遥远"是不是夸张了？

　　我没有夸张。诗人在第一句说得清清楚楚，"未有期"。一切都是不确定的。起码我近期回不去。我想说的是，"共剪西窗烛"是一幅温馨的画面，一幅幸福的画面，"何"是一个疑问代词，它既有发问的含义，也有不确定的含义。"何"，意味着遥遥无期。可能是两个月之后，也可能是二十年之后。

　　却话巴山夜雨时——

　　时间绕了一个巨大的圈子，回到了原点。"却"是回过头来的意思，很肯定，把一切都落到了实处。

　　这里头有颠沛的人生，有苍茫的、鬼魅的、神龙摆尾的、身不由己的命运。老实说，《夜雨寄北》这首诗内部的时间能够产生多大的爆炸当量，完全取决于你的想象力和你的人生阅历。

　　在我的阅读经验里，再没有比《夜雨寄北》更长的雨了。如果李商隐不是生活在诗歌的年代，而是小说的年代，他一定可以成为小说大师。李商隐是曹雪芹的前身，曹雪芹是李商隐的后世。一个凭诗行云，一个借小说行雨。

（图/徐进）

丢失的月光

□李汉荣

多年前深秋的一天，我和亲人在故乡坡地上安葬故去的父亲，当时云暗天低，我悲凄的心里也笼罩着无边的灰暗与虚无，觉得人活一世真是徒然，父亲埋了祖父，我埋了父亲，我的孩子以后又埋我，世世代代就这样活下去也埋下去，最终把地球埋成一座万古大坟包，这就叫生命的意义？

就在这时，我看见了跟随出殡人群赶上山来的邻居家的那只名叫"黑黑"的黑狗，它从附近苞谷地里奔跑出来，在我们身边刚成型的坟头转了一圈，低着头好像记起了什么，不时瞅瞅我们显然比往日阴沉得多的脸上的表情，然后，走到离坟不远的坡梁，蹲下来。

我于是开始留意它，心绪也渐渐从那个无底黑窟窿里浮出。我首先看见了它那同情的目光，同时看见了它身后那层层叠叠的大巴山的峰峦。而在峰峦的上方，是云雾散去后渐渐亮开的无尽苍穹，苍穹之上，有一些鸟飞过去，又有一些鸟飞过来，像在天上开运动会，或举办以云彩为主题的诗歌朗诵会。

我流着泪的心里竟有了一种细微然而来得很深的温暖，有了一种比死的背景更广阔的生的慰藉，有了一种比所谓的诗意更广阔深邃的难以名状的宇宙意识和生命况味。

是那只忧伤的狗，及时提醒我，在父亲新坟不远的地方，在我们头顶，还存在着值得感念的这一切，这辽阔、永恒的一切……

狗是土生土长的乡土的子孙，是农业社会的忠实成员之一。数千年来，狗除了忠实地做着看家护院、报警防贼这些很实际的业务，在我看来，狗的可爱更在于它的那些比较天真、显得有些空幻的务虚活动。在此，以我小时候很喜欢的我们家的那只白狗为例，做些说明，也请朋友们想一想狗的丰富内心和它如今遭遇的困境。

比如，夜晚，它在我们家房前屋后巡游了一番，见没有什么异常动静，就蹲在草垛旁，眺望从村东头屋顶上走过来的月亮。它看来看去，觉得今天晚上的月亮没有前些天那么圆，缺了一大半，难道被贼偷了，难道天上也有贼？

它虽是土狗土命，但这个道理它很明白：它脚下的土地在夜晚都是月亮照管着的，咱总不能不管人家月亮吧？于是对着残缺的月亮吼叫起来，要把那藏在云里的贼吓跑。

村里的狗也跟着叫起来了，它们相信这仗义的声音一定能传到天上。果然，过了几天，月亮又圆起来了，看来上苍已经处理了那个盗窃案件，教育了那个盗窃月光的天上的贼，把月亮丢失的家当又还给了月亮，物归了原主，月亮又变得完整浑圆了。

狗相信这是它们的叫声对天上的秩序和月亮的完好起了作用，它们觉得自己没有白吃白喝，这辈子也没有白活，对人世、对上苍也有着不小的功德。

我想，这也许就是几千年来，在上弦月或下弦月的夜晚，村庄的狗叫就显得十分密集的原因，那是狗们在提醒月亮：看啊，怎么弄的，又缺了一大块，咋不守好自己的家当？汪汪汪，快快快，赶快找回丢失的月光。

(图/陈明贵)

从容爬山

□宗 璞

我喜欢爬山。

山,可不是容易亲近的,得有多少机缘巧合,才能来到山的脚下。山是老实的。山也喜欢老实的、一步一步走着的人。

山路不算险,但因没有修整,路面崎岖,很难行走。我爬到半山腰,已觉气喘吁吁。转身不需要仰首,便见对面山上云雾缭绕,山脚的几户人家,也消失在那一点绿荫中了。

"能上去吗?"家人问。

当然能的。我们略事休息,继续攀登。我还是一步步有节奏地走着,我忽然想起,去年今日,我正在黄山的云海中行走。

对云水洞的向往阻止了关于黄山的回忆。我们终于到了。洞里会怎样?因为谁也不曾到过这类洞,大家都很兴奋。进洞了,甬道不宽,地上湿漉漉的,洞顶也在滴水。灯光很弱,显得有些神秘。

前面的人忽然发出一阵惊叹之声,我们进入了一个大厅堂。头上是一个大圆顶,这样高大!似乎山也没有这样高。"那么山是空的了。"谁说了一句。我们还没来得及惊叹,灯光灭了,眼前漆黑一片,惊叹声变作惋惜的叹声。我们看到石的帐幔,又是这样高大!像是它撑住了黑色的天空。看到洞顶垂下的石钟乳,如同小小的瀑布。

等我们赶到第六厅——最后一厅时,看到了一座座玲珑剔透的山峰,在明亮的灯光下,宛如仙境,据说这里有十八罗汉像。又是正要惊叹时,灯倏地灭了,只好慨叹缘悭,不得识罗汉面。但是得睹仙山,也算是到了西天吧。

回来的路上,大家仍兴奋地谈说,只因没有看全,有些遗憾。我却满意,因为这番见识,是靠一步步走,才得到的。

我们又一步步下了山。车上的人都睡了,我不由得又想起黄山上的那几天,那一次医生原不批准我上山,见我心诚,才勉强同意,我也准备半途而废的。到慈光阁的路上,只是一般山景,已经累了。上了庙后的从容亭,豁然开朗,远处的大谷,露出宽阔的石壁,如同敞开胸怀,欢迎每一个来客。小路便沿着这雄伟的山谷,向上,向上,消失在云雾中。谁能在这里止步呢?而且那"从容"两个字用得多好!我常觉黄山的文化修养较差,是件憾事。这两个字,却是我一直不忘的。到半山寺时,我已抬不起脚。猛抬头,看见天都峰顶的金鸡,是那样惟妙惟肖,顿时又有了力气。"上来吧!上来吧!"它在叫天门,也在召唤远方的陌生人,走吧,走吧,一步步从容地走,终究会到的。

我登上了始信峰,那是我登山的终极处。峰顶是一块大石,石上又有石,我没想到,上面又写着"从容"二字。

我从容地下了山。因为未上天都,有人为我遗憾。想来我虽不肯半途而废,却肯适可而止,才得以从容始,又以从容终。

后来一直想写一段关于黄山的文字,又怕过于肤浅,得罪山灵。不料从小小上方山的浮光掠影中联想到去年今日。无论怎样的高山,只要一步步走,终究是可以到达山顶的。到达山顶的乐趣自不必说,那一步步走的乐趣,也不是乘坐直升机能够体会到的。

不一步步爬,可怎么上山呢?

(图/李三金)

星星缀满我的脸

□傅 菲

三楼有一个露台，多数的前半夜，我在这里度过。

有一阵子很想在露台种植物，我从山里，挖来禾雀藤、菖蒲、栀子花、牵牛、双色菊、络石，做了装泥的木箱，最后还是作罢——没有东西可以替代头顶的星星——只要把头仰起来，以任何姿势看星星，都是很美的。

每一个夜晚的星空，都不一样。无论我们仰望星空时有多凝神专注，都不可穿透它——是啊！星空比我们的想象更广博、更浩渺。它繁乱而有序，驳杂而纯粹，璀璨而孤独。星星如碎冰，在瓦蓝幕布中，耀眼又冰寒。

每天洗漱之后，我把茶桌摆在露台上，拿出本地土茶，从水井里提一桶山泉水，烧水泡茶。四周的山峦黛青，即使星光暗淡，山峦也蒙上稀稀的白纱。草木的呼吸也是静谧的。木盅滚热，土茶涩涩的香气也是静谧的。油蛉的吟唱也是静谧的。星光落在粟米黄的茶桌上，木纹依稀。香椿树叶在颤动，嗦嗦嗦，似风的翅膀掠过水面。星光也落在我手上——一双近乎僵硬的手，已多年失去心理学意义，限于搬运、挖掘，而不知道拥抱相逢和握手相别。

星光也落在星光里，彼此交织，形成更密更白的星光。星光最后落在薄薄的鬓发上，如白霜。

在新修的屋舍，我有一个更大的露台。

我每个星期都会有两天在乡间度过。我一个人在露台喝茶打瞌睡。屋前是田畴，星稀月明，乌鹊轻啼。

人世间，唯有星辰和星辰下的旷野，让人不会厌倦。

当仰望星空，觉得它像巨大的谜，我永远无法猜透。星空的存在，是生命中最大的诱惑。星空浩瀚无边，亘古不变，散发的清光纯洁如水。星空下的人间，从来都是寂然的。一个热爱孤独的人，星空会带给他沉默的伴侣。海子在《黑夜的献诗》中说："天空一无所有，为何给我安慰。"天空一无所有，除了无处不在的星光。给我们安慰的，不是别的，恰恰是如星辰般的孤独。

星光照耀过多少人，谁又知道呢？每个人都数过星星，可谁又数得清呢？星光是一把刀，呼呼呼，从我们头顶飞过。我们看不到刀，也看不到刀光，看到的是星星如钉子，被钉在苍穹的悬崖峭壁上。我们遥望星空时，会想起什么呢？星宿是时间的同行者。它们就像与我们失散已久的人，它们尘埃一样的面容发出友爱的光。我们需要寻找的人，都居住在峭壁之上的湖泊里。他们手腕挂着铃铛，脸颊贴着锡箔——他们用古老的巫术，让我们结束梦魇，让我们回到河流的出生地。

夜色温柔。星空下，你会想起谁？

会想起生火做饭的人，会想起给花浇水的人，会想起把门打开又关上的人，会想起在雪中紧紧拥吻的人，会想起不回信的人……

我会想起你。我微微仰起头，闭上眼睛，星星便缀满我的脸。旷野无人，万物冥寂，星光的马蹄踏过我的心房。旷野上有人在轻轻传唱，传唱——那是你写给我的诗句：

抬头时

我看见了夜空中的一颗星星。

（图/月儿）

九月的云

□ 毕飞宇

有一种玩具你是不可能拿在手上把玩的，但是，这不妨碍你和它厮守在一起，难舍难分。

那是九月的云朵。这里的九月是公历的九月，如果换算一下，其实是农历的八月，在我的老家有一句老话，八月绣巧云。这句谚语是有语病的，是谁在八月绣巧云呢？不知道。那就望文生义吧，绣娘的名字就是"八月"。这样说好像也没有什么大问题。

在农历七月，我的故乡有些过于晴朗，时常万里无云。正如《诗经》里说的那样："七月流火。"都流火了，哪里还能有云？如果有，一定是遇上了暴雨，那是乌云密布的，一丁点儿缝隙都不留。总之，七月里的天空玩的就是极端。到了八月，天上的情况发生了奇妙的变化，总体上说，一片湛蓝，但是，在局部，常常堆积起一大堆一大堆的云朵来。因为没有风，那些一大堆一大堆的云朵几乎就不动，或者说静中有动，它们孤零零的，飘浮在瓦蓝瓦蓝的背景上。你需要花上很大的耐心才能目睹它的微妙变化。

孩子都顽皮，没有一个人坐得住，可是，到了八月的傍晚，不一样了，往往会变成幽静的抒情诗人，他们齐刷刷地端坐在桥上、墙头、草垛旁、河边，对着遥远的西方，看，一看就老半天。

真正让孩子们关注的当然不是云，而是动物。平白无故的，一大堆的白云就成了一匹马。这匹白马的姿势很随机，有可能站着，也可能腾空而起。一匹马真的就那么好看吗？当然不是。好看的是变幻。一匹马会变成什么呢？这里头有悬念了，也可以说，有了玄机。

四五分钟的静态足以毁坏一匹马的造型，我们可不急。两三分钟，或四五分钟，一定会有人最先喊出来："看，变成一头猪了。"

通常情况下，第一声叫喊大多得不到重视，一匹白马凭什么会变成一头白猪呢？可是，老话是怎么说的？天遂人愿——玄机就在这里，不知不觉，一匹白马真的就幻化为一头白猪了。

我不知道"白云苍狗"这个词是谁发明的，但他一定是一个心性敏感的倒霉蛋，被人间的变幻与莫测弄晕了头，不知何去，不知何从。就在某一天，当然是"八月"里的一天，他的"天眼"开了，通过天上的云，他看到了苍天的表情，还有眼神。就在一炷香的工夫里，他理解了大地上的人生。

当然了，乡下的孩子是简单的，乡下的孩子看天上的云，不是为了"悟道"，更不可能"悟道"。我们只是为了好玩，怀揣的是一颗逛动物园的心。看了骆驼再看马，看了狮子再看熊，这多好啊。要知道，许多动物我们从来都没有见过——因为云朵的飘移，我们认识了。你看看，云和天空所做的工作居然是"科普"与"启蒙"。也还可以这样说，在看云的时候，我们其实在看露天电影，天空成了最大的屏幕，生命在屏幕上娣嬗，演变，你中有我，我中有你。"天"和"云"就是这样神奇，难怪我们的先人一遍又一遍地告诉我们：向大自然学习。我们观察大自然，研究大自然，其实都是学习。

如果你的启蒙老师是大自然，你的一生都将幸运。"神马都是浮云"，这是前些年流行过的网络语言，其实，"浮云"要比"神马"神奇得多、有趣得多——全看你有没有那样的造化了。造化在天上，也在你的瞳孔里，在你的灵魂里。

（图/蝈蕈猫）

一起去看山

□阿 来

那是我第一次去到四姑娘山下。一个朋友带一个摄制组,来为刚辟为景区的四姑娘山拍一部风光片,我与他们同行。

夕阳西下时分,一个现成的营地出现了。那是一间低矮的牧人小屋。石垒的墙,木板的顶。在小屋里生起火,低矮的屋子很快就变得很温暖了。同伴们做饭的时候,我就在木屋四周行走。去看小溪,溪流上漂浮着一片片漂亮的落叶。红色的是槭,是花楸。黄色的是桦,是柳,还有丝丝缕缕的落叶松的针叶。吃过晚饭,天黑下来。把褥子和睡袋搬到了屋外的草地上。我躺在被窝里,看月亮,看月光流泻在悬崖、杜鹃林和落叶松的地带。

一匹马走过来,掀动着鼻翼嗅我。我伸出手,马伸出舌头。它舔我的手。粗粝的舌头,温暖的舌头。那是与冰川无声的语言相类的语言。

然后,我就睡着了。越睡越沉,越睡越温暖。早上醒来,头一伸出睡袋,就感到脖子间新鲜冰凉的刺激。睁开眼,看见的是一个银装素裹的白雪世界。那天早晨,兴奋不已的几个人也没吃东西,就起身在雪野里疾走,向着这条峡谷的更深处进发。直到无路可走。最漂亮的景色是一个小湖。世界那么安静,曲折湖岸上是新雪堆出的各种奇异形状。湖水中央是洁白雪峰的倒影。这是我离四姑娘山雪峰最近的一次。后来,我还在不同的季节到过四姑娘山。

春天和秋天,不同的植物群落,会呈现出丰富多彩的色调。

春天,万物萌发。那些落叶的灌丛与乔木新萌发的叶子,如轻雾薄烟一般给山野笼罩上深浅不一的绿色。落叶松氤氲的新绿,白桦树的绿闪烁着蜡质的光芒。那些不同的色调对应着人内心深处难以名状的情感。那些时刻应了光线的变化而变幻不定的春天的色彩,人们看到的不只是美丽的大自然,更看到了自己深藏不露的内心世界。

秋天,那简直就是灿烂色彩的大交响。那么多种的红,那么多种的黄,被灿烂的高原阳光照亮。高原上特别容易产生大大小小的空气对流,那就是大大小小的风,风和光联合起来,吹动那些不同色彩的树:椴、枫、桦、杨、楸……那是盛大华美的色彩交响。其间,我们有可能遇到有些惊惶的野生动物,有可能遇见一群血雉,羽翼鲜亮,我们打量它们,它们也想打量我们,但到底还是害怕,便慌慌张张地遁入林间。

当然不能忽略夏天。所有草木都枝叶繁茂,所有草木都长成了一样的绿色。浩荡,幽深,宽广。阳光落在万物之上,风再来助推,绿与光相互辉映,绿浪翻拂,那是光与色的舞蹈。那时,所有的开花植物都开出了花。那些开花植物群落都是庞大家族。杜鹃花家族、报春花家族、龙胆花家族、马先蒿家族,把所有的林间草地,所有的森林边缘,变成了野花的海洋。

而这一切的背后,总有晶莹的雪峰在那里,总有蓝天丽日在那里。让人在这美丽的世界中想到高远,想到无限。记起来一个情景,当我趴在草地上把镜头对准一株开花的棱子芹时,一个人轻轻碰触我,不要因为拍摄一朵花而压倒了看上去更普通的众多的毛茛花。我也曾阻止过准备把杜鹃花编成花环装点自己的年轻女士。这就是美的作用。美教导我们珍重美。美教导我们通向善。

冬天,雪线压低了。雪地上印满了动物们的脚迹。落尽了叶子的森林呈现一种萧疏之美。

(图/吴敏)

苔藓之美

□梁 衡

苔藓，恐怕是植物中最小、最古老的品种之一。全球分布有23000种，中国有3100种。

苔藓的家族这样庞大，个体却十分渺小。它没有根，没有花和籽，只有茎与叶，真是简洁到了极点，肉眼看去只是一点绿痕。这么卑微的植物却在干着一件伟大的事情。它不肯在明媚的阳光下落脚，把这里让给那些更需要热量的家族；不肯在人多的地方露脸，把这里让给那些更要人喝彩的花朵；它专找阴暗、湿冷、老旧的角落，用自己微小的身躯为那些被冷落抛弃了的旧物，织成一件细密鲜亮的绿衣，轻轻地裹在它们的身上。让它们不失尊严地屹立，安详地享受云起日落。

它像一个发过大愿的苦行僧，专门引渡苦海中的人。我第一次感觉到苔藓的存在，是在一个原始林子中穿行时。当林子足够大，足够幽深时，最刺激你的并不是那些高大的乔木，而是林中一条条绿色的光带，那是苔藓包装过的朽木或者挂于树间的古藤。如果赶巧，苔藓裹着了一块有棱有角的石头，那就算你幸运，碰到了一块绿色的宝石。幽暗、孤寂的林子顿然有了生气。于是，我就肃然起敬，这才是真正地为他人作嫁衣。

其实，苔藓之美更在于它对人心灵的抚慰。你看，愈是人迹罕至的地方或门可罗雀的时候，就愈显出它的存在。它永远在无声地分担着你的寂寞，陪伴着你的孤独，而且总能将寂寞转化为恬静，将孤独转化为自信。古诗文中的苔藓，无不是一种静好的风景。最著名的如王维的"返景入深林，复照青苔上"，如刘禹锡的"苔痕上阶绿，草色入帘青"。纵然是隐居的岁月里也能找到一份快乐。而现在的旅人去寻访古镇、老宅，也会去留意那墙角的苔藓和旧瓦上的绿痕。说是无情却有情，情到深处只几痕。

苔藓虽小，却有极强的生命力。前几年，有英国学者在南极1500年的岩心中发现苔藓的踪迹，施以适当的温度它竟能起死回生。小时候，家乡老屋的瓦缝里长一种藓草，土话名"瓦舍"，专治女人们易犯的"鼻衄"（鼻子流血），而我在黑龙江原始森林中见到的一种藓草，则专治男人们最怕的前列腺病。生活在高寒地带的驯鹿无青草可食，不要怕，专有苔藓来养活驯鹿，而驯鹿又养活了这里的土著。苔藓就是人类忠实的仆人，它平时不上台面，垂手立于墙脚，一旦有事立马显身来到面前。

我是几乎不写新诗的，为了苔藓，忍不住也要涂抹几行：

当枯木已朽，
当砖瓦已旧，
古道上已经无人行走，
老房子里也再无人厮守。
这时有一个精灵，轻轻地走来，
它抚摸着过去的时光，
给每一件旧物盖上一层温柔。
让万物有平等的尊严，
它拥抱每一块冰冷的石头。
用绿色填满所有的沟壑，
它将寂寞酿成一壶老酒。
让时光无声地轮回，
它将死亡转化为生命的永久。
嫁衣也是一种职业，
他人的美丽，
何尝不是你更美的理由？

（图／蝈蕖猫）

月色是最轻的音乐

□ 傅 菲

月色或许是最轻的一种音乐。霜花一样轻，流水一样轻。乐声在山间起伏流淌。白晃晃，环绕。也或许是最重的一种音乐，铁一样乌黑发亮，沉在内心，会在多年之后长满锈迹。我曾听过这样的音乐，在一个冬日的窗前。但不是月色，而是碎雪。窗外是一棵枯芭蕉，我坐在一个人的身边。我们都没有点亮房间里的灯。我看着这个人，一直看着这个人。这个人也如此看着我。看着看着，我把这个人看进了心里去，让他住了下来。我丝毫不怀疑，居住下来的人会永生。永生的人，会出现在月下，踱步，低语。碎雪扑簌簌响了起来，时轻时重，像不能磨灭的时间钟声。

而又有几人，听过月色之音呢？明月照耀所有的山冈，也照耀所有的窗前。月光朗朗。沟渠里，瓦楞上，摇动的苦竹林，渐渐隐没的沙石路，月色一层层铺上来，寂静无声。

茶凉九次，月色厚了九层。我把一张纸，折起来，用小刀裁成两半，再折成两半，再裁……折了多少个两半呢？记不清楚。纸成了无数个四方格的纸屑。每个纸屑上，都有一个或两个字。每个字都没有具体的指向，仅仅是字。这些字，在茶热时，按行排列在一张白纸上，带着温度和指纹。现在，它们泡在冷冷的茶汁里，碳素墨水般洇开，像一张看不清的脸。月色落在脸上，很快便凝固了。

把茶汁和泡烂的茶叶，倒在蓝雪花钵里。蓝雪花已经枯了，叶子落满了花钵。春天，蓝雪花又会抽苗散叶，在四月，一朵朵花扶摇招展。纸会烂在泥里，字会浮现在花瓣上，月色会结在蕊里。我将在日日清晨，为它浇适量的水，而后放在另一个半开的窗台。

月色越旷芜，也越盛大。桌上的诗集，我一直没有打开。檐下的风铃，一直在响，银铃般的响声。挂在廊下的衣服，一直在风中晃动摇摆。我微微闭上了眼睛。但我明显感觉到自己的眼睑在激烈地颤动。我抖抖身上的衣服，一粒月光也没抖落。我哼起即兴的曲子，不着调，那是孩童时的爬山调。

树叶开始泛起光亮。露水凝结了，一滴滴，圆滚滚。在明天太阳照耀之前，露水会重回大地，或蒸发到空气之中。秋露，是早逝之物。我摸摸头发和衣衫，也有了秋露。我又披了一件衣服，在深山，在异乡，薄衫已不适合穿在一个中年人身上。露水趋白，衣衫正单，月色渐寒，秋风似无，雁声恰浓，茶水薄凉，我该起身。

月亮已西坠，很快会消失，像鲤鱼潜入水底一样。我站在空空的院子里，抬头仰望，瓦蓝的天色渐渐变成灰蓝，云朵在海水里漂白，如丝絮一般。我的脸上是一层厚厚的月光，冰凉的，像一座已成废墟的车站。

（图/鹿川）

枕边的夜莺

□迟子建

我喜欢躺着读书，这个习惯的养成已有二十多年了。

十七八岁，我读师专的时候，开始了真正的读书。每到寒暑假，最惬意的事情，就是躺在故乡的火炕上读书。

如果说枕头是花托的话，那么书籍就是花瓣。花托只有一个，花瓣却是层层叠叠的。每一本看过的书，都是一片谢了的花瓣。有的花瓣可以当作标本，作为永久的珍藏；有的则因着庸常，随着风雨化作泥了。

这二十多年来，不管我的读书趣味发生了怎样的变化，有一类书始终横在我的枕畔，就像一个永不破碎的梦，那就是古诗词。夜晚，读几首喜欢的诗词，就像吃了可口的夜宵，入睡时心里暖暖的。

我最喜欢的词人，是辛弃疾。一句"青山遮不住，毕竟东流去"，让我对他的词永生爱意，《稼轩集》便是百读不厌的了。屈原、李白、杜甫、白居易、李商隐、陆游、苏轼、李清照、李煜、纳兰性德、温庭筠、黄庭坚、范仲淹，也都令我喜爱。

我父亲最推崇的诗人，就是曹植了。因为爱极了他的《洛神赋》，我一出生，父亲就把"子建"的名字给了我。长大成人后，我不止一次读过《洛神赋》，总觉得它的辞藻过于华丽，浓艳得有点让人眼晕。直到前几年，我的生活遭遇变故，再读《洛神赋》，读出了一种朴素而凄清的美！

洛水上的神仙宓妃，惊鸿一现，顷刻间就化作烟波了。"悼良会之永绝兮，哀一逝而异乡"，"恨人神之道殊兮"，这才是曹植最想表达的。他以短短一曲《洛神赋》，写出了爱情的短暂、圣洁、美好，写出了世事的无常。

我真的没想到，曹植在诗中所描述的一切，正是我此刻的感悟，原来父亲早就知道，幻影才是永恒的啊！所以现在读《洛神赋》，别有一番滋味在心头！

中国的古典诗词，意境优美，禅意深厚，能够开启心智。当你愤慨于生活中种种的不公，却又无可奈何时，读一读黄庭坚的"贤愚千载知谁是？满眼蓬蒿共一丘"，你就会获得解脱。而当你意志消沉、黯然神伤时，读一读张若虚的《春江花月夜》和陶渊明的《桃花源记》，你就会觉得所有的不快都是过眼云烟。

这些伟大的诗人，之所以能写出流传千古的词句，在于他们有着对黑暗永不妥协的精神。他们高洁的灵魂，使个人的不幸得到了升华。

无论读书还是写作，我们都在经历一个前所未有的喧嚣时刻。能够保持一份清醒和独立，在读书中去伪求真，去芜存精，并不是一件容易的事。我的枕畔，也曾有过名声显赫却难以卒读的书，但它们很快就从我的记忆中消失了。能够留下的，是鲁迅，是《红楼梦》，是《牡丹亭》《聊斋志异》，是雨果和陀思妥耶夫斯基，等等，这些人的书和作品可以一读再读。它们不会随着时光的流逝而变旧，它们是日出，每一次出现都是夺目的。

我常想，我枕边的一册册古诗词，就是一只只夜莺，它们栖息在书林中，婉转地歌唱。它们清新、湿润，宛如上天洒向尘世的一场宜人的夜露。

（图／木木）

向绿芽道歉

□王鼎钧

我喜欢球根的花，球根白白胖胖，捧在手心里像个婴儿，冬天，地面只有雪，我知道生命还在院子里。

去年秋天，妻决定种些郁金香。我们买来球根，合力在地上掘出许多坑洞，坑洞里的土壤用一种特制的碎木屑掺和了，松松软软，像布置襁褓。我们走后，松鼠一定会来寻找可吃的东西，园艺家早已知道，松鼠的能力只能掘到离地三尺，所以立下规则，球根要埋进一米多深的坑里。这就叫人为万物之灵。

第二年开春，郁金香的嫩芽一个个冒出地面，天真可爱，我们天天察看它们生长的进度，只有一处完全没有动静。我判断买回来的那一袋种子里有一个废品，妻没说什么，抓起铲子，跪下去，把它挖出来。

妻说："你看！"她把球根托在手心里。

我看见了什么？绿芽早已生出来，而且很粗壮，不过它先向下生长，再折回来向上，尽管长度超过同伴，却还不见天日。原来我把这一颗种子放颠倒了，把它送上绝路，它暗叫一声"大事不好"，来个一百八十度的大转弯，自己救了自己。

它的线条坚韧硬挺，浑身充满不屈不挠的倔强，而且带着愤怒。

我好像受到了惊吓，说不出话来。

妻把它移到花盆里，半身裸露土外，让嫩芽完全自由，放在窗台阳光充足的地方，偶尔浇一点水。我不知道妻是怎样调理的，蛇身一样走投无路的芽，慢慢找到了方向，慢慢地，它站直了。这期间，我对它说了无数次"对不起"，不过在阳光照射下，它反射回来的依然是怒容。

它"出院"那天，我们殷勤地、慎重地把它移到户外，种回原来的地方。它比同伴长得更漂亮，现在，它头上是白云，身旁是春风，天广地阔，自由自在，可是我觉得它余怒未息，跟那些同伴并不完全相同。

我们只有默默地望着，偶尔浇水，望着它们长出叶子，长出花蕾。

有一天，它们的花全开了！郁金香的鲜艳夺目是逼人的，我只注意其中一棵；它是那种充满自信的红，我只注意它的神情，它跟所有的郁金香一样，很美丽，很专注，很光明，很和平，像是从天上降下来，不像是从土壤里长出来。它摆脱了那个痛苦的过程，并没有开出一张魔脸来。

它，是这一小片花圃里最动人的一棵，如果花是天使，它就是天使长。既然成长艰难，它就要开得更美。

看见它"走出来"，我也跟着走出来。我对妻说，我们要做点什么来纪念这一天。

妻说："明年，每一颗花球都会变成两个，我们来种更多的郁金香。"

(图/木木)

美瓷不碎

□刘心武

朋友许君热爱陶艺。他在经营一家业务兴旺的企业之余,在京郊开办了一所不以营利为目的的乐陶园,常常约同好在那里烧陶。烧出来的陶艺作品时有神来之笔,他就得意地举办内部展览,实际上就是高雅的私人派对。他和来宾们交流陶艺心得,也山南海北地闲聊,每每尽欢而散时已月成金钩,蛙声一片。

许君和他的朋友们追求的是自得其乐。如果对出炉后的陶艺作品不满意,一定马上捣碎;而如果出炉后的陶艺作品很有个性、灵气四射,则先自己浮一大白,再招呼他人一起欣赏、点评。虽说他们不以营利为目的,但在派对中,时有来宾提出要买,有的作品就那样被请走。付款的原则据说是随意。我目睹了几次那样的随意——买方是企业家或演艺界大腕儿,那付出的数目,像我这样的人是无论如何也随意不起来的。

那天,许君又约我去乐陶园,因为他们几个陶艺发烧友新创作了一批作品,我若不去先睹为快,会是很大的"审美损失"。我告诉他:"我捐助的一个边远山区的小学生来我家了。现在家里只有我跟他,难道我带他去?他可是一点儿陶艺的概念也没有啊。"许君说:"没概念更好。他来,对我们来说,多一双特别的眼睛,对他来说,眼睛里则会多装一些东西,岂不对大家都有益?"就这样,我带着那个叫泼娃的小学生直奔乐陶园。

到了乐陶园,许君和一群熟悉的朋友都对我和泼娃表示欢迎。许君拍着泼娃的肩膀,笑着说:"你怎么一点儿也不泼辣?"我就帮泼娃解释:"他先天不足。按当地风俗,故意给他取个活不活都无所谓的名字。舍娃、丢娃、泼娃,一个村里总有几个。"许君给他一块巧克力,让他别客气,告诉他可以到处走动、观看,但千万不能动手摩挲任何东西。

我细细观赏完许君他们的杰作,就跟他们一起到院子里的大杨树下,坐到休闲椅上喝咖啡、闲聊。我们相谈甚欢时,忽然听到那边屋子里咣当当一阵声响。我立刻跳起来,气急败坏地冲进屋里。果不其然,泼娃把展示桌上的一件作品弄到地上摔得粉碎!许君和别的朋友们也都进了屋,一瞬间,我看见泼娃的脸红得像团火,而许君的脸白得像块冰。我不知该用什么话重责泼娃,泼娃却两眼噙着泪,跟我说:"那……实在太奇了,就像我们村里老得动弹不得、求人别杀它的黄牛的眼睛……我心里不落忍,就伸手摸它,让它别怕,有人疼它……"我们一群大人都愣住了。那件作品的外在形态并非黄牛,我们刚才哄然叫妙,这个说有米开朗琪罗般的悲剧情调,那个说大有令人遍体清凉的禅意……但谁也没能像泼娃那样进入审美的最高层次!许君一把将泼娃揽进了怀里,我和其他的朋友不由得鼓起掌来。

那件美瓷没有碎,它永存于泼娃心中,而且连同泼娃那出自淳朴胸臆的审美评语,将永远鲜活地珍藏在我、许君及在场的朋友们心里。

(图/吴敏)

晤 雨

□ 池 莉

酷暑季节,三伏天,一连多日的太阳都是炽热白亮,路上冒烟,土地龟裂,我开始祈求福佑:来吧雨,来吧雨。日复一日,这种默默的祈祷好似生命的节奏和歌吟,一遍遍重复与循环。

这天下午,我出门收回晾晒的衣物,高举双手,从晾晒绳上取衣物的同时,我的祈求依然在无声地重复。忽然,一滴雨,一滴明晰的、圆圆的、大大的雨珠子,不偏不倚滴在了我的指头上。雨的凉意,从我的指尖,闪电一般掠过我的身体,顿时掠走了多日的炎热,答复了我内心的祈求,我真是惊喜万分。

穹隆如此高远,天空如此广袤,这第一滴雨,是怎么从飘动的雨云里,准确地落上我的指尖的呢?这是一个奇迹。或者说,我宁愿把这第一滴雨当作一个奇迹。我赶紧跑回家,进门就满脸喜色地向家人宣布:"下雨了!"

没有人相信真的下雨了。大家似乎不太在意我喜滋滋的宣称,似乎也理解和体谅一个人在连日的炎热干燥中产生对雨的憧憬和幻觉。我依然喜滋滋的。

我立在门口,望着外面,心里的祈求继续悄悄歌吟。静静的一刻过去了。雨的声音来了,十分响亮和明确地来了。凉爽的雨幕就像是我召唤而来的精灵,真实地由远及近,终于全面展现。

你怎么知道下雨了?大家看我一眼的神态,分明是这样问我,致使我十分得意。我笑而不答。我要为那第一滴敲醒我的雨珠保密,为我对雨的祈求和呼应保密。

我和家人跑到雨中,尽情淋雨,踩水,顽皮孩童一般,是难得的调皮和兴奋。

我深信,普天之下,一定不会是我一个人接受上天的恩赐,第一滴雨不只给我一个人。然而,我深信,更重要的还有个人情怀,你得对大自然保持你的敏感和呼应,你得怀有一份眷恋与共生的真心,去接受与发现那第一滴雨,才会获得真真的清凉与感激。

同样还是雨,也有下得山呼海啸,泛滥成灾的。武汉夏季的雨,的确是我这半辈子在其他地方没有见过的暴烈。那是一种没日没夜没头没脑的猛抽,气势惊人,打得天下万物东倒西歪千疮百孔。大树小树被连根拔起,竹林成片倒下,户外成了无人的世界。

电也忽然停了。惊雷横空出世,偏偏滚到你脚下炸响,同时一道耀眼强光吞噬你的全部视觉,我胆战心惊。

每次在这样的雨中,我都是胆战心惊。我关紧门窗,坐在昏暗阴晦的屋子里,透过窗户玻璃与大雨面对,脑子里一片空茫,唯有肃穆的敬畏。我总是觉得这样的暴雨完全是脱缰野马,似乎正在带来更可怕的事物。什么更可怕的事物呢?我却不知。我无法知道,无法猜度,甚至无法想象,我只有敬畏。正是这种神秘莫测的暴雨,让我一再地经历害怕和敬畏:作为一个人,不管你是谁,都不要没有惧怕,都不要过分嚣张,你不过就是一个大有局限的肉身凡胎而已!

雨就是这样一种自然的奇迹:一边灌溉我们,一边淹没我们;一面润物无声,一面雷霆万钧;有时候是天堂,有时候是地狱。多少次,面对雨,我直接经历着升华与坠落,愉悦与恐惧,安详与躁动,感恩与畏惧。

(图/豆薇)

美，永无尽头

□周晓枫

孔雀，浓墨重彩。

即使这个季节，繁殖羽还没有怒放，它的美也足够嚣张。在昆明动物园开放区域里，孔雀或立或卧，珐琅质般，展示着五光十色的蓝。

蓝孔雀色羽斑斓，在轻微的"簌簌"声中打开流光溢彩的尾屏，上面幽深的眼斑会让凝视者陷入恍惚……孔雀开屏时就像在施放身体的焰火，以至于我觉得它是远离真实的幻觉动物。蓝孔雀旁边的白孔雀即使穿了婚纱，也贫血似的相形见绌。我觉得，孔雀是进化论的异数，几近悖论。它奢靡的晚礼服只适合摆拍，行动起来是多么沉赘碍事。

在尼泊尔，我们坐敞篷吉普去野外观察野生动物——这是个旅游项目，不知道会与什么动物不期而遇，所以我们一路怀有带着轻微紧张感的兴奋。富有经验的司机一旦停车，我们立即在一人多高的草丛间搜寻……运气好的时候，会看到弦月形的犀角从雾金色的草间显现并靠近，易于惊飞的牛椋鸟甚至没有在犀牛背上扑动翅膀。然而司机数次停车是因为孔雀。求偶季的孔雀频繁占据行车道，因为只有这条经轮胎碾轧的道路附近没有灌丛生长，算得上相对开阔，孔雀才能不受阻于草丛地顺畅开屏。我们最初见到沿途炫耀的孔雀欢呼不已，听任它们挡在道路前方，从容完成整套求偶仪式。

一次次停车，面对站在道路中间的孔雀……美，已用于打劫。我们后来熟视无睹，恨不能躲过那些花团锦簇的身影，它们的美让人疲倦。孔雀沉默而执拗，依然一遍遍释放着身体的彩焰。好在它们是沉默的——孔雀的叫声难听如哭婴。

我在昆明孔雀园的角落，发现一个孤独的家伙，离聚群的伙伴们很远。这只雄孔雀的嘴，细看有点歪。它有浓密而微蹙的眉毛，眼睫附近也是鳞波闪动。它的胸前汹涌着大片层次丰富的蓝，有些地方带着铜绿色，层次堆叠，光感如丝缎。背部覆羽，在褐色底子上排布炭色的波浪横纹，状如鹰隼。

它的腿干枯而有力，腿上还有根马靴那样的后刺。它的脚踝部位，套着草绿色的金属环志：0114，这是它的编号，但它从未尝试碰触，就像它从未尝试越出孔雀园低矮的竹篱。也许，早就尝试过了，是昼夜之间千百次的努力，给了它永久的教训。也许，它出生于动物园，这里就是它被终身囚禁的摇篮，就是给它永久庇护的故乡。

我凝视着这只蓝孔雀，隔着只有二三十厘米高的竹篱，它也回敬地凝视着我，长达近十分钟。它毫无征兆地奔跑起来，带着突然的加速，直到另一个角落才停下来——那里没有人也没有孔雀，它可以继续它的孤独。当它跑起来我才发现，它有点跛足，原来不仅因为喙角的偏曲而离群索居。我开始怀疑，它的嘴和脚是打斗或意外受伤所致，难道，这只蓝孔雀是因为羞耻或自卑才拒绝回到集体之中？它会有这样清晰的自我意识和完美主义倾向吗？对美的极端追求，能否伴生出极度的敏感和特别的反馈，以致自身些微的残缺，都会成为走不出去的困境与牢狱？

美，永无尽头……因此，我们将终身被囚禁途中。

（图/蝌蚪猫）

生命的智慧

□ 傅 菲

昆虫是高蛋白的动物,也因此被拿来作为诱饵。鱼、青蛙、鸟,被诱饵所吸引,被人捕获。诱饵,谁又可以抗拒呢?

人是多么恶,善投诱饵;又多么贪婪,像鱼一样喜食诱饵。生命是何等智慧。天牛把卵注入云实木心,鸟鱼再也无法叼食。木心成了卵和幼虫的温床。那是它的子宫和摇篮。

有很多种昆虫,喜欢把卵注入树皮缝、果肉果核,长幼虫结蛹。蝉是其中之一。柳蝉六到七个月蛹变成成虫,数日后,将尾器(产卵管)插入树中,孵卵,第二年孵出幼虫,在土中生活数年,蛹蜕成蝉。河洲有很多矮柳,挂着柳蝉壳。柳蝉口渴或饥饿时,用针头一样的口器插入树干,死死叮住,饱吸汁液,保全生命。柳蝉大多是叮在树上死的。

阿根廷作家博尔赫斯曾言:"永生是无足轻重的;除了人类,一切生物都能永生,因为它们不知道死亡是什么;永生的意识是神明、可怕、高深莫测。"我们憎恨有害昆虫,不仅仅是因为它们啃食我们的蔬菜和林木,爬进我们的吃食,污染食物和水源,还因为被称为人类的我们具有与昆虫类似的特性,以侵略其他生物饲养自己。

腐食性蛴螬除了在葛根里寄养,还在很多藤枝里寄养,如野葡萄藤、三叶木通藤、金樱子藤。它还寄养在灌木或乔木上。野刺梨是蔷薇科落叶灌木植物,别名缫丝花,又称刺梨。蛴螬非常喜欢在野刺梨的木心食腐。它食腐的木质或茎块,含糖量比较高。这些植物也大多生长在阴湿、向阳的地带。

其实,多数腐食性蛴螬还没蜕变为成虫就死了。在一个极端封闭的内环境里,难以蜕变,死是一种必然。在黄歇田,我剥出的蛹狗,有一半多是死的。死蛹狗通体黄色,头尾黑色,肉干燥,不可以做中药。极端封闭的内环境如同一座死牢,它们成了死囚。

从卵到幼虫到蛹到成虫,是变态性昆虫的生命过程,每一个过程都是向死而生的痛苦历程。这个历程,短则需要三五天,长则需要十数年。十八年蝉从卵至成虫,需蛰伏十八年,羽化之后,在林木葱茏之处,疯狂飞舞,在数小时内求偶、交配、孵卵、死亡。蛹破茧、幼虫羽化,脱胎换骨,如凤凰涅槃。不是所有的蛹都破得了茧,不是所有的幼虫都羽化得了躯壳。每一只昆虫都具有顽强的生命力,虽然昆虫的生命很脆弱,但它们值得我们敬重,不要轻易去杀死一只昆虫。终生群居型昆虫才会以唾液、泥浆、草屑为"建筑材料"筑窝,在窝巢里产卵、蛹化、生活,社会分工明确。它们都是自然界杰出的"建筑师",窝巢美观通透、四通八达、路径分明。

虫卵、蛹、幼虫、成虫,是动物的美食,兽类、鸟类、鱼类、蛙类、昆虫类都非常喜食。昆虫选择卵床,是生存智慧:蜘蛛产卵在背上,松梢小卷蛾产卵在树皮缝里,椿象产卵在草叶上,蝇蚊产卵在水里,金龟子产卵在土层里。新鲜水果和豆荚、腐烂之物,都是昆虫的卵床。世界之广,皆是容身之所。但为躲避掠食者,卵虫藏身了。

没有比树瘿、茎块更理想的地方了。既不会被冻死,又不会出现食物短缺。

(图/蝈蒖猫)

池　塘

□贾平凹

那时候，我很幼小，正是天真烂漫的孩子，父亲在一次运动中死了，母亲却撇下我，出门走了别家。孤零零的我，被祖母接到了乡下的老家。祖母已经年迈，眼花得不能挑针，就终日忙着为人洗衣，小棒槌在捶布石上咣当咣当地捶打。我先是守在一旁，那声响太单调，再不能忍，就一个人到门前的池塘寻乐去了。

池塘里有生命，也有颜色，那红莲，那白鹅，那绿荷……它们生活它们的，各有各的乐趣。我却不能下水去，只是看那露水，在荷叶上滚成碎珠，又滚成大颗，末了，阳光下一丝一缕地净了。那鱼群，散开一片，又聚起一堆，倏然全部散去，只有一个空白了。它们认不得我，我却牢牢记住了它们，摇着岸边的一棵梧桐，落一片叶儿到它们身边，我觉得那便是我了，在它们之中了，千声万声地唤它们是朋友呢。

到了冬天，这是我很悲伤的事，池塘里结了冰，白花花的，我的朋友们再也不见了。我沿着池塘沿儿去找，却只有几根枯苇，在风中飘着芦絮，捉到一朵了，托在手心，倏忽又飞了，又去捉回，再飞去……祖母知道我的烦恼，一边捶着棒槌，一边抹泪，村里人却都说我是怪孩子，在寻找什么呢？

时间一天天过去，池塘里起了风，冰一块块融了。终有一日，我正看着，就在那远远的地方，似乎有了一个嫩黄的卷儿，蓦地，在好多地方，也都有了那样的卷儿。祖母说："啊！荷叶要出来了！"

它终于慢慢舒展开了，一副圆圆的、平和的模样，平浮在水面就不动了。三日，五日，那圆就多起来，先头的呈出深绿，新生的还是浅绿，排列得似铺成的石板路呢。池塘里开始热闹起来，我的朋友又都出现，又该是一个乐园了。

没承想这晚起了风雨，哗哗啦啦喧嚣了一夜。天未亮，雨还未住，我便急忙去塘边了。果然池水比往日满了，荷叶狼藉，有的已破碎，有的浸沉水里，我不禁呜呜啼哭起来。

就在这时候，有一声尖叫，是那么凄楚，我抬头看去，是一只什么鸟儿，胖胖的，羽毛并未丰满，一缕一缕湿贴在身上，正站在一片荷叶上鸣叫。那荷叶负不起它的重量，慢慢沉下去。它惊恐着，扑扇着翅膀，又飞跳上另一片荷叶。那荷叶动荡不安，它几乎要跌倒了，就又跳上一片荷叶，但立即就沉下去，没了它的腹部，它一声惊叫，溅起一团水花，又落在另一片荷叶上，斜了身子，簌簌地抖动……可怜的小鸟！我纵然在岸上万般同情，又如何救得你啊！

突然，池的那边游来了一只白鹅，它极快地向小鸟游去了，它是要趁难加害吗？我害怕起来，正要捡一块石子打它，白鹅却游近了小鸟，一动不动地停下了。小鸟立即飞落在它的背上，缩作一团，伏在上面，白鹅叫了一声，像只小船，悠悠地向岸边游去，终于停靠在岸边的一块石头旁，小鸟扑棱着翅膀，跳下来，钻进一丛毛柳里不见了。

我深深地呼出了一口气，感觉到了雄壮和伟大，立即又内疚起来，惭愧冤枉白鹅了，就不顾一切地奔跑过去，抱起了它，大声呼喊着，奔跑在这风中雨中……

(图/月儿)

一粒米的旅行

□王太生

这注定是一条年复一年的经典线路，关于一粒米的旅行。五月，若隐若现的布谷声中，秧苗出落得青翠欲滴，农人拿来箩筐，秧苗端坐在农人晃悠悠的箩筐上，以一个季节成人礼的方式，走向天光云影的秧田。

一粒米就这样开始旅行。它一出门，就迎面遭遇一场兜头雨。一场雨在天地间泼泼地下着，秧田翻着气泡，秧苗在雨中，舒展腰肢，歪着小脑袋，咧着嘴，尽情吮吸。一粒米在旅途上，雨热同期。高温在秧棵间恣肆蔓延。只有这样氤氲的高温，一粒米才开始抽穗。三伏天，农人在水田劳作的姿势，是逆光中的一幅剪影，勾画在以秧田为背景的天空中。

城里来的孩子，对农村所作的观察，是鹅眼状的。田埂上，迎面走来的水牛，一对大眼睛怯生生的。农人谚语："鹅眼看人时小，牛眼看人时大。"牛的双眸，闪烁的是对土地的敬畏。

一粒米邂逅爱情。这时候，稻田里有蛙鼓虫鸣。感情越炽热，温度越高，一粒米在稻壳紧紧包裹的子宫内灌浆发育。灌浆中的一粒米，阳光下，放在掌心，用手轻轻一搓，是迸裂的、嫩嫩的、青中带玉的包浆。

湿热相伴，汗水同行。宋代诗人戴复古在《大热》中描述，"天地一大窑，阳炭烹六月。万物此陶镕，人何怨炎热。君看百谷秋，亦自暑中结。田水沸如汤，背汗湿如泼"。天太热了！整个世界就像一个大瓷窑，在酷暑的六月燃烧。何必埋怨天热呢？你看秋天的硕果，其实是在这炎热的夏天孕育。

等到暑热消去，凉风起，农人额头的汗珠渐渐风干，秋天到了，梦中稻田，逐渐干涸，大地一片金黄。一粒米，等待收割。就这样，一粒米在时光的旅行中，戛然而止。

儿时餐桌上，我经常将一碗饭，吃剩一半。外婆见状，不时提醒说，浪费粮食，响雷打头。一粒米，七斤四两水。我吓得赶紧扒拉干净，故意发出响声，碗底照见人影。

到达了目的地，一粒米，脱去薄薄的稻壳，变成晶莹的一粒，又开始了它的另一种旅行，从乡村流入城市。

一粒米之旅，是一个苦夏之旅，暴雨雷电，等待忍耐，孕育蜕变；是一个辗转之旅，舟车相继，每一个环节，都串联起好多人。

一粒米，喂养了乡村和城市。

（图／叶珊珊）

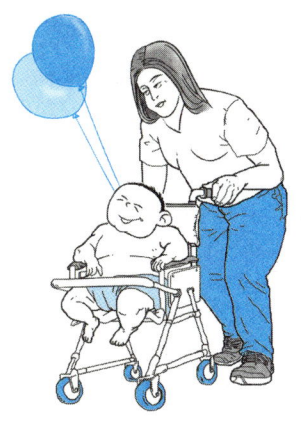

渐醒人

□莫小米

渐醒人，是相对于渐冻人而言的。

渐冻人发现自身的功能一点一点消退时有多少沮丧，渐醒人发现自身的功能一点一点苏醒时，就有多少喜悦。

他的听觉、视觉、触觉、味觉……渐次醒来。自不知起始的远方，一步步走近。比如视觉，起初他只看见黑白两色，这足令他凝神。发现世界加入了鲜亮的红色，他高兴得手舞足蹈。当移动的物体进入视线，最初的好奇心随之产生。

继而，他的手和脚，头和臀，渐渐听从自己，探索开始了……

渐醒人很努力，当他意识到自己总是仰视天花板无聊至极时，就想做其他尝试。他左右看看究竟朝哪一边更有把握，然后就开始"强攻"：一次，两次，第三次把小腿甩得更用劲，几乎要翻转又跌回，他借着倒下时的弹力立即再发力，成功！

渐醒人很聪明，当他学习爬行时，你仔细看，他的双手和双腿总是交替前行，移动一只胳膊和另一侧的腿，绝不是同脚同手。教过吗？怎么教？那些学会直立行走的人，早已忘了当初是怎样爬行的，你让他再爬一次试试，他多半是同脚同手。

渐醒人需要鼓励嘉许。他完成了某项探索，必会四下寻找观众，如果有人给他微笑，给他喝彩，他会不知疲倦再接再厉。

但渐醒人也会发懒。一件事当他学会了，有把握了，便不似当初勤谨，懒懒地趴会儿吮吮手指享受享受，诡谲地朝你笑，反正我会了，想做就做。

晴好的日子，渐醒人和渐冻人的轮椅在湖畔相遇了。

渐冻人80岁，渐醒人8个月。

老婆婆中风后又患老年痴呆，不属医学意义上的渐冻人，从渐渐丧失能力的角度说，也是一种渐冻吧。渐冻是退出世界的前奏。

老婆婆看到人，伸出唯一能动弹的手，"啊啊啊"地喊，声音有些恐怖。有人好奇地握了下她伸出的手，她立即紧拽不放，那人脸色都变了。

只有渐醒人——小婴儿朝老婆婆咯咯地笑。

老婆婆伸出手，"啊啊啊"地召唤，小婴儿伸出粉嫩的小手，被老婆婆一把拽住，大家都愣住了。

没想到老婆婆轻轻托起小手，贴了一下自己的脸，一滴泪从眼角流出。小婴儿仍然笑着。

看呆了。渐冻人和渐醒人，在生命的隧道里迎面相遇，似乎彼此懂得。难不成，他们竟有密码相通？

(图/罗再武)

头脑中的旅行

□彭 程

对当代人来讲,旅行是一件平淡无奇的事情,但在古代,技术落后,交通不便,旅行经常和冒险联系在一起,另外还要有相当的经济实力作为后盾,因此,旅行对于很多人来说并非易事。那时候的一些人尤其是文人,愿望难以满足,只好经常借助于幻想,在头脑中旅行。

法国诗人波德莱尔就突出地体现了这样一种才华。他的不少篇章,都表达了对于远方的向往。波德莱尔的女友有着一半非洲血统,据说正是她周身所散发出的异域气息令他痴迷,她的秀发,她的一颦一笑,都让他恍惚感受到了遥远的、另外一个大陆的奇异魅力。他有一首散文诗《头发中的半球》,其中有这样的描绘:

你的头发蕴藏着一个完整的梦,充满了船帆和桅杆的梦;它也包藏着大海,海上的季风把我带到那些迷人的地方,那里的太阳显得更蓝更深,那里的大气充满果实、树叶和人类肌肤的香味。

从这些文字中,你能强烈地感觉到诗人感受力的灵敏和丰盈,视觉、嗅觉等都在全方位地、酣畅地敞开着,借助于一些要素,他生动地描绘出遥远地方的风光气氛,栩栩如生。

终其一生,波德莱尔都被港口、轮船、铁路、火车以及酒店客房所吸引,因为这些都连接着远方,通向另外的生活。因为很难真正具备出行的条件,波德莱尔更多的是从想象中获得满足。

获得诺贝尔文学奖的俄罗斯作家蒲宁,也是一位善于运用想象力的大师。在自传体长篇小说《阿尔谢尼耶夫的一生》中,他回忆了自己在俄罗斯腹地的一个庄园里度过的童年时代。在漫长寒冷的冬夜,《鲁滨孙漂流记》等书里的插图,让他想象遥远的热带。狭窄的独木船、拿着弓箭和长矛的光身子的人、椰子树林,都让他感到甜蜜和陶醉,产生了一种身临其境的幻觉:"我不但看到,而且以自己的整个身子感觉到了那么多干燥的炎热,那么多阳光!"以至于多年后,他有机会来到那些地方时,心中浮现的第一感觉就是:对,对,所有这一切正如我三十年前首次"看到"的那样!

拥有这样一种强大的想象能力,堪称是生命中获得的宝贵奖赏。它打通了一条连接诗和美的道路。以上种种都表明,一个善感的灵魂,可以创造出怎样的奇迹。这是一些具有异禀的人,能够通过一棵树想象一片森林,借助一片贝壳想象一片大海。读这样的作品,与其说是观赏作者借助于想象而描绘出的风景,不如说是欣赏灵魂的奇观。这样的灵魂正是艺术的摇篮和息壤。

虽然如今旅行成本大大降低,但一个人的时间、精力、财力等,永远是处于一种短缺的状态。相对去过的地方而言,更多的地方是去不成的。这样,就不妨退而求其次,借助想象的力量来作为一种弥补。

在这个意义上,我们有必要向那些杰出作家学习,培养和丰富自己的想象力,努力使自己变得细腻善感:欣赏一泓碧蓝的山涧溪水的图片,仿佛感觉到浸入脚底的丝丝寒凉;目光流连于画面上一间江南小城临水的茶楼,似乎嗅到一缕明前龙井的清香。对于气氛、情调的细腻感知和把握,才堪称旅行最重要的收获。

当然,对于这种替代的旅行,你尽可以不以为然,但我只需要用一句话来辩护:人生奄忽,步履真正踏及的地方,能有几处?

(图/木木)

风雪夜归人

□ 马亚伟

30多年前,父亲在离家15公里的地方上班,他每天骑自行车往返。

冬日的天,像个面无表情的冷面人。寒气阵阵,天空透着令人捉摸不透的意味。父亲抬头望了几次天,说:"这天阴了好几天,雪也没下,我还是去吧,厂里一大堆事,耽搁不得。"

母亲说:"下雪了咋办,还是别去了。"

父亲犹豫了一下,推起车子出了家门。

过了一会儿,天阴得更沉了。没多久,雪纷纷扬扬地下起来。

母亲叹口气说:"让你爸别去上班,他偏不听,下雪了还咋回家!"父亲轻易不会歇班,他挣的钱要供我们一家的开支呢。

到下午时,雪已经积了厚厚的一层。"雪越下越大,你爸可咋回来呀!"母亲语气里有明显的担忧和焦虑。"我爸今天也许不回来,听他说厂里有住的地方。"我安慰母亲。

黄昏时分,雪渐渐小了,但地上的雪越积越厚,脚踩上去立即出现深深的窝,每走一步都很吃力。我问母亲:"我爸今天不回来了吧?"母亲无比笃定地说:"回来!他肯定回来!"夜色笼罩过来,母亲站在门口翘首遥望,可路上连个人影也看不到。冰天雪地,我在呼啸的风中瑟缩着,感觉要被冻成一根冰棍。"妈,回家等吧!"我开口说话时,牙齿都在打战。母亲却目光专注地遥望着村口,一声不吭。她在飞扬的雪花中保持着一成不变的姿势和表情,那姿势和表情像雕像一般肃穆。忽然,母亲说:"走!回家做饭,你爸回来得吃上热乎饭!"

母亲认定,父亲一定会回来。我跟着母亲在屋子里忙碌起来。小小的屋子里,炉火烧得正旺,与屋外的世界形成强烈的反差。她嘱咐我在炉火上烧开水:"多烧点开水,你爸回家时,得赶紧让他用热水洗洗,暖和暖和。"灶火上熬着红薯粥,母亲开始切白菜,切豆腐,洗粉条,她要做父亲最爱吃的大炖菜。

屋子里,饭菜香味弥漫着,妹妹饿得叫起来:"妈,我要吃饭,爸爸今天肯定不回来。"夜色漆黑,别人家已经吃过晚饭了,可父亲还没有回来。母亲的态度依旧坚定:"你爸一定会回来的,再等会儿!"我和妹妹围着炉火,静静等待。母亲则一趟趟往外面跑,脸上的表情越来越焦虑。

母亲不再出门去,但眉头紧锁着,她的焦虑在升级。就在我们都等得心烦意乱的时候,屋门"吱呀"一声开了。"爸爸回来啦!"妹妹喊起来,我和母亲也一跃而起。我们面前的父亲,简直成了雪人!他衣服上都是雪,眉毛、胡须上也都是雪,整个人都是白的。"15公里,我一步步走回来的!"父亲开口说话时,嘴巴像被冻僵了一般。母亲的眼泪一下子涌了出来,她使劲吸吸鼻子,为父亲拍打满身的雪。我赶紧把门关紧,让屋里的温暖一点点融化父亲身上的寒冷。这个世界有冰有霜,但幸好还有家;这个世界有风有雪,但幸好还有爱。夜归人,只要有人在风雪中为他守候,他就一定会回家。

父亲坐到餐桌前,看着热气腾腾的饭菜,张口想要说什么,又停了一下,终于说出一句话:"家里真暖和!"

(图/木木)

丝瓜与葫芦

□李汉荣

张家和李家是邻居，一向很和睦，甚至可以说是很亲热，只因为一次原因不明的争吵，两家伤了和气，便再不来往。

虽说不争不吵，但表面的平静下潜藏着一种紧张，一种戒备，甚至隐隐约约的敌意。

连两家的动物也不来往了。

张家拴了自家的猫，再不让去捉李家的老鼠；李家训斥了自家的狗，再不为张家义务放哨。

只是，谁也管不了那些老鼠，造访了张家的柜子又来品尝李家的新米。

还有那些苍蝇，访问了张家又访问李家，不管吃饭的碗盛水的桶还是房前屋后的垃圾，都是它们的自由口岸。

自从两家有了隔膜，都成了不自由不随和不宽容的人了，他们总是互相提防着，戒备着。

他们之间不仅没有了情感，而且没有了平常心，时时都处在临战状态，时时都想知道对方的秘密又时时严防自己的秘密被对方知道。

无知的植物只知生长，只崇拜露水、阳光和地气，谁的话它们都听不懂，也不想听懂，它们只听老天爷的话。

张家的丝瓜藤越过院墙，进入了李家的院落。李家的葫芦蔓翻过院墙，进入了张家的院落。

一场雨后，无知的植物们已深入对方的纵深地带。

张家和李家，可以制止自家的孩子、狗和猫不与对方往来，但都无法制止那些无知的植物随意走动。

盛夏季节，天大热，厄尔尼诺效应控制着整个世界的气候，也左右着张家和李家的气候。在很热的季节里，他们的关系依旧很冷很紧张。

酷热难耐的时候，他们就在绿荫下乘凉。

张家就躲在葫芦蔓下乘阴凉，葫芦蔓是从李家那边伸过来的。李家就坐在丝瓜藤下乘阴凉，丝瓜藤是从张家那边垂下来的。

张家的锅里炖着李家的葫芦；李家的碗里盛着张家的丝瓜。

他们仍然没有来往。

那些无知的植物早已打通了他们之间的界限，并且进入了对方的生活、对方的碗和内脏。在盛夏，无知的植物们改变着他们的温度、湿度和梦境。他们的身体细胞里，都有对方提供的叶绿素、维生素和微量元素。

但是他们两家仍然不来往。

在这个充满误解、纷争的世界上，正是那些纯真的植物，维持了大地的和谐和生存的希望。

教训一只鹰

□秦建荣

那是20世纪中叶的一个秋天，天明如镜。

屋檐下，奶奶正在穿辣椒，大红公鸡和芦花鸡在墙角找虫子。

忽然，一只鹰挟着风俯冲而下，一翅膀扇翻了芦花鸡。奶奶立即弹起，捡了一块砖头砸过去，竟然砸在了鹰的翅膀上。

鹰再也飞不起来了。飞不起来的鹰连鹦鹉也不如。

爷爷闻讯赶来，帮奶奶抓住了这只鹰，剪掉了它的钢喙和铁爪，一看，还是只雄鹰，就把它装进了铁笼子。

奶奶从发髻上取下一根银簪子，在头发上鐾了鐾，指着鹰说：别用翅膀拍打笼子了，也别用嘴拧了，这笼子是铁丝做的，不，是太上老君的幌金绳做的，是专门用来套你们这些害人精的，你就是有天大的本事也撞不开。有句话叫啥来着？

哦，我记起来了，叫善有善报，恶有恶报。这不，遭报应了吧？要不，你咋能让我一个老婆子用砖头砸中？你给我老实说，你抓了多少鸡？

鹰把翅膀拍在笼子上，发出"叭"的一声。

奶奶耳朵背，以为鹰说的是八，就指着鹰说：八个？

这么多啊！我来问你，前年我的母鸡轱辘子是不是你抓的？去年我刚开始下蛋的白母鸡是不是你抓的？点头了，承认了是吧。今天你又来抓我的芦花鸡。仅仅我们一家，你就祸害了三次。还有，你老实交代，除了这八个，还有没有？

鹰又把那只没有受伤的翅膀拍在笼子上，发出了"叭"的一声。

还有八个？二八一十六，你害了十六条命啊！

这十六只鸡要下多少蛋啊！我们就是用卖鸡蛋的钱来换油盐酱醋，买针头线脑小末零碎。你抓我们的鸡，就是抢我们的钱，抢我们的粮，就是违法犯罪。哎呀，我的芦花鸡啊——

这天晚上，鹰一直拍打着笼子，用喙啄着笼子，吵得奶奶睡不着觉。第二天早上，奶奶看见鹰满身是血，翅膀和嘴上的血都凝成了血块，不知怎么竟可怜起这只鹰了。但鹰就是鹰，依然用冷厉的目光盯着奶奶。当奶奶靠近，它又开始用翅膀拍打笼子，用喙啄着笼子。

三天以后，鹰不拍打笼子了，也不啄铁丝了，像是快要死了。奶奶对爷爷说：好歹是条命，给它喂点吃的吧。爷爷弄了一些肉皮，半碗水，放到笼子跟前。可鹰看也没看，一动不动。但到了晚上，夜深人静的时候，它竟把这些东西吃光喝光了。

奶奶睥睨了鹰一眼，然后踮着一双小脚，在院子里转着，忽地转过身，用银簪子指着鹰说：咋不拍打笼子了？咋不咬铁丝了？咋不硬气了？你们这些没种的坏家伙，全都是软蛋，脓包！我最瞧不起你们这些没脊梁骨的东西，半只眼也瞧不起你们。

不知是在打瞌睡，还是听懂了奶奶的话，那只鹰一愣一愣的。

后来奶奶就把那只鹰养了起来，铁爪长了给剪，钢喙尖了给剪。有人劝奶奶，把那只鹰打死算了。奶奶双手合十：那是一条命啊。那人又说：不打死就放了，喂着多麻烦。奶奶又摇着头说：这会儿可不敢放它，放了它还会祸害人。

这一养就是半年。

来年二月，奶奶从庙会上回来，端着食物去喂鹰，看见鹰的目光温驯柔和，似乎还满含着祈求，就对爷爷说：把它放了吧，它也许会变好的。

可是，当他们把笼子打开，鹰已经不会飞了，只用狐疑的眼睛看了看他们，就匆匆地钻进了荆棘丛里。

(图/HHYM)

命运的均值回归

□ 岑 嵘

刘姥姥带着外孙板儿在大观园游玩,王熙凤的女儿巧姐抱着一个大柚子,忽见板儿抱着一个佛手便想要。丫鬟哄她去取,巧姐等不得,便哭了。众人忙把柚子给了板儿,将板儿的佛手哄过来给她才罢。板儿见这个柚子好玩,也就不要佛手了。

两个孩子在那边天真无邪地玩耍。一个是公侯豪门的千金,一个是穷苦农家的小子,悬殊的命运在这里偶然地交会,脂砚斋认为这一段是"小儿常情,遂成千里伏线",在经济学家眼里这里同样有一条伏线,这就是"均值回归"。

达尔文的表哥弗朗西斯·高尔顿是维多利亚时代的一位博学家,他涉猎很广,怀有好奇心。他注意到天才音乐家、艺术家、科学家的天分远高于平均水平,但是,他们孩子的天分却接近平均水平。他还发现,在很多类型的系统中,一个异常的结果后将会紧跟着出现一个预期接近平均值的结果,这被称为"均值回归"。

高尔顿将目光转向一些可以测量的东西——甜豌豆。他按大小将甜豌豆种子分开种植,他发现,虽然下一代的种子往往和父辈很相像,但总体来看,他们的平均大小更接近平均水平。诺贝尔经济学奖获得者丹尼尔·卡尼曼说,发现回归平均值现象的意义不亚于发现万有引力,这种规律"像我们呼吸的空气一样稀松平常"。

当我们在机场的书店闲逛时,会发现摆满了各种企业成功学的书籍,那么这些书有意义吗?里士满大学金融学教授汤姆·阿诺德等人回顾了《商业周刊》《福布斯》和《财富》20年以来所刊登的封面故事,他们把关于公司的文章进行了分类,从最乐观的到最悲观的。他们的研究显示,在封面故事出版前的两年内,乐观的文章所描述的公司股票产生了超过平均水平42个百分点的积极收益;而悲观的文章中所描述的公司表现则落后将近35个百分点。

然而重点在后面,在文章发表两年后,受到杂志批评的公司股票以三比一的优势,收益率胜过受到表扬的公司,这个时候,公司业绩的均值回归作用体现出来了。关于这种现象,体育迷也有一种说法,即"《体育画报》魔咒":运动员刚上过杂志封面之后(因为超水平表现),接下来就会表现糟糕(回到平均水平)。

同样,财富这件事也有条平均线,当一个家族的富裕程度离中轴线很远的时候,也有强烈的动机回到均值,这就是所谓的"富不过三代"。"金满箱,银满箱,转眼乞丐人皆谤"所揭示的不是人生的布朗运动,而是回归平均值的普遍规律。

板儿和巧姐正愉快地玩着,均值回归的力量在十几年后,再次将他们拉到一起,不过我们喜欢把这种力量称为"命运"。

(图/兜子)

有些事想起来湿润而美好

□王太生

寒夜，翻张岱的《夜行船》，有"郭林宗友人夜至，冒雨剪韭作炊饼"之语。夜雨剪春韭，寥寥数笔，把二人关系，亲疏远近，交代呈现得像虎皮西瓜，纹路清晰。

有些事情，想起来湿润而美好。

下雨天，家中来了人，又没有什么好招待的，就想到屋后有一畦地。雨中春韭，长势喜人。便撑一把伞，或戴斗笠，摸黑下地，剪一把绿韭，烙韭菜饼。韭菜一寸一寸细细切碎，面糊拌青末，用柴火铁锅去烙，锅不热，饼不贴，小屋里很快韭香四溢。窗花灯影，映着两个人，这时候不一定需要酒，客随主便。他们的感情，像雨和叶子一样亲近。

我十五六岁时，到乡下走亲戚，散步到一户人家，主人见有客登门，忙不迭地不知拿什么招待才好。正搓手犹豫着，忽见屋外有一株梨树，累累梨子压弯树枝。主人喜出望外，赶紧直奔门外抱回一大捧梨子。

梨树本在门外，春天开花，洁白芬芳；秋天结果，阒静无言。摘一只梨子，伸手可及，可有时主人忘了这一树梨子的存在。

我从百里之外的小城坐船而来，先住东庄，有个亲戚打听到消息，步行15里从西庄赶来，接我到他家。中午吃饭，坐着闲聊，亲戚说，小孩子大老远来，乡下没有什么好吃的，忽然一拍大腿，说，想起来了，谷雨在东头河对岸的地里边，点过几颗瓜种，不知结了没有。亲戚把饭碗一撂，就到那块地去了，翻腾半天，摘回了两只瘦香瓜。

在我看来，乡下的香瓜最宜入画。瓜色温碧，瓜有清香，瓜纹清晰，《本草纲目》里说："二、三月种下，延蔓而生、叶大数寸，五、六月花开黄色，六、七月瓜熟。"

湿润而美好的事，大都与情境有关。比如，杏花春雨、凉风好月、坐对一扇窗喝酒、二三挚友结伴而行。我到山里看湖，住在县城。晨起，推窗，见对面楼上阳台，立一个女子，晨风中梳头，湖在身后不远处微微呼吸，人在风景里。

民国闺秀张充和的《小园即事》里有一段童年趣事，小充和还在襁褓时，就过继给了叔祖母李识修。识修是李鸿章的亲侄女，从小给予张充和最柔软的亲情之爱。张充和童年时，对于母亲的概念是模糊的，与叔祖母一道生活，她甚至认为"我是祖母生的"，童言稚语，湿润可爱。

我小时候也有类似经历，以为自己是从渔船上捡来的，弟弟是乡下姨妈生的。那时候，姨妈常从乡下来，一住就是十天半个月。姨妈常哄着弟弟睡，手工做小衣裳。

朴素的事，都是从前的事。隔了多年，想起来，感觉湿润而美好。

(图/曹黑黑)

第一次背娘

□ 刘俊奇

第一次背娘，是十多年前一个秋初的日子。那一年我53岁，娘72岁。

那些日子一直阴雨连绵。每到这个季节，娘的膝关节病便会复发，于是便给娘去电话。

电话的那端，娘全无了往日的欢欣，声音沉闷而又有些迟疑。娘说，你要是不忙，就回来带我去医院看看也好……

我的心里一阵恐慌，我立刻放下手头的工作，驱车三百多公里，从济南赶到沂蒙山老家。

一路上忧心如焚，娘的点点滴滴涌上心头。

父亲去世时，娘才33岁，我最小的妹妹刚刚出生三个月。为了把我们兄妹五个拉扯长大，尽早还清为父亲治病欠下的债务，娘就像一台机器，不分昼夜地运转着，那时候，娘说得最多的一句话是，咱不能让人看不起，不能让人家笑话你们是没有爹的孩子……

在我的记忆中，最令人恐惧的农活之一，是从村西的渠道里挑水抗旱。初春时节乍暖还寒，娘挽起裤子赤着脚，一次次走进冰凉的渠水，在陡峭、湿滑的坡道上，弓着腰，挑着两个与自己体重差不多的水桶，一趟又一趟，在水渠和坑坑洼洼的庄稼地里来回奔波。

后来，渐渐长大的我也加入到挑水抗旱的行列，才体会到那是怎样的一种苦不堪言：一根钩担挑着两个装满水的桶，沿着45度、近二十米高的一条又湿又滑的陡坡，上上下下，步步惊心。娘说，那时候她一天最多挑过七十多担水，膝关节痛就是那时候落下的病根。

汽车驶过一条小河，刚下过雨，路泥泞不堪，我让司机把车停在村头，心急火燎地向家里走去。

娘见到我，艰难地从床上坐了起来，我在娘的跟前蹲了下来，想背着她上车。娘犹豫了片刻说："我一百三十多斤呢，你背不动吧？"看看院子里的泥和水，娘还是顺从地趴在了我的背上。

平生第一次背娘，才知道一百三十多斤的娘是如此重。走到街上，一位婶子正在大门口做针线，看见娘趴在我的背上，便哈哈地笑了起来："哎哟，年幼时背着儿子，现如今老了，得让儿子背着喽……"

娘"嘿嘿"地笑着，笑声中，有羞涩又有些幸福的味道。婶子的话，让我心头一热，眼泪差一点流出来。想起儿时在娘背上的岁月，今天终于可以背着娘，既激动，又有些成就感，记得我十五岁的那年，一次我突然肚子剧烈疼痛，吓得娘不知所措，慌忙背起比她还高的我，撒腿便往村卫生室跑……

在临沂市人民医院，我背着娘楼上楼下看门诊，拍X片，医生说娘的腿并无大碍，开了些消炎和外敷的药，提醒要注意保暖等。

中午，我背着娘走进一家酒店。正在这里用餐的人们向我们行注目礼，许多人站起来鼓掌。

平生第一次背娘的我，那一天竟如明星般的荣耀……

吃过饭，我劝娘随我一起回省城去住，娘说家里还有喂的鸡，离不开，还是像往年一样，天气冷了再去吧。我拗不过娘，只好把娘送回家。

晚上七点多钟回到省城，立即给娘去电话报平安。电话里却传来娘的哽咽声。我大惊失色，慌忙说娘你不要紧吧？腿是不是还是疼得厉害？

娘没有回答，啜泣了许久才问我，你的腿、腰没事吧？你也是五十多岁的人了……背了我一天，心疼死我了……

顿时，我泪如雨下……

（图/小兔子妈妈）

河对岸的星群

□鲍尔吉·原野

阿荣旗境内河流多，眼前这条是阿伦河。夜色下，岸边茂密的树林像披着黑色斗篷的巨人睡着了，阿伦河水猫腰从他们鼻子底下流过。夜色如毯子盖在河岸的草地上，盖住了不知多少野花。

早上，我来到河边的时候，草地被野花占领了。天刚亮，野花已精神抖擞站在那里，披一身露水，好像一宿没合眼，等一个盛典。太阳每天升起来都是盛典，新鲜光亮，野花知道，人不知道。花朵以细细的身子支着大大的脑袋，它们的面庞比人类肉质的脸更纯洁。花的面孔不讲五官讲瓣，三瓣、四瓣、五瓣的花脸都比肉好看，像能旋转。花的表情只有一种：笑。花朵除了在雨里哭泣之外，其余的时光都在笑，笑弯了腰。真不明白花到底在笑什么。晨光射入草地，被雾阻挡，景象朦胧。花朵从斜坡的草地上跑向河边，仿佛去梳洗。蓝的花、白的花、黄的花，高出青草，凝视河面微颤的波光。河水在早上蜿蜒流远，天边的山峦不是青山，而是玫瑰山。树尖在白雾里冒一点头，如波涛里的礁石。大地苏醒了，四处沾满湿漉漉的露水。

眼下是夜里10点钟，阿伦河发出白天听不到的响声，似咕噜噜滚东西，又像嘻嘻哈哈偷笑。山峦和树丛被夜藏进包裹里，活动的物体只有河流。河如不流，水面嵌满星星。星星趴在水面的时候特别怕被打扰，一片被风吹落的树叶或鱼儿翻身都会拆碎星星。水流淌，星星在水里被捣成了星星酱，波浪上隐约只剩一层白光。

这时，对岸燃起篝火，火光照亮了一棵老树。它必定是榆树，鄂温克人和满族人都崇拜榆树，老榆通灵。不一会儿，鄂温克人围拢老榆树跳舞，歌声隐隐约约地传过来。头几天，我们在那吉镇参加广场篝火晚会，转圈跳舞的有好几百人。鄂温克人单纯，无论老幼，都如纯洁的儿童，他们尊崇大自然，信仰舍沃克神、铁神和奥卓尔神。他们在篝火上扔一些马鹿和犴的油脂，冒出的香味会让舍沃克神高兴。萨满法师敲鼓，舍沃克神也高兴。猎人们趁舍沃克神高兴，把灰松鼠——最好是尾巴带白尖的灰松鼠皮——在火上抖几抖，神会赏赐给他们更多的松鼠。

歌声越来越大，夹杂鼓声。篝火边上跳舞的鄂温克人的蒙古袍被火光映照得十分鲜艳。我沿着河往那边走。走了几百步，被柳树挡住路。鄂温克人脸庞清晰，被火照成红铜色，舍沃克神看到会更高兴。河流在我眼前静止不流，也许停下脚步看歌舞，也许水深无澜。大颗的星星浮在河面，仿佛来自对岸。星星优雅地泡在水里，我替它们说：凉快、太凉快了！星群当中应该有大熊星座。鄂温克人敬畏熊，他们管公熊叫爷爷，管母熊叫奶奶。现在，大熊星座的爷爷奶奶们在河里洗澡，鄂温克人在篝火边上跳舞，河水一动不动。

灰松鼠在树林里偷窥，把白尖尾巴藏在树叶里。🌲

（图/小粒团）

蝉与毛鸡蛋

□钟 翰

记得几年前读研时,有一次师门聚餐,教伦理学的教授看见刚上桌的"油炸金蝉",似乎来了兴致,让我们几个学生谈谈感想,谁讲得好谁先吃。

有个来自山东的学兄,说这是鲁系名菜,口感了得,并联想到了《孙子兵法》中"金蝉脱壳"与现代社会中的责任推脱,旁征博引,羡煞旁人,得到老教授首肯,谦虚了几句便尝了第一口。一女生喜游苏州园林,信手拈来拙政园里与蝉有关的俗语与摆设,比如屏风上把蝉和铜钱雕刻在一起表示腰缠(蝉)万贯之类,大家听得饶有兴趣,那女生也连赞好吃。

这时蒋同学接过了话茬,他面色忧郁地谈到电影《诺丁山》里的fruitarian——"禁烹主义"者——认为蔬菜和水果也是有灵魂的,所以烹调很残忍,也不赞成直接从树上摘取食用,而宁可捡掉在地上的。"'禁烹主义'虽有些极端,但是'油炸金蝉'这道菜确实有点残忍。"他开始引经据典,称法布尔在《昆虫记》中《蝉的蜕变》一文中谈到,"油炸金蝉"的原料——知了猴是蝉在脱外壳的几个小时前最羸弱的状态,"蝉为了蜕壳往往要辛苦很久,比女人生孩子还要痛苦。"他又满含深情地告诉我们,夏天蝉给正在收集粮食的蚂蚁唱歌鼓劲儿,到了冬天它去向蚂蚁借一粒麦粒,蚂蚁却讽刺道:"夏天歌唱,冬天就接着跳舞吧。"真是不幸的生命……老教授听完,对该同学发言中弥漫的伦理同情极为欣赏,喜爱之情溢于言表,可我们几个明显受此影响,吃这道菜时压力巨大。甚至这种影响使我对《西游记》里唐僧拒吃"人参果"的一幕又有了重新的认识,的确,那分明是未满三朝的胎儿,怎可拿来食用,拿走,拿走……

上周同学聚会,三年不见的蒋同学一改往日的腼腆与学究,觥筹交错中透露出豪爽,问及其目前工作,他十分自豪:"毛鸡蛋,知道吧,哥儿们开了一家工厂,批量生产,人工控制鸡蛋的孵化温度,要想吃汁水多的半鸡,就温度低点儿,要想吃全鸡——就是蛋里小鸡基本长好了快要破壳而出的那种,就得控制好温度,误差不能超过一摄氏度。我这套设备是从国外进口的,国内根本没有,一天生产几千只,供不应求啊,有时间你们到我那儿看看。"

蒋同学依然引经据典,"神农氏他老人家当年在山里尝这尝那,豁出一条命来找吃的,不容易啊,据说死前最后一句话就是:'这草有毒!'还是咱们后代艺高胆大啊,变着法子创造大补之物。"一时间,我百感交集,不知道说点儿什么好。

(图/麦小片)

片刻的光亮

□ 曾 颖

关于珍惜生活的格言和文章看了很多,但都不如波兰斯基的电影《钢琴家》中的一个小片段,在被押往死亡集中营的路上,一位犹太人发现自己的口袋里还幸存了一小块巧克力,于是小心地将它分成更小的几块,拿给身边的亲人们。有人嘲笑他说这都什么时候了,你还有这闲心?他淡然地说出了那句令我震惊并将之奉为座右铭的话:"片刻的生命,也是生命。"

这样的场景,让我想起一个故事:一个人被猛虎追逐,爬上一棵枯藤,枯藤的上方,有一只老鼠正在啃着藤,随时会将他送入虎口之中,这时,置身于绝境中的他,发现手边的悬崖上,有一颗红草莓,于是,他伸手摘下了草莓,如那个即将进入毒气室的犹太人拿起的巧克力一样,将它放入口中,并由此悟到人生不过如此,在孤窄如藤的路上,后有猛虎吞掉不可留的昨日,前有小老鼠啃藤一般乱我心的明天,而崖壁上那颗小小草莓,却是在匆促而绝望的人生中,给我们的小小幸福与安慰,它虽然不足以本质性地改变什么,却让我们能够换一种心态,来重新面对生命中的波折与困苦。心中有一颗草莓或巧克力面对苦难的人,与只有苦难的人,想必有很大的不同。

这让我想起我童年时代的偶像曾爷爷,这位曾经读过很多书的老人,在那个知识就是罪过的年代,所经历的压抑和痛苦,是可想而知的,而支撑他活下去并最终熬到平反那天的,是他家后院那株茶树和几丛茉莉,这些小生命因为来抄家的人们不识货,而没有像古画老书旧瓷器和假山盆景一道,被当成"四旧"毁于一炬。那株他父亲当年在雅安贩茶带回的茶树,每年春天都会结出令他欣喜的嫩芽,他总会小心地将它们带露采下,用菜锅小心炒制,或等茉莉花开时节,两相混合,制成一小包散发着馥郁香气的救命仙草,每天出门之前,必先用瓦壶烧水,掐几小颗,放入搪瓷盅里,看着沸水渗进去,升腾起一股芬芳的水汽。这样的场面,颇有仪式感,是一个失意者在艰难生活面前不折服的表态:"你可以消灭我,但不能打败我!"

这场仪式过后的曾爷爷,就一脸从容地出门了,无论是去扫厕所,还是去陪斗,抑或去接受触及皮肉和灵魂的再教育,以及多年以后"解放"了,去参加高大上的会议或与友人聚饮,都是一样的表情。

巧克力不是巧克力,草莓不是草莓,茶叶不是茶叶。它们是对生活的一种信念,一种在苦难威压下的一星希望之火,它可能会像卖火柴的小女孩在寒夜中点起的最后一根火柴,是一种虚幻的安慰剂。但谁又能回答我们:她不点燃最后那根火柴,就比点亮那根火柴更好?

片刻的生命也是生命,片刻的光亮也是光亮,您说是吗?

(图/李坤)

蝴蝶只七日

□ 毕淑敏

在哥斯达黎加参观蝴蝶园。

蝴蝶馆很大,约十米高。闷热腐气扑面而来,好像进了一间不甚干净的桑拿铺。

安妮从中请出一位身材高大的女子,是专门研究蝴蝶的博士。

蝴蝶博士介绍说,全世界的蝴蝶一共有两万多种,中国大约有两千种。最大的蝴蝶是新几内亚东部的亚历山大女皇鸟翼凤蝶,雌性翼展可达31厘米……

我心里一估量,31厘米,快一尺了。那还叫蝴蝶吗?分明是一只鸟。

博士继续说,最小的蝴蝶是阿富汗的渺灰蝶,展翅只有7毫米。

蝴蝶博士说,蝴蝶是善变的小虫,一生要经过四个阶段,每个阶段都完全不同。她找到一株枝叶纷披的植物,在青筋毕露的叶脉后面,有小米粒般的颗粒,这就是蝴蝶卵,蝴蝶博士接着说,卵孵化出来之后,就成了幼虫。比如这条毛虫,是红带袖蝶,它有故事在身。

16世纪初,葡萄牙殖民者登陆巴西海岸,首次见到这种蝴蝶。它的身体颜色是红、白、黑相间,很像当时葡萄牙国内邮差制服的颜色,就命名了它。葡萄牙疯狂开疆拓土,运力主要靠马。马从葡萄牙上船,长途海运到巴西,颠沛流离,水土不服,死亡率非常高。随团兽医为了推卸责任,便嫁祸于蝶,称红带袖蝶含有剧毒,喜欢追逐马群。马被叮咬,哪怕误食了它们停留过的草料,都会毒发身亡。红带袖蝶把这口黑锅一背就是200年。直到巴西独立后,博物学家才发现它无毒无害,绚丽的色彩只是为了对天敌起吓唬作用。

随着博士的解说,短短几分钟内,徜徉过了蝴蝶的一生。它可谓大彻大悟脱胎换骨改变自我的典范。从细如黍米的卵粒到圆滚丑陋的肉虫,从大智若愚的僵蛹到美艳无双的空中花朵……一只小生灵尚可如此不遗余力地嬗变,人又有什么理由拒绝通过努力越变越美好呢?

我暗自佩服蝴蝶还有和臭鼬比肩的本事。对博士说,谢谢您精彩的解说,让我看到了这么多蝴蝶。

女博士长叹一口气,说,蝴蝶已不多,数量在近些年里,飞快下降。蝴蝶虽不会鸣叫,却是大自然的警钟。

我说,此话怎讲?

女博士说,正如刚才所见,蝴蝶是要经过多种形态变化才能完成一生的灵物,对环境的变化非常敏感。它的数量下降,代表着生存环境正在恶化。

我们居住的这颗星球,正经历着物种大灭绝的时代。物种的丧失速度,由原来的每天一个种,加快到现在的每小时一个种。咱们说话这段时间,已有一个物种灭绝了。蝴蝶虽然没有声带,但它每时每刻都在向我们发出警报。

告别的时刻到了,我说:"您长期进行蝴蝶研究,最深的感受是什么?"

蝴蝶博士沉吟了一下说,蝴蝶的生命瞬忽即过,灿烂夺目的成蝶阶段,最长不超过七日。联想到每个人的生命,也非常短暂,实在应该珍惜。我们要让日子过得像蝴蝶一样美丽,但一定要比蝴蝶长久。

(图/木木)

一碗入梦

□林清玄

妻子从网上买了一箱大闸蟹，送到家里，打开箱子，每一只都是活蹦乱跳的。这令我感到惊奇，从阳澄湖到台北，路途何止千里，运送也需要时间，竟能保持螃蟹的生命。在几年前，是不可想象的。

时代真的不同了，朋友卖生鱼片，专门进口日本各地的海鲜，以低于零下五十摄氏度的温度，从东京运来。朋友自豪地说："保证吃起来和在日本海时，一样鲜美。"

吃大闸蟹时，小儿子忽然发问："老师说，以前台湾人不吃大闸蟹，这几年开放才开始吃，是真的吗？"

"如果说是阳澄湖或太湖的大闸蟹，以前是吃不到。如果是吃毛蟹，爸爸从小就是吃毛蟹的，大闸蟹就是毛蟹的一种啊。"

我的童年时代，爸爸在六龟新威租了一块林地，搭了一间砖房，在森林里开山。我们常陪爸爸到山上住，有时住上整个夏天。

山上食物欠缺，为了补充营养，什么都吃，天上飞的鸟雀、蝗虫、蚂蚱、蝉；地上能跑的竹鸡、老鼠、锦蛇、兔子、穿山甲；河里游的小虾、小鱼、毛蟹、青蛙、河蚌、蛏子……

天空和陆地上的不易捕捉，河溪里的容易捉到。我们做一些简单的陷阱，竹子上绑着小虫，插在田边、河边，第二天就可以搂。里面放一些鱼肉，第二天就可以有好的收成。

捉毛蟹则是最有趣的，从下游往上游溯溪，沿路扳开石头，缝隙里就躲着毛蟹，运气好的时候，扳开一块石头，就能捉到五六只。

毛蟹盛产之时，个头肥大，我们七八个兄弟忙一个下午，就可以捉到整桶的毛蟹，隔两天再去，又是一桶，几乎捕之不绝。

晚上，爸爸把我们捕来的毛蟹、小鱼、小虾清洗过后，烧一鼎猪油，全都丢下去油炸，炸到酥脆，蘸一点胡椒和盐，一道大菜就这样完成了。

当时山上还没有电灯，就着昏黄跳动的油灯，那一大碗的河鲜跳动着颜色的美，金黄的小鱼、淡红的小虾、深红的毛蟹，挑逗着我们的味蕾。

"开动！"

爸爸一下指令，我们就大吃起来，咔咔嚓嚓，整只整只地吃进肚子里，不知道为什么，我们吃螃蟹和吃鱼虾一样，都是不吐骨头的，不！是不吐壳的。

那是令人吮指回味的终极美味，我离开山林之后，就没有再吃过了。

就好像爸爸亲手采的草耳（雷公菜）、鸡肉丝菇，还有他亲手用西瓜做的凉菜，都再也吃不到了。

"这就是我们以前吃毛蟹的方式，和吃大闸蟹是很不同的。"我对孩子说。

孩子睡了，我坐在书房，仔细地怀想爸爸在开山时的样子，想到我十四岁就离开家乡，当时忙于追寻、很少思念父母。

过了六十，时不时就会想起爸爸妈妈，爸妈常入我梦来，不知道这是不是老的征象？

想起那一大碗毛蟹，如真似梦，依稀在眼前，那美丽的颜色，一层一层晕染了我的少年时光，在贫穷里也有华丽的光。

（图/兜子）

理想里的那些飞蛾

□罗 西

驱车一个小时后，抵达福州郊外的一家生态农庄，为一顿晚餐，那里有传说中的土鸡土鸭、河里抓的鱼虾……山路不崎岖，却也恰到好处地蜿蜒，不经跋涉，却也有妙趣的小颠簸。

主人叫江平，身体厚实态度平和，没有传统的仙风道骨的身材，却有智者的从容。

那是周五，山野里有一栋孤零零的三层大楼，只有我们一行四人食客，我们是慕名而来……

最初以为江先生只是一个喜欢野趣、卖弄土味的精明酒家老板，在香樟茶几前喝着茶漫谈的时候，才明白他不是一眼可以看穿的商人，是有故事的。

原来他的大事业在山林里，这个酒家只是接待一些喜欢山的朋友，需要预约，真正是"来的都是客"，若有闲情，还可以在这里小住几天，晚上睡觉是不用关门窗的……

江平先生原是城里某企业高管。事业巅峰、正壮年的时候，急流勇退，进山，包下800多亩山野，种树、种菜、养鸡、鸭、羊、猪、鱼……还有名贵的桂花以及可以做盆栽的茶树……这是他小时候的一个梦想，有自己的山头、庄园，有亲自找到的泉眼，有真正的耕耘、收成、旭日东升与日落西山……

把一生分为前半生和后半生，前半生就是为了这样一个理想而积累资本。

江先生的理想非常清晰，坚定，如蜗牛背上的壳，是生命的一部分，也是生活的全部，他就想做农场主，现在，他终于完胜，美梦成真。

我们一般人也都有理想，但多出现在作文里、讲演里、决心里，而他不是，他身体力行地去做，他的人生就是一个规划。

他去过澳大利亚等世界很多地方考察农庄的经营，他不是隐居的诗人，但他喜欢读书，还看过我写的闲书。

现在，雇佣近百名园丁，有一山又一山名贵树木，有清高的别墅，有林里的风、坡上的月亮，半夜有狗叫，还有警惕的鹅不时"嘎"几声……

他真实地毫不折扣地实现了人生最初而且一直坚持的理想。很美。很幸运。

我无限羡慕他，因为他是个真正行动的理想主义者。

有理想，还理想主义，更可怕的是，他全实现了。

饭后，吹风，他笑说，也不是没有缺憾，理想与现实永远无法天衣无缝地重叠。我很好奇，那缺憾是什么呢？他的答案居然是：飞蛾！

理想里的那些飞蛾。

原来，他有个心病，害怕夜里的飞蛾、萤火虫、金龟子等昆虫。可是只要有光，山里都有这样飞舞的小精灵。

特别是飞蛾，好看的，丑陋的，诡异的，平凡的，大型的，精致的，什么都有。所以，每天晚上，他都要请管家在他房间"清蛾"……

我以为，他会为此感到不开心。因为理想意味着完美。

他说，不，理想的"完美"与"真实"，他更在乎的是真实，理想里的那些飞蛾，如同美人脸上的雀斑，让他更真实地生活在理想里，更踏实地感到实现理想的妙趣。

（图/点点）

没有人在春雨里哭泣

□鲍尔吉·原野

雨点瞄着每株青草落下来，因为风吹，它落在别的草上。别的雨点又落在别的草上。春雨落在什么东西都没生长的、傻傻的土地上，土地开始复苏。

走进春天里的人是一些旧人。他们带着冬天的表情，穿着老式的衣服在街上走。春天本不想把珍贵的、最新的雨洒在这些旧人身上，他们不开花、不长青草也不会在云顶歌唱，但雨水躲不开他们——雨水洒在他们的肩头、鞋和伞上。人们抱怨雨，其实，这实在是便宜了他们这些不开花不长青草和不结苹果的人。

春雨殷勤，清洗桃花和杏花，花朵们觉得春雨太多情了。花刚从娘肚子里钻出来，比任何东西都新鲜，无须清洗。不！这是春雨说的话，它认为在雨水的清洗下，桃花才有这样的娇美。世上的事就是这样，谁想干什么事你只能让它干，拦是拦不住的。春雨继续下起来，无须雷声滚滚，也照样下，春雨不搞这些排场。春雨静静地、细密地、清凉地、疏落地、飘洒地下着，下着。

春雨飘落的时候伴随歌声，合唱，小调式乐曲，6/8拍子，类似塔吉克音乐。可惜人耳听不到。春雨的歌声低于20赫兹。旋律有如《霍夫曼的故事》里的"船歌"，连贯的旋律拆开重新缝在一起，走两步就有一个起始句。开始，发展下去，终结又可以开始。船歌是拿波里船夫唱的情歌小调，荡漾，节奏一直在荡漾。这些船夫上岸后不会走路了，因为大地不荡漾。春雨早就明白这些，这不算啥。春雨时疾时徐、或快或慢地在空气中荡漾。它并不着急落地。那么早落地干吗？不如按6/8的节奏荡漾。塔吉克人没见过海，但也懂得在歌声里荡漾。6/8不是给腿的节奏，节奏在腰上。欲进又退，忽而转身，说的不是腿，而是腰。腰的动作表现在肩上。如果舞者头戴黑羔皮帽子，上唇留着浓黑带尖的胡子就更好了。

春雨忽然下起来，青草和花都不意外，但人意外。他们慌张奔跑，在屋檐和树下避雨。雨持续下着，直到人们从屋檐和树底下走出。雨很想洗刷这些人，让他们像桃花一样绯红，或像杏花一样明亮。

雨打在人的衣服上，渗入纺织物变得沉重，脸色却不像桃花那样鲜艳而单薄。他们的脸上爬满了水珠，这与趴在玻璃上往屋里看的水珠是同伙。水珠温柔地俯在人的脸上，想为他们取暖却取到了他们的脸。这些脸啊，比树木更加坚硬。脸上隐藏与泄露着人生的所有消息。雨水摸摸他们的鼻梁，摸摸他们的面颊，他们的眼睛不让摸，眯着。这些人慌乱奔走，像从山顶滚下的石块，奔向四方。春雨中找不到一个流泪的人。人身上有4000~5000毫升的血液，只有20~30毫升的泪。泪的正用是清洗眼珠，而为悲伤流出是意外。他们的心灵撕裂了泪水的小小的蓄水池。

春雨不许人们流泪，雨水清洗人的额头、鼻梁和面颊，洗去许多年前的泪痕。春雨不知人需要什么，如果需要雨水就给他们雨水，需要清凉就给他们清凉，需要温柔就给他们温柔。春雨拍打着行人的肩头和后背，他们挥动胳膊时双手抓到了雨。雨最想洗一洗人的眼睛，让他们看一看——桃花开了。一棵接一棵的桃树站立路边，枝丫相接，举起繁密的桃花。

桃花在雨水里依然盛开，有一些湿红。有的花瓣落在泥里，如撕碎的信笺。如琴弦一般的青草在桃树下齐齐探出头，像儿童长得很快的头发。你们看到鸟儿多了吗？它们在枝头大叫，让雨下大或立刻停下来。如果行人的脚踩上了泥巴应该高兴，这是春天到来的证据。冻土竟然变得泥泞，就像所有的树都打了骨朵儿。不开花的杨树也打了骨朵。鸟儿满世界大喊的话语你听到了吗？春天，春天，鸟儿天天说这两句话。

(图/吴敏)

死线综合征

□叶倾城

有一种病,我称之为:死线(Deadline)综合征。一方面是什么事儿都得压到最后时分完成;另一方面则是一到最后时分就焦虑恐慌。

比如现在吧,朋友圈一片唉声叹气:呀,我还什么也没干呢,怎么都12月了?

朋友甲,在元旦的朋友圈立下宏图大志,一周要刷一本书,现在屈指一数,读了十本都不到。然后这二十几天,能刷完四十几本吗?得废寝忘食还得暂时辞职。

朋友乙,早就立志要减到100斤以下,赌咒发誓,绝不把这2016年重新捡起来的2015年未完的心愿带到2017年,其实是2014年的任务,一直拖延到了现在。

每一年到最后一个月的心情,大概像考试时候的最后十分钟。随着监考老师的提醒,心下顿时大乱:还没来得及检查呢;刚刚有道大题其实没把握,半猜半蒙的;学号学号,名字名字,再检查一遍……一折腾,七八分钟就没了,到最后一分钟:好像这题我填错了。再看一眼,交卷铃响的时候,心里光想着那一题可能的错误,恨不能引为终生憾事,一辈子记得那一分。

只是,多那一分,你也上不了清华。

这种死线综合征,本质上来自于人对自己缺乏清醒认识:总以为自己能成大业,没事儿就立个大志,半夜想到什么美好前景,激动得不能入睡,结果第二天早上根本起不来床,昨天晚上的计划全部泡汤。

尤其是,人有一些心愿,是"理智上"想实现,但"心里"根本不想完成的。比如说,好好学习,好好工作。我们觉得这是人生的义务,要大声说"我就是不想上进"得非常不要脸。但本质上,我们愿意把时间、精力花在更好玩儿的事情上:吃吃喝喝,逛逛街,看看美剧……那到底什么时候好好学习好好工作呢?年头,我们乐观地想:还有一整年时间呢。到了年尾……没关系,明年还有一整年。

其实吧,减不下来的肥,就让它胖去吧;看不进去的书,扔在地铁上,说不定有爱看的人捡去;别秀跑了多少马拉松,写了多少字,没用,你到底什么个体形怎么个水平,周围的人民群众心里有数。

在这最后一个月,别忙着填旧账,该干吗干吗,买新衣见旧爱,如果落雪天气,有人叫卖新出锅的糖炒栗子,就买一把来吃。行乐、行善,都贵在及时。其实,做事也是。与其许下明天明年的愿,不如现在气定神闲,做当下该做的事。

(图/兜子)

自己的真相

□余秋雨

那年有十六个保安射手凑钱请伦勃朗画群像，伦勃朗觉得要把这么多人安排在一幅画中非常困难，只能设计一个情景。按照他们的身份，伦勃朗设计的情景是：似乎接到了报警，他们准备出发去查看，队长在交代任务，有人在擦枪筒，有人在扛旗帜，周围又有一些孩子在看热闹。

这幅画，就是人类艺术史上的无价珍品《夜巡》。任何一本哪怕是最简单的世界美术史，都不可能把它漏掉。

但在当时，这幅画遇上了真正的麻烦。那十六个保安射手认为没有把他们的地位摆平均，明暗、大小都不同，不仅拒绝接受，而且上诉法庭，闹得沸沸扬扬。

整个阿姆斯特丹不知有多少市民来看了这幅作品，看了都咧嘴大笑。这笑声不是来自艺术判断，而是来自对他人遭殃的兴奋。

当时亲戚朋友也给他提过，那就是再重画一幅，完全按照世人标准，让这些保安射手穿着鲜亮的服装齐齐地坐在餐桌前，餐桌上食物丰富。伦勃朗理所当然地拒绝了。那么，他就注定要面对无人买画的绝境。他还在画画，而且越画越好，却始终贫困。

直到他去世后的一百年，阿姆斯特丹才惊奇地发现，英国、法国、德国、俄国、波兰的一些著名画家，自称接受了伦勃朗的艺术濡养。

伦勃朗不就是那位被保安射手们怒骂、被全城耻笑、像乞丐般下葬的穷画家吗？一百年过去，阿姆斯特丹的记忆模糊了。

好像是在去世前一年吧，大师已经十分贫困，一天磨磨蹭蹭来到早年的一个学生家。学生正在画画，需要临时雇用一个形貌粗野的模特儿，装扮成刽子手的姿态。大师便说："我试试吧。"随手脱掉上衣，露出了多毛的胸膛……这个姿态他摆了很久，感觉不错。但谁料不小心一眼走神，看到了学生的画框。画框上，全部笔法都是在模仿早年的自己，有些笔法又模仿得不好。大师立即转过脸去，满眼黯然。他真后悔这一眼。

此刻的伦勃朗便是如此。他被学生的画笔猛然点醒，一醒却看见自己脱衣露胸像傻瓜一样站立着。更惊人的是，那个点醒自己的学生本人却没有醒，正在得意扬扬地远觑近瞄、涂色抹彩，全然忘了眼前的模特儿是谁。

学生画完了，照市场价格付给他报酬。他收下，步履蹒跚地回家。

今天，他的名字用各种不同的字体装潢在大大小小的门面上，好像整个城市几百年来都为这个名字而存在，为这个名字在欢呼。但我只相信这个印在领带上的签名，那是大师用最轻微又最强韧的笔触在尘污中争辩：我是谁。

（图/关节熊）

发芽的石头

□石 兵

朋友从海南带回来一块石头，据说是从著名的景点"天涯海角"捡来的。石头本身没有任何特色，就是海边常见的鹅卵石，有一个拳头大小，色泽淡黄，朋友郑重地把石头送给了我，并嘱咐我一定要好好保护这块石头。

我左看右看，也看不出这块石头有什么特殊之处，除了来自"天涯海角"，除了是一个至交好友赠送的礼物，它便再也不具有其他价值了。我把石头放在窗台的一棵龟背竹的花盆里，在龟背竹绿油油的叶子掩映下，它更显得不起眼了。

龟背竹比较娇贵，我每天都要给它浇水，还要不时给它松土，渐渐地，这块石头就跟其他石头一起被泥土掩埋了起来。

两个月之后，我在给龟背竹浇水的时候，突然发现泥土中冒出了一株极小的嫩芽，起初我还以为是不小心有草种子进入了花盆，可我仔细看了这株嫩芽，竟然发现它不是杂草，而是一种兰花的叶子，我大为惊奇，连忙小心地松开泥土，却发现它是从朋友送我的那块石头上生长而出的。

我发现石头上有一个极细小的凹洞，大概是送我时被泥土塞上了，我一直没有发现。我没想到，这里面竟然会有一粒小小的种子，而它现在竟然发芽了。

我连忙给朋友打电话，朋友听到我兴奋的话语，也笑了起来，他告诉我，这块石头是他在海南买来的，那个卖石头的人告诉他，这石头里有一株卡特兰，但不能太刻意去培植，因为它生存在一块石头里，环境非常恶劣，一定要让种子适应石头，这样才能发芽生长。朋友不无沮丧地告诉我，他也有一块这样的石头，但因为太过呵护，种子一直没有钻出石头。

放下电话，我看着那块发芽的石头，突然觉得，它像极了我们的人生。兰花本就是脆弱的植物，但是把它放在石头里，反而会激发出强大的生存意志。从某种意义上来说，花期恰如人生，要想生长出蓬勃的生命，我们其实都需要一块这样的石头，也应当感谢这样一块石头。

（图/曹黑黑）

欲 火

□莫小米

那一夜火光熊熊。老城区烧掉了半条街，建于20世纪80年代、70年代、60年代甚至更早的房子，在风中噼啪作响。

天亮时，余烬飘出缕缕焦烟，和昨夜火中的信息。

其中有个儿童福利院，那些孩子或智障，或残疾，有些非常小，还不会走路，夜间只有一个值班阿姨。

火起时，阿姨拖起大孩子们，吩咐一个大孩子管一个小孩子，一起向外走，走到门口，大门已被火封住。阿姨让孩子趴在地上，逼他们爬出去，结果全体逃生。阿姨来自乡村，有对付山火的经验。

其中有个养老院，二楼某一间，住着五位老婆婆。

五人中，两人患有严重的阿尔茨海默病，吃喝拉撒皆需照料，一人整日精神恍惚，一人绝症晚期，神情萎靡。五人中只有一人能讲话，且声音洪亮，她是截瘫。

平时那间屋子并不冷清，一个人在讲话，其余四人默默地听，似听非听，也算有听众，好过自言自语。

听的人，也会凝神，流泪，呵呵地笑。

如果有家属来探望，能讲话的那个就莫名兴奋，把被探视者近来的表现一一汇报：吃饭多不多，吃了有没有咽下去，晚上睡得好不好，屎尿是否利落，流口水状况……

家属很感谢她，有时送吃的也捎带有她的份，她便更有了责任感。

着火的晚上，她响亮地叫唤，有两个年轻人从窗口爬上来救她们。她指给他们这床那床，示意先救那俩，再次上来，再救俩。她想如果自己先下去的话，很可能她们会被默默地烧死。

结果房梁塌了，她没能出来。

有一栋四层砖混结构楼房，住的大多是租户、打工者。火起，半栋楼都着了，浓烟把很多人逼到阳台上。消防车过来，云梯车架上，危难时刻倒很有次序，孩子先下，女人再下，最后是男人，大多数人都获救。

可惜还是有跳楼的，有死伤。跳楼者有一女子，头部着地死亡。还有一男子，躲进了密闭无窗的卫生间，窒息而亡。

这栋楼一共死两人，没想到竟是一对夫妻。他们为什么不顾对方各自仓皇逃命，以至于都选择了错误的方向？

火舔舐着角角落落，把凡常生活放大了，一幕幕人间剧，定格在瞬间。

（图/兜子）

炕和猫

□张 炜

"狗在地上,猫在炕上",这是外祖母常说的一句话。她的意思是,猫和狗是两种不同的动物,对待它们要有原则,不能乱来。比如说狗上了炕,她会马上严厉地斥责,让它快些到地上来,不然就打它了。猫蜷在炕上,她从来没有不满意过,有时还主动把它抱到炕上。

有一段时间,我从学校或林子里回家,第一件事就是看看炕上有没有猫。因为它蜷在炕上的模样早已让人习惯了,觉得那样才是正常的。其实猫也有自己的事情,它常常不在家里更不在炕上,而是去林子里、去其他地方做点什么。它主要是贪玩,其次是要了解外面的世界。

我发现猫喜欢的地方与我们一帮朋友大致相似,比如林子、园艺场和村子等。它如果不按时到这些地方去转一转,就会寂寞。它还会与另一些猫在一起打打架什么的,这与我们也差不多。

不过猫一定会按时回家,待在炕上。那时候它很正经,好像从来没有胡闹过似的,表情十分严肃。我有时与它一块儿待在炕上,长时间看着它严肃甚至还有些忧愁的小脸,用力忍住才不会笑出来。它在思考什么大事?它沉重的表情让我不好意思将其抱起来嬉耍。

当它低头思索的时候,我们所有人都得承认:它的心事太多了,也许正思索着全世界的大问题呢。它真的像一个智慧老人,长了两撇胡须,永远皱着眉头。我伏在炕上,与它面对面看。这时它一点儿都不理我,只偶尔半睁眼睛看看我,然后重新闭目思考。

可是我不会容忍它一直这样严肃下去。我要和它玩,无论它愿意与否。我捏捏它的鼻子,亲亲它的额头,握住它又软又小的一对巴掌。在这个世界上,谁的鼻子长得比猫更好看?圆圆的、直直的,还有一层粉细的绒毛,摸一摸有一种美妙的手感。如果把嘴巴贴在这个小鼻子上,会有一种痒丝丝的感觉。

它偶尔也会停止思考,让我玩一会儿。但是,它如果正想着某件大事,就一定会千方百计挣脱我,去另一个地方待着。它从炕的这头挪到另一头,有时干脆冲出屋子,跑到灌木丛中,或者爬上高高的树杈,趴在那儿思考。

猫是所有动物——包括人——当中最善于思考、花费思考时间最长的一种。当然它不会透露自己思考了什么,这一点也跟我们差不多:平时谁也不会将自己思考的内容公布出来,除非是写作文。

我在炕上写作文,然后就读给猫听。它听得很认真,一字不漏。读完了,我抚着它的头,想知道它的意见。它先要安静一会儿,接着就舔起了巴掌,一下一下洗脸。我明白,它的这种动作是对我表示最高的赞美。

随着冬天的临近,猫在炕上待的时间越来越长了。炕洞里有热气,炕上热乎乎的,它伏在炕角打着呼噜。一家人都坐在炕上抽烟,吃地瓜糖,讲故事。如果有串门的人,也一定请他脱了鞋子上炕,和全家围坐一起。这时炕上的猫不再独自思考,而是用心听着每一个人讲话。它大概听得懂所有话,一会儿看看这个,一会儿看看那个。

它最爱去的地方是外祖母的怀抱。她抱着它,一会儿抚摸一会儿拍打,有时还要往胸口那儿拢一下。

母亲说:"猫跟你姥姥最好,她们关系最近。"

我问:"它和我怎样?"

母亲说:"差多了。它不喜欢你。"

我心里有些委屈。因为全家人谁也没有我花在它身上的时间多,我总是和它玩啊玩啊。"为什么啊?"我问。

母亲说:"你不让它清闲。"

(图/兜子)

人前不可有霉相

□流 沙

我家祖上是当地的大户人家，生意通达，在上海也有铺子。后家道中落，到了父亲这一代，浮华被时代激流悉数带走，只余几间房、几个人。

小时候不知家族历史，更兼那个言多招祸的时代，也无人对我说起。有时候看着老屋里精美的雕窗、光滑的青石地面，觉得自己的家族与他人的不一样。不一样的还有曾祖母。村里许多老太太总是衣冠不整，头发凌乱，喋喋不休，但是我的曾祖母的衣裳总是清清爽爽的，头发总是梳得顺顺的，神态总是静静的，说话的时候，慢条斯理，不急不躁。

曾祖母与婶子关系不融洽。婶子经常无理取闹，曾祖母从不与她争论。每当婶子恶语相向时，曾祖母总是脸色平静地说："声音轻点，让别人听到多不好。"

曾祖母非常好面子，每有亲戚来访，她从不说婶子的坏话。有时候我在她身边玩耍，她与亲戚聊天，就听到她在夸婶子如何勤劳，孙子们如何孝顺。有时还把我拉过去，摸着我的头，说："这个曾孙与我最贴心。"

其实，曾祖母的日子非常苦。当时全家人一日三餐都成问题，早晚两餐只能喝粥，到了青黄不接时，还得用红薯充饥。我那时尚小，不知愁滋味，而曾祖母已是八十多岁的老人，怎能不愁？但我的曾祖母精精干干，从来没看到她哭过，她也从来不向别人兜售苦难。

前段时间翻家谱，发现里面有几句家训：人前不露怯，远足不露财，内外当整洁，自奉须俭约……曾祖母秉承了祖上的训条，日子再苦，命运再舛，也避免以悲苦之色示人。我想这既是从商世家的教条，也是人生训条。

可叹的是，我是人近四十才想起曾祖母当年的从容和坚强，而在此前跌宕起伏的人生中，我露过太多的怯，诉过太多的苦，兜售过太多的难。

其实人生不如意事十之八九，与其以一副落魄脸示人，不如换以清新、明朗的形象，反倒更让人信任，更能得到成长的机会。

（图/罗再武）

不要打扰妈妈的快乐

□王章材

下课后,学生们都会在操场上尽情嬉闹,后来不知道是谁最先发现,校门口总有一个女人隔着开放栅栏,呆呆地望着他们。

她穿的衣服很破,总是痴痴地傻笑,快乐得好似无忧无虑。门卫总是撵她走,她走了却还会回来。

于是,渐渐有调皮的孩子用石子或粉笔头去扔她,她也不生气,依旧快乐地傻笑。

这时,就会有个小男孩去制止他们,但很快,一群孩子把小男孩粗鲁地推开,这个时候,那个女人就会很着急,吱吱呜呜地喊叫着,几乎发疯般地要冲进来。

孩子们更是哄堂大笑,顽皮地学着女人的样子,阻挡在前面,愤怒地让他们走开。

孩子们挑衅道:"她是你什么人,你管得着吗?"

男孩握紧拳头:"他是我妈妈,不准你们欺负她!"上课铃声响了,孩子们边起哄着边跑向教室。

从此,小男孩也成了同学的嬉笑对象,无论大家说什么,他都咬紧嘴唇不再言语,但是他绝对不允许他们靠近妈妈。

很快,老师知道了这件事,因为有同学告状说男孩的妈妈总来学校注视他,影响他们课间做游戏。

老师找到他,想要了解了解情况,他起初紧咬嘴唇一言不发,终于,他噙着泪水道出了家里的遭遇——原来,他的姐姐上幼儿园时,就是在放学时被冒充亲戚的陌生人接走了,四处找寻无果。

慢慢地,母亲精神开始失常了,变得疯疯癫癫,这个世界上,她就只认识自己。

她总担心自己会像姐姐一样突然消失,如果见到他,便会痴痴地咧开嘴巴傻乐。

爸爸在外地打工,所以只好由他来照顾妈妈,每天和妈妈一起来学校,然后妈妈在学校外面等他,也在课间看看他,放学后再一起快乐地回家。

男孩讲完这一切,老师的眼睛湿润了……

班会上,那个年轻的老师哽咽着讲了这样一段话:"请同学们不要再去打扰妈妈的快乐,让她快乐地在校门外看看自己的孩子,活成自己最喜欢的样子。因为,我们都没有她那颗透明的心,也永远不会懂一位独乐的母亲!"

(图/吴敏)

蝴蝶黄

□王剑冰

　　一朵黄蝴蝶，开放在我的眼前。那么黄的蝴蝶，简直可以称为"蝴蝶黄"了。

　　我凑近，竟然看到了她的点点雀斑。黑色的雀斑，针眼样点在她的黄上，更加突出了黄的色光。她幸福地飞呀飞，在一叶叶阳光里，一忽作短暂的停驻，一忽又起来，比一架直升机要容易得多。

　　我不忍惊扰她，只悄悄地跟着她，看她的蹁跹，她的烂漫。

　　我见识过太多的花蝴蝶。那是色彩的搭配大师，知道如何让美丽更美丽。也见识过蝴蝶的黑，蝴蝶的白，但是这样的蝴蝶黄，真的是鲜见。

　　她是黄姚的特产吗？

　　有些草从一个个石级缝隙挤出来，它们多是趁着夜色挤出来，夜很沉静，外面的天地很宽广，风很柔和，露水也很柔和。

　　缝隙很小，草们争着往外挤，就挤成了一团。也是，它们不从这里挤出来又从哪里挤出来呢？不能就此被压在石级下面。

　　既然是风或鸟儿把草籽丢在这里并且生根，就只有往外挤，挤出来才能挺直身体并且享受阳光。

　　只是这实在不是个地方，它们挤在了鞋子的必经之处。无数双鞋子踏过，就有一些被踏烂，再有无数双鞋子踏过，挤出来的全军覆没。

　　但是后边的草还在往外挤，白天的惨烈不足以阻止它们的坚毅。于是，就有了一次次的循环往复。

　　鞋子踩踏得久了，竟然在石级上踩踏出了草的印迹，或者说，草以另一种形式完成了生命的意义。

　　那些印迹完全是一个个草的鲜活形体，它们依然挤在一起，前面伸展着叶芽，后面是根根簇簇的整体。

　　这是怎样的层层伸展又层层踩踏而出现的惊人结果。

　　就像石级的装饰画。

　　这天我上到一个高处，看到一片瓦上，竟然有一枝花在开放。不是风，便是鸟儿，给了瓦一个生命，瓦便精心地守护它。瓦将身下的一丁点儿泥土贡献出来，让人感觉是瓦挪了挪身子。那么舒展的花，先让人想到了舒服。

　　是的，花儿必然是感到了舒服，否则它怎么那般自在？于瓦的这片世界里，它开出了异样的美丽。

　　本来是看瓦的，却看到了瓦上的花。

（图/蛔菓猫）

往有光的地方去

□杨 澜

2009年,我的婆婆因癌症去世。

婆婆非常坚强,患了癌症后,她自始至终要求医生和家人将她的病情如实相告。她平静地说:"我能够面对,而且能提醒自己还有多少时间可以处理一些事情。"

婆婆对生命一直怀有热情,她在花园里种了不少蔬菜,有豆子、丝瓜、番茄等。

死亡的临近让她对所有的生命都充满了怜惜之情,对于照顾这些蔬菜也格外上心。

有一天,她要住到医院里去了。出门前,她还特地到花园看了看,好像在与她的朋友一一告别。然后,她恋恋不舍地关上了大门。

癌症病人在病程晚期非常痛苦,只能靠打营养液和止痛针缓解疼痛。渐渐地,病人昏睡的时间越来越长。

趁清醒的时候,婆婆把一切身后事安排得妥妥帖帖。她还把我叫到床边,指着相册里一张她身穿大红毛衣微笑的照片说:"这是你上次给我拍的照片,我很喜欢。人终有一死,走的时候也要高高兴兴的。在灵堂里,你就挂我这张照片,把我最好的形象留给大家看。"她当时已经非常虚弱了,但语气平静而自信。

我太能理解她了,她不要传统追悼会呼天抢地的混乱,而是希望有尊严地离开,带着对生命的感激和曾经拥有的快乐。老人这样开明豁达,让做子女的少了很多为难。

在最后的日子里,我跟婆婆手拉着手聊她的一生,听她讲当年怀着孕坚持在学校教书,感到腹痛了还要挤公共汽车才能赶到医院生产;讲到那点凭票供应的肉总是不够,她怎么想办法用布票跟邻居换肉票,好让儿子们周末的饭碗里有一块猪排;子女给的生活费她都存在银行里,留着给孙儿们做学费;让吴征少喝酒……

她最后的要求是摘一个她种在后院的丝瓜放在床头。看着它,她能感觉生命往复,生生不息。当分离最终来临,我们在她的房间里点上蜡烛,呼唤着:"妈妈,往有光的地方去。"

我那年幼的女儿第一次遇到死亡这件事,既伤心又恐惧,问我:"妈妈,人都会死吗?""是的,人都会死。"

"那怎么可以不怕死?"

"怕是正常的,但如果好好地活过,就会怕得少一点。"

(图/张艺馨)

树瘤成就好木碗

□明前茶

在川藏地区，新年待客，主人一定会双手奉上描绘精美的土漆木碗，匠人以细致的手艺将木碗磋磨出柔和的曲线，看上去像一名温柔女子在无限的自由中开怀旋转，旋开她的裙摆。

质量上乘的木碗，质地比薄胎瓷器还致密，盛装过的饮料从不串味。盛过牦牛奶，再盛青稞酒，酒中没有奶味；盛过马奶酒，再盛盐水糌粑，糌粑里也没有酒味。

有意思的是，这种木碗不是截取大树的枝干掏挖而成，而是木碗匠人穿上牛皮靴，背上干粮，走上数十里山路，到深山中反复寻找而得。他们寻找的是桐树、桑树、桦树的树瘤，用斧子割取碗口大的树瘤后，将沉甸甸的树瘤刮去树皮，再车削、打磨成木碗。

树瘤其实就是树木的伤疤。在金沙江两岸，百年老树遭受风折雷击、牲畜啃咬之后，树皮内层的筛管断裂，为了第一时间修补暴露在外的创口，大量营养涌向创面，细胞分裂加速，开始层层包裹树木的创口，最后形成致密的树瘤组织。

有经验的木碗工匠都是"树瘤猎人"，他们会特意在深山老林里找寻名贵木材，如紫檀木、花梨木、酸枝木的树瘤。这些老树成长了数百年，有的已经长成了半空心状，向阳的一面会结出一连串树瘤，昭示着创伤愈合的奇迹。

在老树愈合的过程中，木质纤维在有限的空间里互相挤对，形成了树瘤切削后曲折优美的花纹——水波纹、虎皮纹、鹿皮纹，应有尽有，车削后有的像大理石的云纹一样耐看，有的就像抽象派的画作。藏族工匠称之为"瘿木"。一对花梨瘿切削而成的木碗，纹理独一无二，往往会作为婚礼上呈现给新郎新娘的祝福之礼，有可能会陪伴他们走到金婚。

有一首藏民歌谣是这样唱的："带着妹妹吧害羞，丢下妹妹吧心焦。妹妹如若是木碗，藏在怀里该多好。"这种藏在怀里的木碗，很多就是用"情比金坚"的树瘤做成的，它要上两遍天然土漆，第一遍底漆上好后，以沾水毛毡将木碗包裹捂干，再拿到太阳下暴晒，待漆面氧化后，用笔蘸着土漆在木碗面上描绘出各种图案，贴装金箔增加亮度，最后上一次土漆。这种色泽丰润、图纹充满古意的髹漆木碗，从未经历过创伤的木材是没有资格做的，因为"伤口里才会长出真正的韧性"。

从此，命运的热胀冷缩，都不会让这象征生命与情感的木碗开裂了。

（图/HHYM）

把弱点变成"根据地"

□周国平

上小学的时候,我的身体特别弱,经常生病,所以就很容易悲观。不知道你们怕不怕死,我从小便想到了死,并且认为死是特别可怕的。

从一开始做孩子的时候,你会看到一些老人的死,譬如你周围亲戚里面的老人慢慢地就死去了。

那时候,你总会觉得这和自己没有多大关系,但总有一天,你会想到我自己也会死。

所以,从想到自己也会死的那天起,我就很恐惧,并且马上就对人生到底有什么意义产生了怀疑。

我们小学的时候有常识课。在一堂常识课上,老师拿着一张人体解剖图挂在黑板上,给我们讲人体内脏的构造。

我当时一看,原来人的身体里面是这么一团乱七八糟的东西,难怪要死,我的身体里面一定没有这些乱七八糟的东西,所以我是不会死的。

当时,我就是通过这样的说法来安慰自己,来抗拒"我会死"的这个现实。

我从小就开始了对死亡的思考,而这就是人生的一个大问题。通过这些思考,我才意识到人的生命是很宝贵的,我只有这一个人生,所以一定要好好地过。

要真正做自己人生的主人,按照自己真实的面貌来生活,活出一个真实的自我,这是我们每一个人都面临的任务。

但是,要活出一个真实的自我是非常不容易做到的。有很多人不敢按照自己的想法来生活,而是一定要跟大家一样,用尼采的话来说,他们都戴着面具生活。

为什么?因为要真正按照自己的想法生活、活出自我来是很难且很累的,而随大流是很轻松的。

此外,一个人要独特不仅要经过艰苦的努力,往往还要承受舆论的压力、别人的嫉妒,远没有随大流那么安全,所以很多人都不愿意按照自己的样子来生活。

人要有志气,有时候弱点也能成为发展的基础。比如我身体比较弱、性格又内向,不太善于与人交际,所以就会造成一种自卑的心理,但是这种自卑在我的身上发挥出了激励的力量。所以,我后来说过一句话:"把你的弱点变成你的根据地,从这里出发走向胜利。"这实际上就是扬长避短。

(图/小粒团)

顶撞落日的牛

□赵亚东

黄昏的时候,我家的牛,把落日顶撞了。当我奔跑着去告诉父亲时,落日已经流出了一摊暗红色的血。整个村庄都被染红,瑟缩着。我万分惊恐,感觉到有什么事情即将发生。我的父亲却对此无动于衷。

我家只有一头牛,再多一头就会占满整个院子,再少一头,院子就会被风吹跑。一头牛,在夜晚时,躲在黑暗中,它很少说话,只是用它稚嫩的角顶着天上的星群。这是我亲眼看见的,在一个寂静的秋夜里,我隐隐地听见某种声音在涌动着。我悄悄起身,来到院子里。第一眼就看见了它——那头牛,它弓着身子,两只角顶着苍穹,用尽了全部的力气,而那正在缓缓下坠的北斗七星卡在半空。我不知该如何是好。我也不知道自己为什么泪流满面。我的泪水很快就被风吹散了。

还有一次,父亲把这头牛委托给我照看。我们一起去森林边的草滩上去。它吃草,我吃野山楂。我们各有所爱,但是都保持同样的姿势——低着头。我的父亲就是这样教导我们的,他常常自言自语:要想吃一口饭,就要学会低着头。这头牛好像听懂了他的话,在吃草的时候很少抬头,也很少说话。

有时候,我和这头牛会发生不愉快的事情。有一次,我们在清晨去河边散步。我想顺着流水往下走。它想顶着河水往上走。我们谁也不能说服谁,就这样一直僵持着。它突然转身,来到我的面前,用它的双角顶起我,狠狠地抛向远处。我不能战胜它,当我从恐惧和晕厥中醒来,只能默默地跟在它的身后。

我们在漆黑的夜晚走在回家的路上。一轮残月在它的角上摇晃着。我的眼睛慢慢地什么也看不见了,只听到它沉重的喘息声。天地之间,只有一条裂隙,容得下我半个身子。我走了整整一个夜晚,天亮时,它已经没有了踪影,而我已是满脸皱纹。我对过去所发生的一切都不再有记忆,唯独它的角顶住我肋骨时,发出咔咔的响声,和这些年我忘记父亲的嘱咐,坚持抬头吃饭,那被尘土眯住的眼睛。

(图/吴敏)

鹦哥的故事

□张大春

北宋僧人文莹《玉壶清话》里的一则小故事。

故事说的是东南吴地有一位大商人段某,养了一只极聪明的鹦鹉,能背诵《心经》、李白的《宫词》,客人来了,它还会唤茶,与来者寒暄,主人自然是加意疼惜宠爱。

某日,段某犯了事,被关进牢里,半年才被放回来,一到家,就跑到笼子前问:"鹦哥,我入狱半年出不来,早晚只是想你,你还好吗?"鹦哥答道:"你被关了几个月就不能忍受,跟我这经年累月在笼子里的比起来,谁更难过呢?"

段某闻听此语,大为感动,遂道:"我会亲自送你回你的旧栖所在的。"果然,段某专程为鹦哥准备了车马,带着它千里闯关,来到秦陇之地,然后打开笼子,哭着把鹦哥放了,还祝福道:"你现在回到老家了,好自随意吧。"那鹦哥整理了半天羽毛,似有依依不忍离去之情。

后来有人说这鹦哥总栖息在最接近官道的树上,凡是有口操吴音的商人经过,便来到巢外问:"客人回乡之后,看到我的段二郎了吗?"有时还会吐露悲声:"若是见着了,就说鹦哥很想念二郎。"

这个故事说的不只是生命对自由的渴望,也说出了生命对囚禁的依恋,甚至还可以这么看:对自由的渴望与对囚禁的依恋也许是一回事。

"人生八苦"之说俗矣!"八苦"之中有"爱别离""怨憎会""求不得",实是一理,大约描摹出为情所苦的滋味:愈是处于分离之际,愈是爱恋难舍;愈是朝夕聚合,愈是易生怨憎;愈是不能据为己有,愈是求心炽烈。

人生不可逆,唯择为难。行迹在东,不能复西。王国维"人生过处唯存悔"之句,将"挂一漏万"的懊恼,将对"生活在别处"的倾慕,说得多么透彻。

(图/木木)

鸟窠

□贾平凹

　　窗外五十米的地方，有着一棵白杨，是四周最高的白杨了，端端地往上长，几乎没有什么枝股，通身灰白灰白的，尤其在傍晚时分，暮色里就白得越发显眼，像是从地里射上去的一道光柱。就在那稀稀的几根细枝的顶端，竟有了一个鸟窠，横七竖八的柴枝儿，筑个笼筐儿形似的；一对鸟夫妻住在那里，叫不上名字，是白的脑门，长的尾巴那一类的。它们一早就起飞走了，晚上才飞回来，常常落到磨坊门口，双脚跳跃着觅食；我撒一把麦粒过去，它们却呼地飞去了。

　　我觉得这些小生命可爱了，想它们一定也很寂寞，那么，来和我待在一起，它们唱歌就有我听，我说话也有它们听了，它们可以一直飞到我的磨盘上，我一定会让它们把麦粒儿吃饱呢。我便从光溜溜的树身爬上去，一直爬到树顶，那里风真大，左右摇晃，使我更觉得这里不安全，就小心翼翼地抱下那个窠来了。用绳儿系着，棍儿架着，我把鸟窠安放在磨坊的门口，想晚上鸟儿回来了，就会歇在里边，赶明日我一到磨坊，就看得见它们了。

　　但是，第二天我来的时候，那鸟窠里空落落的；从窗口看那白杨树，鸟夫妻在叽叽喳喳叫着，焦躁地飞上飞下：它们是在哭啼呢，还是在咒骂？我大声地说："窠在这儿，窠在这儿！"它们却并不理会。飞过一阵了，双双落在一枝树股上，母的偎着头，欲睡未睡，公的却静静地盯着远方，叽叽喳喳了一阵，便又都飞开去；很快，它们分别衔着一根柴枝儿，又在那梢端儿上，筑起新窠了。

　　我真有些不明白：它们为什么要那么傻呢？它们飞过磨坊，难道没有看见窠在门口吗？但它们还是不停地衔柴枝儿筑窠，一根，两根，横竖交错，慢慢看出有个窠形了。我想，它们一定会疲倦的，疲倦了就会飞进这门口的窠里来的。我再也不去看它们，只是赶我的毛驴，毛驴蒙着眼，走了一圈，又一圈，我跟着毛驴屁股，也走了一圈，又一圈。

　　一天过去了，那窠编好了底。一天又过去了，那窠编好了顶。鸟夫妻已经十分疲劳了，衔一根柴枝儿，要歇几次，才衔上梢端；但放好一根柴枝儿，就喳喳地叫着，你一声，它一声的。

　　我很嫉妒它们，但终于内心惭愧了，觉得我不该移了它们的窠，苦得它们又去"创业"，便将那门口的鸟窠放到白杨树下，让它们不必远路去寻材料；一放下鸟窠，就立即飞跑回磨坊。害怕它们看见造孽的是我。

（图/叶姗姗）

风吹不断有根的树

□zq1myx

他一觉醒来,窗外仍是沉沉的夜。宿醉的后遗症很大,脑袋疼得厉害。

剧烈的风在外面呼号,使劲儿拍打着玻璃窗。他不想动,只偏头看向窗外。那里有一棵香樟树,总是青葱的模样,就像少年挺拔的脊梁。此时,却被狂风猛烈地冲击,几欲折断。

他心里微微一动,叹了口气。他想到了自己。怀揣着梦想从家乡赶来,用不多的积蓄创办了一家小公司,几年过去,小有成就,人前人后总是一副风光的样子。本以为可以一直这样发展下去,不料股市风波骤起,投进去的几十万顷刻便没了,公司也因此宣告破产欠债不菲。

公司被拍卖的那天起,他便倒了下去,整日喝酒,作息颠倒,妻子劝他返回家乡安心度日,他勃然大怒。两人大吵一架,妻子含泪带着儿子回了娘家。今天被头疼搅了昏梦,望见那棵在狂风中摇晃的香樟树,联想到自己的处境,不由得悲从中来,自怨自艾。极突兀地,久久未曾亮起的手机响了起来,他犹豫了,自己这般境地,对方是来讨债还是来挖苦他的呢?他踟蹰许久,对方却没有放弃,咄咄逼人地执着呼叫。

烦不胜烦的他终于接起,一个熟悉的嗓音——是家乡务农的大哥:"幺儿,俺们都晓得你心里苦,但日子总不能不过啊,欠的债可以还上,倒了的公司也还可以再办,没有什么是过不去的坎儿啊!俺们都在家里等着你哪!"

后来大哥又说了什么,他没听清,儿子稚嫩的话语他也没听见,因为他已泪流满面,呜咽如困兽。那通电话挂掉后,天边已见鱼肚白,狂风也已止歇。在这熹微晨光中,他擦干泪水,起身倒掉剩菜,打扫干净卫生,最后,他提起收拾好的行李,离开了逼仄的斗室。

行至楼底时,环卫工人正在清扫大街,而昨晚在风中摇摆的香樟树,掉了大半绿叶,却仍是骄傲伫立,如同青葱少年。他转身,与它背道而行,脸上浮现许久未见的微笑。

是的,风吹不断的,是有根的树。

(图/蝈蕖猫)

花打头

□王太生

花打头，当然是花打在头上。花打在人头上也疼，微微、软软的疼，只是不会把人砸昏。

想到广玉兰。广玉兰花骨硕大，到了暮春自己托不住了，便松手，"哗"一下从树上掉落下来，砸得花枝乱颤，打到树下行人头上，行人一惊，不知道是怎么回事，哦，原来是"花打头"！有一年，在杭州西湖，一丛广玉兰树高大茂密，我在树下东张西望，一颗花骨，若流星，从天而降，险些被花打头。

花落，植物生长凋谢的一种抒情方式。花朵硕大，经络萎缩，水分供应不上自然要掉。花落在地上，寂静无声，若在夜里，睡在屋子里的人听见声响，便是天籁。

广玉兰不是白兰花，比白兰花硕大，白兰花纤细文雅，广玉兰的花香不及白兰花。

香橼花，细密紧实，香气扑鼻。打在头上，不是一朵二朵，而是三朵四朵，一阵风吹来，若恰巧经过树下，一准落到你的头上。一朵香橼花打头，意味着有一只青香橼果，青绿带刺的香橼树上，秋天缀满像橘一样的香橼果。香橼和橘看上去像孪生兄弟，在这个世界，有许多东西都很相似，连植物也不例外。

桂花也能"花打头"。桂花太细小，坐在桂树下读书的人，被桂花打头。桂花成熟了，要从树上掉落，打在人头上，沾在头发上。

桂花打头，被打的人，自己感觉不到，是别人看到了，才知道被花打头，除非落到脖子里，凉飕飕的——花打了人的头，又躲到脖子里。

栾树花，秋天的花。高大的栾树上，金黄的小花芯被凉风一吹，便扑簌簌往下掉，溅在行人头上，想到天气凉了。这时候倘若有两个旧友，多年未遇，意外相逢，站在栾花纷落的树下说话，花打在头顶，听岁月回声，这初秋的新凉，有栾花做伴，会生一股愉悦，一直飘到秋天的深处。

花打头，一个季节打在头上。"春日游，杏花吹满头"，其实是"花打头"，只不过杏花细小，便微不足道。夏至，竹架上的丝瓜花，打在农人头上，意味着有一根长丝瓜。大寒，腊梅花打在额头，有一个好听的名字，叫"梅花落"。

花打在树下行人头上，是什么表情和感觉？匆匆赶路的人，摸一下脑袋，就若无其事地走了，他有事要做，便无此闲情；若打在一个娇小的江南女子头上，便有惊鸷的妩媚风情。如果一个俗人"花打头"，他就是被花打了一下；一个诗人"花打头"，会打出灵感；做小生意的人"花打头"，就是买彩票中大奖。

花打头，是地球引力作用。花从高枝上跌落，打到人头顶，是一种巧，林间光影里的人，在时光的美好中散步。

"打头"的花，有些是被一阵风吹落的，有些被鸟啄落，有些自然脱落。瓣上沾着晶莹的露珠，打在人头上，飞花溅玉。

有时候，花掉落水面，正好有一条鱼，摇尾从此经过——花打到鱼身上，叫"花打鱼"，最好是一条锦鲤。

（图/张翀）

清明从雨滴里降落人间

□鲍尔吉·原野

清明从雨滴里降落人间。雨在视野里不明晰，只听到头顶的伞布沙沙响，走到哪里，沙沙声跟到哪里，让人疑这雨是为伞下的，只下在那么小的伞布上。

四月初，大地还没见到鲜明的绿意。地上的枯草像被喷壶洒了一遍水，柔软鲜润。枯黄的草在雨后颜色比黄更深，如同人的皮肤被水浸过颜色变深一样。枯草变湿变厚，仿佛成了大地的哺乳类动物的皮毛。稍微停下脚步，就可在枯草里发现青草的身影。它们要么头扎在枯草里，绿屁股撅出来，要么在枯草里伸出一只或四五只绿腿。它们是绿色的先头部队。它们绿得比树早，从枯草里冒出来，一点点包围枯草，酝酿一场青草的洪水，冲刷天涯海角。

二十四节气的名字都好听，立春、谷雨、芒种、惊蛰，多与物候、农事相关，而清明仿佛是一个大脑神经学的词汇。清明于人之道曰不糊涂，于天之道乃清楚明白。天这时候要啥有啥了。要雨有雨，要风有风，可以细分成微风、清风、和风与大风，这都是冬天所没有的天的思路和财产。清明的雨首先是送给草木的给养，其次才是对亡灵的祭奠。生老病死在自然界十分自然。苍天不为哪一株草的凋亡拭泪。人悲秋，天不悲秋，就像它不为春天百草萌生而有所欣喜。大自然除了遵循自然法则之外不遵循任何学说与情绪。子曰："天何言哉？"到了天那个级别，"无眼界乃至无意识界，无无明亦无无明尽，乃至无老死亦无老死尽"。

柳树的树冠涂上了一抹淡黄，好像国画家无意间抹上的一笔，水分很多，颜料很少。走到近旁，淡黄没了，仰视也见不到。发芽早的柳条从枝上垂下来，或叫半垂。而褐色未垂的柳枝还在发愣，仿佛奇怪别的柳条为什么要垂下来。下垂的柳枝挂着初发的叶苞，如小鸟的喙。没有叶苞的枝上则挂着晶莹的雨滴，冒充叶苞。树啊，

我拍拍柳树，这一个夏天，你不知要长出多少叶子，垂下多少枝条，你累不累啊？这都是废话。可是，不说这个说什么呢？说福克纳不喜欢海明威吗？那就显得远了。松树被清明的、看不清线条的雨丝冲刷得坚挺苍翠，松针挂满了雨滴。这些如钻石般并不坠落的雨滴仿佛同松树与生俱来。松针尖头挑着一滴水，万千松针万千水。

海子说："悲痛时握不住一颗泪滴。"清明时，从冬季走出的松树攥住了十万滴雨，等待雨滴化为钻石。

找一个一尺深的大玻璃缸子，放上土后放在窗台外面，看蚕丝一般的雨是怎样渗入土壤。假如这是个放大镜做的鱼缸，可见雨水在土里怎样宛转回环，被土抱紧，和土成为一家人。清明为什么叫清明呢？草木轮廓日渐清晰，水澄澈，山形日渐瘦了。清明这一场雨洗去了天地尘埃，冬天的被冻在空气中的污垢自然瓦解，化为肥料。人的脑子会不会在这一天清亮呢？人与大自然太远，往往接不下节气。有人到了夏天，身体还没春分呢；有人身体天天立冬或天天立夏；有人永不惊蛰；有人到了半夜，脑子才清明片刻。清明只是春天的一部分，让大地回春，草木生长。

《易》曰："天地之大德曰生。"生是新月，是融化的河冰，是花苞睁开眼睛，清明看到了许许多多的生。

桃树的树皮像枣红马的皮毛那样闪亮，像桃花的花蕾外衣艳红。桃树不以桃子取胜，而以桃花炫耀。桃树一生办两件大事，一是开花，绯红如云；二是结桃，人猴皆飨。清明的雨沙沙地洒在伞上，林间的落叶变得软软绵绵。清明让昆虫和草木脑袋精神了。之后的日子，对人是一岁，对它们是一生。

（图/罗再武）

纸杯上的诗

□陈 更

"绿槐夹道集昏鸦,敕使传宣坐赐茶。归到玉堂清不寐,月钩初上紫薇花。"我第一次读到这首诗,是在实验室的纸杯上——四列小楷让简陋的纸杯不再寒酸。捧起纸杯给客人沏茶的我觉得很欢喜,感觉它在把几千年来喝茶的情意,传递给用它喝茶的人。

而从杯壁上读诗,让它初见时便自带光环,仿佛以1∶0的比分开始比赛的足球队。你知道一定曾有一个蕙质兰心的人从浩瀚诗海中细细挑过,而它甩开了一大帮竞争者,才这样骄傲地硬气地印在这里。总之,肯定会比从白纸黑字的诗册里看淹没在诗海茫茫里的它,要有意思得多。

诗是很美的诗,做纸杯的人殷殷把它印在喝茶用的杯壁上。只是,诗里虽有"茶"字,却并不是说喝茶这件事的。皇帝赐茶,绝不是为了叫你品茶,领赐的人,也绝不是为茶而去的。

像一篇不正面叙事的微小说,短短二十八字里处处象征处处隐喻,高兴又羞怯地记下一个读书人的重要时刻。贾岛说,十年磨一剑。皇帝召见臣子,一问一答,便是这个人试霜刃的时候。

"绿槐夹道集昏鸦"。每天黄昏的时候,路边两排高大的国槐都有成群的乌鸦聚集。启笔描绘出这个并不美的景象,在我看来别有用意。它让人想起平庸、压抑、聒噪、琐碎的日复一日单曲循环的生活。

"敕使传宣坐赐茶"。对周必大来说,皇帝的召见就是那枚石子。他一定是在幸福的眩晕里接见了敕使,走出了翰林院,走过长长的甬道,走进了皇宫一道门、二道门、三道门……而后努力镇定下来,与座上龙袍加身的天子侃侃而谈,论国事民生,谈藩镇边境,讲税收,说平叛。

他也许是忐忑的,也许是胸有成竹的,他只知道要豁出去了,要把十年寒窗积攒的心中热血胸中意气挥洒殆尽。所有的志气与闯,所有的青春与梦,都在此一举。

"归到玉堂清不寐"。挥洒结束了。他回到住处,身体里的潮汐还不能平静,夜已深了,却毫无睡意。

"月钩初上紫薇花"。他走到窗前卷帷而望,小院里是月下花林。这是他眼前的景象,也是他心中花好月圆的美好未来。

周必大是幸运的,他遇到了宋孝宗。史书记载,孝宗倚重周必大多年,曾大方地对周必大说:"每次看见宰相不能处理的事情,你用几句话就解决了,三省根本不能少了你。"想来,在赐茶的这个明君贤臣初见的黄昏,他们便相谈甚欢。他回去后还在喜滋滋地回味。茶的清意里,是知遇之恩,是才能得以发挥之喜。

无论什么时代,诗词里最常见的总是悲愁,谁让人生不如意之事十有八九呢?难得看到这样提醒幸福的时刻。让我们不禁开始期待自己也能有好事发生。

哲理的喜悦之所以不招人嫌,不显得得意,不显得炫耀,便是因为周必大巧妙地将他的快意包裹在了茶香里。因此比起"春风得意马蹄疾,一日看尽长安花",这里的喜悦很特别,沉静内敛,不喧狂。只月下静静看花,让心潮的风起云涌在茶味与月光的双重清意中,归顺为脉脉暖流,于心田缓缓流过。那声音像在对曾因漫长枯等而不安而疲惫的灵魂说:"看啊,我们等到了!"然后开启新的生命年轮——听起来像一种修行。

(图/孙小片)

人身上有多少泥

□蒋子龙

《红楼梦》有一句被经常引用的话：女儿是水做的骨肉，男人是泥做的骨肉。一清一浊，又很容易混在一起。男人更喜欢这样说，可谁愿意承认自己是一堆泥呢？现代文明人讲究洁净，谁愿意让自己身上沾泥呢？

人的一生都在躲避泥，天天洗泥，直到洗死，死后还要通身洗一遍。擦洗干净以后却要入土为安，最终化为泥土。人都是土里刨食，最后被泥土所吃。人虽然厌恶泥，却注定要和泥为伴，难解难分，相互转化。

由此看来，无论男女都是泥做的。

摸摸身上的肉，用力掐会痛，用刀子割会流血，怎么会是泥？当你接触水，认真观察水的时候，就不由得你不信——

游泳中心有两个池子，大池50米长，8个泳道，可举行正式比赛，平时专业运动员在这里训练。还有一个浅水小池，供初学游泳者在里面练习水性。大池是循环水，永远清澈湛蓝，一碧到底。小池是死水，一周换一次水，换上新水后能清澈两天，第三天就有点像清汤的颜色，第七天就变成了广东的沥场。我一直在大池里游，只是对小池里水的颜色感到奇怪，没有想太多。

有一次服务员放水清理小池，我走过去一看，不禁大吃一惊，池底一层黄糊糊的黏泥。我问服务员这泥哪来的，服务员对我的大惊小怪不以为然，说是人身上掉下来的。我仍不解：人身上哪有这么多泥？

答：人身上都是泥。

这泥是哪儿来的呢？下水者只穿一件游泳衣，下水前要经过检查身体，交费，对年龄和级别也有不太严格的要求——这就是说来游泳的人大都比较"体面干净"，不是随随便便谁都可以来的。排除了下水者把自然泥带进池子的可能性，那些泥就只能是游泳者自身产生的，自然产生的。

看了这一幕，谁还敢说自己"体面干净"呢？

此后再看社交场合那些红男绿女，会场主席台上那些衣冠楚楚的人物，车站、码头、广场上那些拥挤的人群，觉得和自己一样都有一股泥腥味。下了水池没有一个人能保持神秘感，水真是一种伟大的液体，不仅一视同仁地接待所有的裸体，还能测出裸体上的泥。

大池子里游泳的人更多，池底反而看不到黄泥，因为是活水。活水冲泥，死水存泥。一个人也一样，不活动泥就往里长，久而久之，泥就把内脏封死，离整个人变为泥土就不远了。

泥养人，泥封人，人讨厌泥，人又沾泥、生泥。一部人类史，就是生命和泥合合分分、争争斗斗。

大自然设计的规律真是绝妙，没有任何生灵能够违背。为人该躲泥的时候就得躲，该承认有泥的时候也得承认。顺其自然，抵制不自然，方能自自然然。

（图/豆薇）

盲 猫

□ 曾舒倩

我孩童时在叔叔家居住过一段时间，叔叔养了花猫，而且双目失明。

那里每户人家都有一个粮仓，除了要吃的稻谷会用碾米机碾成米，其余的都把它拿在山顶上晒，然后秋收冬藏，放在粮仓里，粮仓密不透风，还用石灰把墙壁刷得雪白。

老鼠横行霸道，唯一密不透风的粮仓也受到了老鼠的摧残和伤害。一开始叔叔把被老鼠钻洞的粮仓用水泥修补好，老鼠又从其他地方钻出了洞，叔叔也没辙。

听邻居说，隔壁村的陈婆婆的家里养了母猫，猫宝宝有三个月大了，叔叔听了脸上显露出惊喜。没过多久脸上的希望又沉了下去，因为买那只猫大概需要八十元钱，够一家人几天的开销。

陈婆婆路过，叔叔在做饭，我看到陈婆婆就把她叫住了："我叔叔找您有事情，想买您家里的猫。"

没等她回复我，我便跑进厨房把正在炒菜的叔叔的铲子拿过我手里来了。

我说："陈婆婆正在门口，我和她说了您要买她家的猫。"

叔叔似乎并没有我预期的那么高兴。叔叔将茶水递给她，商量了买猫的事情，随后陈婆婆让叔叔去她家里挑选一只猫。

我玩耍回来，闻到炒鱼干的味道，知道一定把花猫买回来了，叔叔用手指示意我小厅的角落。

我望去真有花猫，几步便来到它旁边。它刚开始蹲在那里，双眼紧闭，我以为它睡着了，可将鱼干放在它旁边，它起来走了几步，吃起了鱼干，双眼还是紧闭着没有睁开。

叔叔把实情告诉了我，因为家里没有这么多钱，现在的猫都涨价，这只先天性失明的花猫和陈婆婆说了好久，才同意五十元卖给他。

叔叔说："不知道这只双目失明的猫会不会抓老鼠，这是我最担心的一件事。"

我看着花猫，莫名的疼痛暗暗地袭涌上心头。傍晚叔叔正好去粮仓里拿东西，我就抱上花猫，跟在他身后，把花猫放下来，让它来消灭老鼠。

叔叔说："这么小的猫怎么可能会抓老鼠呢？"我和叔叔等候着，没过半刻就听到了动静，传来老鼠撕心裂肺的哀啼声。

再等半天没动静，我把粮仓的门打开，看到两只比拳头还大的老鼠和瘦小且双目失明的花猫。

叔叔说："太不可思议了，看来花五十元值了。"

叔叔家里再也没出现过老鼠，无论是粮仓还是房间的角落里，也许老鼠都避之不及。

（图/熊LALA）

爹娘树

□张金刚

我的老家在一个山坳里，树木连绵遍野。那里的树与村里的人一样，绵延了不知多少代，其中与我相伴的那些树，令我永远牵念。一些树贴上了"老张家"的标签，是属于父母的，我亲切地唤作"爹娘树"。

"爹娘树"品类不一，遍布我家田间地头、屋前屋后。父母把它们视若儿女，精心呵护并时常念叨："说不定哪天就能沾上它们的光！"

过去，每年冬季，父亲都会腰别镰刀，噌噌爬上树干，修理那些疯长的枝丫。经过父亲的精心护理，钻天杨开始"钻天"，洋槐树不再乖张，一株株如刚理过发的小伙儿般精神、帅气。父亲一边砍枝一边逗我："小子呀，你也像这树一样，不修理就成不了材！"我叉腰抬头朝树上喊："那你下来修理我呀！"说完，我俩都笑了。

那年我考上师范，收到录取通知书那天，父亲高兴地放了一挂鞭炮，对着老房山墙外的两株老洋槐念念有词："老洋槐啊，孩子的学费就靠你了！"说完，摩拳擦掌地砍起树来。靠着卖树木赚取的1000多元，父亲送我走出了大山，我得以进城求学。

母亲勤劳持家，总会千方百计地从田野沟谷寻得各种果树苗，有柿树苗、枣树苗、核桃树苗、苹果树苗、石榴树苗……移栽在我家房前屋后和田间地头，费尽心思地侍弄、修剪和嫁接这些果树。

老房墙角处，有一棵李子树，可心的是竟然还有两枝大黄杏。盛夏，黄杏先熟。我对着黄澄澄的大黄杏，直流口水，"娘呀，这些大黄杏深得我心！"摘下杏来咬一口，酸甜可口，"太解馋了！"母亲喜滋滋地看着我吃，眼中充满了慈爱，说："小时候带你走亲戚。你吃了人家一瓢大黄杏。我怕你嘴馋，就嫁接了两枝，好几次才成活呢。"我吃着黄杏，想着家里的那些果树，说："这么多果树，得结多少果子啊，我们也吃不完呀！"母亲说："吃不完的果子，你爹去集上卖，卖了钱也能贴补家用……"如今，那些树还在，一年年牵动着我回家的脚步。

有一年秋天，我回家帮母亲摘柿子，母亲坐在院里的苹果树下喘着气，说："哪年我都会栽些树。如果真有一天我干不动了，或是不在了，你们照样能吃到应时的果子，摘了送人、卖钱都成。即便顾不上摘，也是个念想不是？"我连连说是。母亲满意地笑了，起身做饭，我却坐在原地，眼泪在眼眶里打转，一时不知如何是好，只是默默地将那些树又一棵一棵地种在了心田里。

一日，父亲打电话说，村里修路要占地，得砍掉一片杨树林。几日后，他招呼我回家，将得的4万元补偿款给我，说："这些钱你帮我收着，等哪天我们有个大事小情，或者突然走了，就用这些吧。菜园地里还有两棵老香椿树，到时砍了给我俩做寿材，够用，挺好……"

时光如梭，"爹娘树"年岁日长，明年将继续发新叶、结新果，可爹娘会一直枯萎下去，终将滑向生命的冬季，不再回春。恍惚间，我已然站成了一棵树，与妻女、哥嫂一起成了"爹娘的树"，融入了山坳的密林之中……

（图/麦小片）

你可知道，江南水多

□陈 更

"交流四水抱城斜，散作千溪遍万家。深处种菱浅种稻，不深不浅种荷花。"这首诗，其实就是在说两个字，水多。

江南，水多。

小城虽不大，城外却有四条河交错流通，斜斜地绕城墙淌过。

水，来了。

九曲清溪境不同。一千条清溪深深浅浅，各有各的模样。那水深的地方，铺着密密匝匝碧绿碧绿的缀着小白花的菱叶子，其间隐隐现出紫色的，是小白花结出的菱角；水浅的地方，划了一方方秀丽挺拔正吐穗灌浆的稻田，风吹过，十里稻花香。

水来了，同时带来了鱼米之乡，带来了一步一景。

写江南的诗篇那么多，一定绕不过一个水字。江南的楼阁常笼在烟雨之中——南朝四百八十寺，多少楼台烟雨中；梅雨季节更是天地间一片水雾——川烟草，满城风絮，梅子黄时雨；江南的水好看，也好听——春水碧于天，画船听雨眠；江南的水多，小桥也多，每到月圆之夜，每一条水上映出两轮美满——二十四桥明月夜，玉人何处教吹箫；江南的水是宜做梦的——醉后不知天在水，满船清梦压星河；江南的水是宜放歌的——乱入池中看不见，闻歌始觉有人来；江南的水偶尔也有气势——山寺月中寻桂子，郡亭枕上看潮头；但江南的水总还是宁静的——千里江山寒色远，芦花深处泊孤舟。一千首写江南的诗，就有一千种江南水的样子。可从没有一首像这首诗一样，给你最生动最立体的"小桥流水人家"，有这样丰富的表现力与感染力，让你无比清晰地意识到、感觉到、看到，江南的水是活的，有灵性的，是在孕育生命的。于是你不仅开始期待江南，也开始期待生命。

小时候写作文，写过一篇《水赋》，那时候真是词穷啊，不知道怎么赞美它，说来说去都是水在天地间循环往复，荡涤万物，时而轰轰烈烈气势汹汹，时而温柔婉约脉脉含情。现在回想起来，觉得真是空，不实在。那时候若是知道这首诗，一定要把它用到作文里。宇宙中的水太宏大了，这江南的水可爱而让人心生亲近。朱光潜先生说，他喜欢看烟雾中的远树，月下之景，迷蒙的夜色，看不清的，有距离感的，总是比平常多了一种美。从这个角度看，或许你要批评这首诗少了点诗味——它说得太清楚了。可是我爱那扑面而来的生活气息，那些朦胧的诗篇，不会像这首诗一样，让我合上书卷，便开始向往江南。

朝飞暮卷，云霞翠轩；雨丝风片，烟波画船。这是《牡丹亭》里的江南，这样的江南也美，美得没有一丝烟火气，美得太干净，缥缈清高，是神仙的江南，就适于留在书页中，是书页上的江南模样。这种菱种稻种荷花的江南，才是人间的富庶江南，它会从书页上升腾起来，在你眼前展开慷慨的气息与画面，是生活里的江南模样。

四水交流，城墙边斜斜的河道，千家万户的院落、菱角、水稻、荷花，这么多细节，让人看着看着，仿佛自己已化作一条小支流，流入了城门，流到千家万户的门前，又仿佛是女娲之手，点到哪里，哪里就有了生命。流过深的地方，就带来了香脆的菱角，流过浅的地方，就带来了稻香。

(图/吴敏)

杜甫睡不着

□陈 更

知乎上有个很有趣的问题,网友周南问道:"为什么杜甫被称为老杜,而李白没有被称为老李?"网友小刀这样回答:"因为杜甫未曾年轻,而李白从未老去。"我想,杜甫未曾年轻,一定是因为,他总睡不好。

在杜甫流传下来的1450多首诗中,许多诗作都写在夜里,尤其抒怀之作。这些诗让人念着念着,眼前就会浮现出漫长的星光,沉沉的夜色。杜甫的夜晚似乎尤其长,而且多在清醒中度过。

他在朝中为官的不眠之夜,是因为想着第二天的职责而睡不着——不寝听金钥,因风想玉珂。他整夜竖起耳朵等钥匙在锁孔中转动开启宫门的声音,一阵风声在他脑中触发的是上朝马队铃声的音浪,杜甫对国家的爱,是该极厚重由儒家正统而来,可我总觉得那又是简单纯粹如一片赤子童心,因此同样奉儒守官,杜甫较之于韩愈让人感到更有温度而可亲近。

他思念亲人的不眠之夜,愈见得一颗仁心。杜甫被叛军所执拘于长安时,自己已身陷囹圄性命不保,却还在因心疼妻子的孤单、孩子的未谙世事而彻夜难眠,今夜鄜州月,闺中只独看。遥怜小儿女,未解忆长安。

支离东北风尘际,漂泊西南天地间。公元758—768,杜甫46岁到56岁的十年间,在今四川、重庆一带漂泊。其间,杜甫长期患有疟疾、头风、耳聋、风痹、眼疾等多种疾病,贫病交加。他最多的不眠之夜发生在这十年——自经丧乱少睡眠,长夜沾湿何由彻。他整夜整夜地眺望长安,步蟾倚杖看牛斗,银汉遥应接凤城;他整夜整夜地听战争的鼓角声,五更鼓角声悲壮,三峡星河影动摇;他整夜整夜地在船上漂泊,孤灯自照孤帆宿,新月犹悬双杵鸣。一夜又一夜,他看着月亮从一端升起,从另一端落下去,月光升得高时,照在高处的藤萝上,映在石上的便是藤萝影,后来夜色渐沉,月亮落下去了,石上影子,变为了低一些的芦荻花。一夜又一夜,石上的影子由藤萝影变成了芦荻花。请看石上藤萝月,已映洲前芦荻花,是他彻夜不眠的见证。

甚至他不仅睡得晚,还总是起得早。"千家山郭静朝晖,日日江楼坐翠微"。我们看到,这个生命的每分每秒的时间,都用在这萦心不忘的忧虑中了。

读书时,你可能会觉得那白底黑字冷冰冰的,很遥远。只有将杜甫诗集一遍遍挑灯细看后,才能真正懂得,实打实的忧患,什么是深挚,心里沉甸甸的爱、仁慈、悲悯对他来说意味着什么。

就是这样一个又一个不眠之夜。

我们诵读着杜甫的诗,这些对国家的深沉的爱、对身边人设身处地的疼惜,也渐渐融入我们的身体中。于是杜甫那仁慈的心,博大的胸襟,便能一代又一代地延续。

(图/兜子)

孤 老

□爱玛胡

他来看病,一个人,老头,八十多岁。问他:"家属呢?"

他说:"我是孤老。"

这话,我不太信。

怎么讲呢?越是孤老,越不太会独自来看病,要么身边有村干部,要么有远房亲戚,否则,生死关头,谁来签字?没了,谁给安排后事?倒是有些人,跟儿女闹别扭了,一赌气才这样讲。

现在医患纠纷多,处理老年病人,我们更是慎之又慎,病情一定要跟家属交代一下,否则,一旦出事,麻烦得很。

最后是通过村里,找到他儿子,六十多岁的一个小老头,带着自己三十多岁的儿子来了。来了也不去病房,直接就到医生办公室,说:"我其实,是不认这个老子的。"

八十多岁的老老头,吃喝嫖赌打了老婆一辈子,小老头说:"我妈,就是给他逼死的。"穷,再无赖也有限,窝里横一下而已。后来村里开始卖地,富起来了,老老头把所有的钱都拿在手里,不给儿孙。当时就吵了架,他说生养死葬全不用儿女管,儿女们说我们权当你已经死了。

"这也算不得什么大事。钱我们自己也能赚。"小老头说。

但是后来,老老头干了一件真正浑蛋的事。村里的坟地拆迁,拆到了他老婆——小老头的妈的坟头上,老老头签了协议就甩手不管,拿着钱花天酒地,甚至没通知家人。一无所知的家人,因此也没有机会替母亲迁坟。"他哪怕跟我们讲一声,钱都给他也可以的,我妈妈的棺材,棺材里还有骨头……"小老头激动起来,声音哽咽。旁边他儿子赶紧递纸巾。

村里人讲:"你们跟拆迁办打官司嘛。"小老头却觉得怪不得拆迁办:"人家是好好地把钱给了的。"怪谁?"我妈妈命不好,我们命也不好。"小老头擤一下鼻涕,问医生:"现在是什么情况?"

交代过病情,小老头认认真真点过头,签过字,问清楚医保能报的范围,又问去哪里往卡上打钱。

最后他站起来说:"我心里,是不认他的。我来,就是给儿子做个榜样。我没有好爹,至少我自己做儿子是问心无愧的。"

我说:"你爸的病房号码,你到护士站问。"他跟我们似笑非笑地点过头,出去了。我多事,伸头一看,他直接到了走廊口,按了电梯。

想起那个八十多岁的老头,他说:"我是孤老。"其实也没错。孤老有两种,一种是天作的,一种是自己作的。

(图/关节熊)

碗里的小太阳

□ 毕淑敏

我不吃羊肉，总觉得那肉里有一股青草味儿。小的时候，跟父母到北京的东来顺馆子里吃过一顿涮羊肉，回来后全身起了风疹。医生说是过敏，让我终身忌食羊肉。

到了西藏，羊肉就成了主要菜肴。于是，在吃羊肉的日子里，只有我孤零零地吃咸菜。时间长了，被炊事班长发现，他说："老吃咸菜怎么行？长久下去会得病的。"

我说："那好啊，你给我做猪肉。可那些猪肉都是从平原运来的，数量不多，都让我吃了，就太对不起大家了。"几次小灶以后，我对炊事班长说："我还是吃咸菜吧，这样心安。"

炊事班长见我很坚决，就说："要不这样吧，你跟我到食堂的库房里挑一挑，看你喜欢吃什么，就拿点什么。"

我第一次走进库房。哇，好丰富！一箱箱的奶粉，成麻袋的红糖白糖、脱水菜、压缩饼干……

"就没有蔬菜吗？比如红红的萝卜、绿绿的黄瓜？"我实在太渴望吃青菜了，明知没有多少希望，还是试探着问。

"有啊。"炊事班长很肯定地说，随手拈出一筒罐头。三下五除二，打开来，倒真是有红红的萝卜、绿绿的黄瓜，只是它们强烈地冒出一股酸气。原来这是酸菜罐头。

吃了几次酸菜罐头，我就腻了。我跟在炊事班长的屁股后面转，突然发现一只神秘的小麻袋，袋口的线绳扎得紧紧的，灰头灰脑地缩在墙角。

"那是什么？可不可以吃？"我问。

"吃不得。那是一种虫子干儿，有怪味道。"炊事班长说。

我好奇地解开绳子，出现在眼前的是满满的一麻袋红橙鼓胀的——大海米！

"噢！我今天就吃这种虫子干儿了！"我快活地大叫着。

炊事班长吃惊地瞪着我，因为，他自小生活在西北的山区，从没见过海里的生物。

但连续吃了几次海米之后，我又腻了。这一回，我长了经验，不让炊事班长当向导，自己在库房里转呀转，想再发掘出点不同凡响的食品。

果然，我又找到一只奇怪的麻袋。看起来鼓鼓囊囊，拎一下却很轻。打开一看，原来是又大又圆的山西红枣。

我对等在外面的炊事班长说："我今天就吃这个喽！"

炊事班长说："这个当零食吃可以，当正经菜可不行。"

我说："能行能行，又能当菜又能当饭。"说着就跑远了。

以后，我和我的朋友们就热切地盼着吃羊肉的日子。我进库房用来盛红枣的器皿越来越大，最后，简直变成了一只小脸盆。炊事班长吃惊地说："你一个女孩子，一顿吃得了这么多红枣吗？小心闹肚子。"

我说："当然吃得了，你就放心吧。"

他不知道，每次都是我们全屋的女孩子一块儿吃红枣。在那些最严寒的日子里，我们团团地围坐在火炉旁，把红枣洗净，撒上白糖，放在小锅里，慢慢地煮。

在呼啸的风雪声里，红枣渐渐地膨胀起来，好像一轮轮暖洋洋的小太阳，把我们的脸都映得红艳艳的。

（图/兜子）

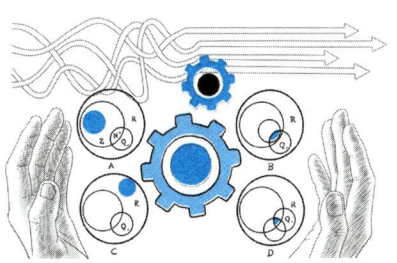

新手看树木，高手看森林

□古 典

孔子的弟子子贡遇到一个来请教孔子的人。子贡问，您有什么问题问我的老师呢？

对方说，我想问问一年有几季。子贡说，四季啊。对方说，不对，明明是三季！双方争吵起来，声音惊动了孔子。

孔子观察了一会儿，对那个人说，你说得对，是三季。那人大笑而去。

子贡问，先生，一年为何是三季？

孔子说，你看那个人一身青衣，应该是蚂蚱所变。蚂蚱春生秋亡，哪里见过冬天？在他的脑子里根本没有冬天，所以他就是个三季人，你和他讨论上三天三夜，也没有用啊！

如果以后你看到不讲理的人，记得提醒自己——他是三季人，你也就心平气和了。

但是今天，如果你只见事物，不见系统；只看到第一序改变，看不到第二序改变；只看到树木，看不到森林；只看到事物，看不到事物背后的系统，你也就是个现代社会的三季人。

看不到系统，就永远看不到第四季。

什么是系统？

试着观察水流里的一颗石头——水流冲击石头，会在石头旁边形成波纹。这个波纹很有趣——每一秒钟，构成它的水分子都是变化的，但是波纹的形状却是稳定不变的。那么这个波纹是变化的还是不变的？

石头、水流都是"元素"；波纹则是系统的"功能"；石头在水流中的位置决定了这个波纹的形状，这是"关系"。一个系统至少包含三个因素：元素、元素之间的关系，以及系统的功能。

波纹展示出一个系统的基本特质：系统由元素和元素之间的关系构成，元素之间的关系比元素更重要。换一颗石头，只要还放在同一个位置，这个波纹就存在。关系不变，功能就不变。

在减肥、恋爱、商业价值这些问题里，如果内在的关系没有改变，即使换一个人、换一个团队，这个循环依然不会有改变。同样，如果一个人的心智模式没有改变，即使他换10份工作、20个女朋友，最后也会陷入同一类麻烦。第一序改变的是元素，第二序改变的则是关系。

其实在理解复杂系统之前，我们早就体验过自然界和社会中无处不在的系统了。

瀑布的每一滴水都是动态的、流动的，但是瀑布的形状是稳定的，花园、森林、海洋、云朵全都是这样的系统；我们的血液细胞每三个月就更新一遍，但是我们的身体是稳定的；我们的思想、理念、记忆如流水般持续更换，但是我们的自我是稳定的。

仔细思考一下：企业、国家、民族、金融体系……构成这些系统的元素都是流动的、动态的，并没有哪一个人、哪一个领导决定了企业、国家、民族、金融系统的功能，但是这些系统都稳定有效。只要不改变系统的内在结构和功能，即使替换所有的元素，系统也会保持不变，或缓慢变化。

罗伯特·M.波西格在《禅与摩托车维修艺术》里写道："即使工厂被拆除了，只要它的精神还在，你就能很快重新建立起一家。如果一场革命摧毁了旧政府，但新政府的思想和行为的系统模式没有变化，就难以逃离再次被推翻的命运。关于系统，很多人挂在嘴上，但没有多少人真正理解。"

（图/小栗子）

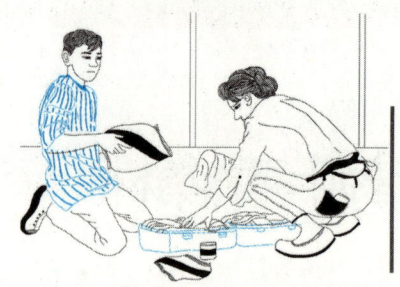

爱不超重

□肖复兴

那天到机场送人，飞往法兰克福、伦敦、罗马和巴黎的航班，密集得像雨点似的挤在一起。

不时有孩子进到里面去办理登机手续，家长只能够站在候机厅里等，儿行千里母担忧，他们都伸长了脖子，把望眼欲穿的心情赋予人头攒动的前方。不时便又看见有孩子匆匆地从里面走出来，给家长一个渴望中的喜悦。

站在我身边的是一位面容姣好的中年妇女，凉鞋露出的脚趾涂着鲜艳的颜色，这样风韵犹存的女人，在我们的电视剧里一般还要在男人怀里撒娇呢。现在，她像是只温顺的猫，眼神有些茫然。不一会儿，我看见一个大小伙子推着行李车，气冲冲地向她走来，没好气地对她嚷嚷道："都是你，让我带，带！都超重啦！"只听见她问："超了多少？"语气小心，好像过错都在自己的小媳妇。"10公斤！"只有儿子对母亲才会这样肆无忌惮。听口音，是南方人。

于是，我看见母亲弯腰蹲了下来，把捆箱子的行李带解开，打开箱子。那是一大一小赭黄色的两个名牌箱。儿子也蹲下来，和母亲一起翻箱子里面的东西，首先翻出的是两袋洗衣粉，儿子气哼哼地嘟囔着："这也带？"然后又翻出一袋糖，儿子又气哼哼地嘟囔一句："这也带？"接着把好几铁盒的茶叶都翻了出来："什么都带！"母亲什么话都没说，看儿子天女散花般把好多东西都翻了出来，面前像是摆起了地摊。最后，儿子把许多衣服和一个枕头也扔了出来，紧接着下手往箱底伸，只听见母亲叫了声："被子呀，你也不带了？"

我有些看不过去，走了两步，冲那个一直气哼哼嘴噘得能挂个瓶子的儿子说："10公斤差不多了，你东西都不带，到了那儿怎么办？"儿子不再扔东西了，母亲站了起来，一脸忧郁，本来化得很好的妆，因出汗而坍塌显出些许的斑纹。"先去试试再说。"我接着对那个儿子说，他开始收拾箱子，母亲则把茶叶都从铁盒里掏出来，又塞进箱里。儿子推着行李车走了，我问那位母亲，孩子去哪里，她告诉我去英国读书。她脚下的那些东西都散落着，稀泥似的摊了一地。

这时，我身旁另一侧，又有一个女孩推着车走到她的父母身边，表情几乎和那个男孩一样气哼哼的，把车使劲推到她父亲的脚前，说了句："严重超重！"父亲和刚才这位母亲一样，立刻蹲下身子，替女儿打开行李箱。我一看，箱子里几乎全是吃的东西，而且全是麻辣食品，不用说，来自四川。左翻翻，右翻翻，父亲权衡着取出什么好。女儿站在那里，用手扇着风，抹着脸上的汗，说着："这都是我想带的呀！"这让父亲为难了，倒是母亲在旁边发话了："把那些腊肠都拿出来吧，那玩意占分量。"父亲拿出了好几袋腊肠，又拿出好几管牙膏、一大罐营养品和几件棉衣。再盖箱子的时候，鼓囊囊的箱子瘪下去一大块。女儿风摆柳枝般推着车走了，我悄悄地问这位母亲这是去哪儿，她说是去法国读书。

独生子女的一代，理所当然地觉得可以把一切不满和埋怨都发泄给父母。养儿方知父母恩，他们还没到明白父母心的年龄。他们可以埋怨父母的娇惯和期待超重，却永远不该埋怨父母对自己的情感超重。

（图/熊LALA）

晴也须来，雨也须来

□耿艳菊

古人好浪漫。女子走娘家，那是很美好的事，总要多待些时日，人之常情嘛。丈夫呢，见妻子多日不归，想催她回家，又不好太直接，思来想去，见春光明媚，鸟语花香，很委婉地写信说："陌上花开，可缓缓归矣。"

第一次知道这句书信，就猜想这个写信的人一定是儒雅书生模样，文质彬彬，月朗风清，细致柔和，温情脉脉。

殊不知，这是吴越王钱镠写给原配夫人戴氏的。这时，再看这句话，简单美好的文字背后有了帝王的雍容大气，最重要的是还藏着平常人家里为人夫婿的一颗温柔心，这才是得以在光阴流转里被世人一遍遍记起的关键所在。

更不可思议的还在后面。

清代王士祯曾在《香祖笔记》里写：钱武肃王目不知书，然其寄夫人书云："陌上花开，可缓缓归矣。"——不过数言，而姿致无限，虽复文人操笔，无以过之。

据说戴氏常跟随吴越王征战沙场，两人感情甚好。原来吴越王钱镠并不是儒雅书生模样，而是金戈铁马的沙场英雄，且目不知书。更令人可敬可叹了。王阳明也好浪漫。这位明代的理学家，我不了解他光辉的学说和思想，而与花相关的那句经典，每年花开的时候总要翻来覆去看看，品味再三。

"你未看此花时，此花与汝同归于寂；你既来看此花，则此花颜色一时明白起来，便知此花不在你心外。"单凭这字里花间，便觉王阳明是有趣可爱的人，立时大胆地引为知己，好感无限。

汪曾祺也好浪漫，他的浪漫素朴雅致，亲切得简直像老朋友。他小说里有一种文人雅士的闲适、恬淡和从容，而散文里每一寸空气都洋溢着生活的情趣。

你看他在《人间草木》里写："如果你来访我，我不在，请和我门外的花坐一会儿，它们很温暖，我注视它们很多很多日子了。它们开得不茂盛，想起来什么说什么，没有话说时，尽管长着碧叶。"每一个字里都是深情，有太阳的温暖，还有月亮的光辉。

元代虞集不知是何许人，但他的一首元曲在我笔记本里静静地住了很多年。那是我大学时代的读书笔记，第一页开篇便是虞集的元曲《南乡一剪梅招熊少府》："南阜小亭台，薄有山花取次开。寄语多情熊少府；晴也须来，雨也须来。随意且衔杯，莫惜春衣坐绿苔。若待明朝风雨过，人在天涯！春在天涯。"

每每读起，便觉水波荡漾，风情万种，春天扑面而来，整个世界都是普里什文所说的"在春洪奔流过的地方，现在到处是花朵的洪流"。多年来，这种"风情万种"的天真浪漫并没有伴着光阴而流转不见，反之愈加令人虔敬肃然。看似路长遥遥，春日迟迟，其实光阴短暂，一朝风雨，一朝天涯。

莫惜春衣。晴也要来，雨也要来。渐渐，会发现，人世上的浪漫并非风花雪月，而是懂得和深情。有美好，亦有无奈，仍坚定地一往情深。

（图/吴敏）

山 音

□秦碧薇

第一次见到她是在外公谢世的次日,雾霭沉沉,下着密如针脚的雨。

我对外公印象不深,依稀记得是个文弱的老人。也只偶尔听母亲谈起,说外公生在山里长在山里,在外求学十余载,漂泊十余载,兜兜转转又回到山里。

"山里人现在越来越少,你外公啊,一人教了几座山头的小孩,满打满算,也不过二十几个。"前来给外公下葬的一位大伯对我说道,末了还发出一声长长的叹息,"真可惜啊,那些小孩都挺喜欢他的。喏,那边就有一个他的学生。"

我顺着他手指的方向看去,正好对上一双惶惑不安的眼睛。那是个十一二岁的女孩。头发扎得松松垮垮,身形也偏瘦小,左手却紧抓着前面老人的衣摆。

我凑过去问她:"你家在哪?"她抬头飞快地瞟了我一眼,不说话,朝山上一片在雨中凝固的苍翠努了努嘴。"你爸妈呢?"我注意到她的脸迅速蒙上了一层寒霜,眼皮也耷拉下来。她张了张嘴,一副欲言又止的样子,半晌才失落地开口:"他们去外面打工了。""那你跟谁过?""弟弟妹妹,还有奶奶。"之后我也不知该怎样搭话,便默默走开了,因为我猛然发现,虽然只差了三四岁,但我们之间已然如被巨斧劈开了一道鸿沟。

在她奶奶走后,她突然叫住了我。"你外公教过我,我很喜欢他。"

"他教我们认字、算术,还给我们念诗、唱歌。他还说,我们这个地方以前叫作夔州。"

"你看到我们头顶的天空了吗?他说这是夔州特有的天空,他说这种天空是'苍色'的。"

渐渐地,我跟她熟稔起来。雨声渐疏,在某个午后,阳光居然冒了个角,从天际漏了丝丝缕缕下来。我不由得感叹道,"还是山里好啊!"

她不能相信地望向我,脸颊激动得有些发红。"你有没有想过这种生活,一人在山中,仅仅一人,不能做什么,只能听流水的声音,风从林间穿行的声音,鸟鸣的声音,石子滚落的声音。"她转而凝望后山的竹浪松涛,像凝望一个梦中的幻影。"而现在我不能读书了,除了大山,外面的声音都听不到了。"她的话语似被水浸透,我转过头,看见她眼里的泪花像在走钢丝,摇摇欲坠。

她侧过身去不想说话了。

深绿铺满整座山林,光斑繁密。半分钟微汗,半分钟微凉,大地在我脚下隐隐颤动着,传出声响,混杂着风、树叶、草木、鸟鸣,是一支破碎的竹笛、一把断弦的琵琶,一声一声,都好像一种呜咽。

而这声声呜咽在某一天顺着彤云出岫,搭上山鸢的翅膀,竟一路传到了远方,又托四月的山花捎回了一个令人为之一振的消息。

我离开那天,她执意要来送我。她说:"我听说再过几个星期,学校就有人来修理了,有新学校,就有老师,就可以上学了。"

"真的?"

"真的!"

而我撞入她黑桑葚般明亮的眼睛,宛若跌进鸦青色的深谷。"其孤意在眉,其深情在睫,其解意在烟视媚行。"耳畔有什么呼啸而过。

是山音。

(图/熊LALA)

深　秋

□鲍尔吉·原野

雨滴耐心地穿过深秋。

雨滴从红瓦的阶梯慢慢滴下来，落在美人蕉的叶子上，流入开累了的花心里，汇成一眼泉。雨滴跳在石板上，分身无数，为寂静留下一声"啪"。

雨滴比时钟更有耐心，尽管没发条，走步的声音比钟表的针更温柔，在屋檐下、窗台上，在被雨水冲激出水洞的青砖上留下水音的脚步声。时间在雨滴里没有表针，只有嘀嗒。

清脆的声音之间，时间被雨滴融化了一小节。被融化的时间永远不能复原，就像雨滴不能转过身回到天空。

秋天盛满繁华之后的空旷，秋天被收走的不光是庄稼和草，山瘦了，大地减肥，空中的大雁日渐稀少。

说秋月丰收，这仅仅是人的丰收，大地空旷了，像人散尽的车站月台。

秋天显出空旷还由于天际辽远，飞鸟就算成千上万只飞过也不会拥挤。

云彩在秋天明显减少，比庄稼少得还快，仿佛云和草木稼穑配套而来，一朵云看守一处山坡。庄稼进场，青草转黄，云也歇息去了。你看秋空飘着些小片的云，像鱼的肋条，它们是云国的儿童。

浓云的队伍开到海的天边对峙波涛，波涛如山危立，是一座座青玉的悬崖，顷刻倒塌，复现峥嵘。

雨滴是天空最小的信使，它的信是昼夜不息的滴水之音。雨滴听起来单调，其实每一声都不一样。雨滴的重量不一样，风的吹拂不一样，落地声音也不同。雨滴落在鸡冠花上，像落在金丝绒上哑默无声。雨滴落在电线上，穿成晶莹的项链，排队跳下地面。

秋雨清洗忙了一年的大地。大地奉献了自己的所有之后，没给自己留一棵庄稼。春雨是禾苗喝的水，夏雨是果实喝的水，秋雨是大地喝的水。土壤喝得很慢，所以秋雨缠绵。人困惑秋天为何下雨，这是狭隘的想法。天不光照料人，还要照料大地与河流。

古人造字，最早把天写作"一"，它是广大、无法形容的一片天际；而后造出两腿迈进的"人"字。把天的意思放在"人"字肩上曰"大"，而"大"之上的无限之"一"，变成现在的"天"字。天在人与大之上，要管好多事。

天没仓库，不存什物或私房钱。天之所有无非是风雨雷电，是云彩，是每天都路过的客人——飞鸟。

天无偏私，要风给风，要雨给雨。风转了一圈又回到空中，雨入大地江河，蒸发为云，步回天庭。这就像老百姓说的，钱啊！越花越有。像慈悲人把自己的好东西送给别人，别人回报他更好的东西。

深秋的雨，不再有青草和花的味道，也没有玉米胡子和青蛙噪鸣的气息。

秋雨明净，尽管有一点冷。雨落进河流，河床丰满了一些。河流漂过枫叶的火焰，漂过大雁的身影。

天空中的大雁，脖子比人们看到的还要长，攥着脚蹼，翅膀拍打云彩，往南方飞去。河流在秋天忘记了波浪。

雨滴是透明的甲虫，从天空与屋檐爬向立秋的、白露的、寒露的大地，它们钻进大地的怀抱，一起过冬。

（图/蝈蒗猫）

听 雨

□陈 更

雨声是一种白噪声。

白噪声，就是毫无规律，全无章法。

很奇怪的是，明明下雨时最吵，可偏偏是下雨时，令人觉得天地安宁——雨有此时有声胜无声的本事。

我的爷爷在车间里做了一辈子钳工，爷爷唯一一次让我想到"偷懒"这个词，就是在一个下雨天，赋闲在家爷爷用铜盆、瓷盆、铁盆、塑料盆接着，一时间"哗哗啦啦""叮叮当当""滴滴答答"，和而不同的各种水声四起。这时爷爷，看着雨说："以前上班，在车间，要是听见外头下雨咧，就想：'哎呀，要是今儿不上班儿多好，在屋看雨。'"

大概，雨声的相伴，给人心安理得愈懒的理由，诸如"起得很迟""不要我来做饭""看书、看电影"。古人"三余"读书，冬日，夜晚，阴雨天。但如若是夜晚，又是一个失眠的人，雨声便在他心里复杂起来。而如果这个人是一个诗人，雨声更会化出千百种含义，一个夜晚能因下雨而变得截然不同。

他听得细心，要首先听出雨落何物。留得枯荷听雨声，落在枯荷之上的是清音，李商隐想着，为叶上温柔的带着荷之清气的雨声，枯荷绝不能除去。甭能炙得灯儿了，雨打梨花深闭门。秦观笔下的思妇，灯芯刹那间"噗"地灭了，黑暗中枯坐，闭门听雨打梨花。三更酒醒残灯在，卧听潇潇雨打篷。船舱里的陆游一觉醒来，残灯未灭，篷船之上的柳荫遮不住雨，尽打在船顶上。梧桐更兼细雨，到黄昏，点点滴滴。李清照的寂寞梧桐，寂寞细雨。

雨下得大小不同，声音也不同。雨声铺天盖地袭来的时候，总使人禁不住凝神细听一番。南方的雨点子大一些，打在车前窗上砰啪有声，有如敲小铜鼓，很热闹，让人顿然感觉到生机。雨，有霖霪之音，伤心枕上三更雨，点滴霖霪。点滴霖霪，愁损北人，不惯起来听。不知为何雨声是令人难忘的，少年时听的雨，蒋捷记了一辈子，他觉得这一辈子过去了，每个阶段听到的雨声都不一样。少年听雨，听出红烛罗帐的旖旎浪漫；壮年听雨，听出江阔云低、断雁西风的漂泊，凄清但自由；鬓已星星之时，悲欢离合都化入雨声中，再不起波澜。李商隐知道，将来总有团圆的那一天，且团圆的两个人一定都还记得今天的雨声，却话巴山夜雨时。几年前普普通通的泊舟之夜，杨万里也清清楚楚地记住了。归舟昔岁宿严陵，雨打疏篷听到明。茅檐昨夜疏雨作，梦中唤作打篷声。昔岁夜宿舟中，为何一夜无眠，听雨至破晓？昨夜茅檐之下，彼时此时的雨声一同响起，又有什么心事？似乎说了很多事，又似乎什么都没说，一如雨声。

雨声还具有莫名其妙的唤醒力。京国多年情尽改，忽听春雨忆江南。也是奇怪，真我已隐藏多年，怎么一场雨便要脱胎换骨了呢？涤荡，涤荡，这其中的因果关联，也是说不清楚的。

但这样洗尽沧桑的时刻毕竟难遇，大多时候，传到心里的，就是简简单单的潮湿，竹斋眠听雨，梦里长青苔。

只有最干净最无杂念的梦境，方可观苔。

今夏北京雨水极多，但夏天要告一段落了。秋日将至，"陶然亭的芦花，钓鱼台的柳影，西山的虫唱，玉泉的夜月，潭柘寺的钟声"会轮番上场，最动听的白噪声，留在了夏天。

(图/木木)

肚才与计较

□ 商　略

诸葛亮七步一个计较，周瑜一步七个计较。

这是说周瑜太聪明了，计较太多，反而无法选择；诸葛亮脑子慢些，倒更周全。这么一想，《三国演义》中的"三气周瑜"，也许是周瑜计较太多，困死了自己。

"计较"是指计策、诡计。有一个故事讲项羽追刘邦，追了好多天，刘邦无法摆脱，想出一个"计较"：在路边的大树上用糖写了自己的名字。项羽追到这里，看到无数蚂蚁爬出一个刘邦的名字，以为他是天命所归，遂喟然长叹，不追了。

日常生活不必有深谋远虑的诡计，但解决问题需要办法。

爸爸讲过一桩旧事：清末遇旱灾，山上有一路水源，东村要争，西村也要争，都想用来灌溉水田。两村争执不下，就到县衙打官司。东村人老实，递状纸说这路"田水"对东村有多么多么重要；西村的秀才奸猾，想出一个"计较"，不说"田水"，写成"吃水"，即饮用水。县官一看，吃水自然比田水紧要，就将这路水断给了西村。

吾乡说到读书人，经常使用"肚才"一词。说某人"有肚才"或"肚才好"，是指人读书熟，肚里有货。说人"肚才好"，是相当高的评价。

有时候"肚才好"就是指"计较多"：通常认为读书熟，肚才方好，计较才多，但读书熟并不意味着肚才必然好。

有个故事说，一位教书先生，人很老实，教到年底，东家想赖账，出了个"计较"，拿三道题考他，答出了才发工资：一是将大缸装入小缸，二是将屋里的地晒一晒，三是说出东家脑袋的重量。

教书先生一道题也答不出，只好闷闷地回家。他种田的弟弟得知，跑去解这三道题。第一道题，他将大缸砸得粉碎，装入小缸。东家大怒，却无可奈何。第二道题，弟弟爬上屋顶，开始掀屋瓦，东家大惊，讨饶说，这道题算答出了。第三道题，弟弟说，东家的脑袋重六斤四两。证据呢？弟弟拿了斧头直奔东家而去。当然了，结果是东家如数付了哥哥的工资。

这故事有多种版本，暗示有人的肚才只是内秀，有人不读书也可以计较多，关键是人聪明机变。

读书熟、肚才好又计较多的人，民间首推山阴秀才徐渭。

《明史·徐渭传》说"渭知兵，好奇计"，胡宗宪"擒徐海、诱王直"，他参与设定计谋。但是，民间故事直接忽视他的军事才能，虽然赞扬他肚才敏捷、计较无双，却将他的肚才用在了对对子上，计较用在了恶作剧上，消解了计较的神奇力量，变得浮滑轻佻。

（图/孙小片）

我的无知和无能

□李 娟

说起来,种地应该算世上诸多劳动中最稳妥的一种。春天播种,秋天收获。也就稍微辛苦些、单调些而已。

可大自然无从操控。所有与大自然息息相关的行为都带有赌博性质。

赌天气,赌雨水,赌各种突如其来的病害。种地就是"靠天吃饭"。

哪怕到现在,我们几乎可以改变一切了,仍无法掌控耕种的命运。

我们可以铺地膜为柔弱的小苗保温、保墒;可以打农药除草、除虫;可以施化肥,强行满足作物需求,强行改变土壤成分;还能强行改变河流走向,无论多么遥远角落里的土地,都能通渠灌溉……但是,仍和千百万年前一样,生存于侥幸之中。

农人驾驶着沧海一帆,漂流在四季之中。农人埋首于天空和大地之间,专注于作物一丝一毫的成长。农人的劳动全面敞向世界,又被紧紧桎梏于一花一叶之间。

我最无知。我曾走过许多广阔的田野,一路上静静欣赏,沉醉于这些大地上的人造景观,为人的力量和人的野心而感慨。

对那时的我来说,大地上的一切都是理所应当的存在。

粮食理所应当从土壤中产出,作物理所应当蓬勃健壮,丰收理所应当属于劳动。

我感慨完毕,便永远离它远去。

我在市场买菜,蔬菜已经捆扎得井井有条。我在饭店吃饭,食物已经盛在盘中。

如同一切已成定局。我一日三餐,无尽地勒索,维持眼下这副平凡虚弱的肉身。明明吃一碗饭就够了,我非要吃两碗。

我那些可笑的心事,可笑的悲苦,可笑的尊严——好像我活着只是为了将它们无限放大,并想尽办法令它们理直气壮地存在。

我泡沫般活着,还奢望这样的生命能够再长久一些,再有意义一些。

到了眼下,面对与我息息相关的一块田野,我却无话可说,无能为力。

我只好拼命地赞美,赞美种子的成长,赞美大地的丰收。我握住一把沙也赞美,接住一滴水也赞美。我有万千热情,只寻求一个出口。只要一个就够了。可荒野紧闭,旁边的乌伦古河日夜不息。我赞美得声嘶力竭,也安抚不了心虚与恐慌。

我不得安宁。无论生活在多么偏远僻静的地方,我的心都不得安宁。

我最嘈杂,最贪婪。我与眼下这世界格格不入。

眼下世界里,青草顶天而生,爬虫昼追日,夜逐月。风是透明的河流,雨是冰凉的流星。

只有我最简陋,最局促。

我酝酿出一份巨大的悲哀,却流不出几行眼泪。我全面袒露自己的孱弱,捶胸顿足,小丑般无理取闹,可万物充耳不闻。

我无数遍讲述自己的孤独,又讲诉千万人的千万种孤独。越讲越尴尬,独自站在地球上,无法收场。

(图/果酱的酱)

插花记

□陈 更

我很喜欢瓶插花。

每次去一个地方做活动,最大的动力是可以带花回来。最多的一次我带了九束回去,满怀都是花束,底部托在大布袋里,两只胳膊围起弧度很大的圆周。

走在路上回头率颇高,虽然前后左右都是看不到我的脸的。空乘小姐会带着一种不可思议的心情,帮我前前后后在机舱里找空着的行李架放花。

插花是很风雅的事。我抱着花赶路时,为花换水、剪枝时,总感到这仿佛是最有意义、最值得做的事。

我有一个细细长长的大玻璃花瓶,一个竹筒花瓶,还有两个小小的白瓷瓶,还有一个小玻璃瓶,带花回来后,它们都会盛起清水,蓄起鲜花,一屋子都高兴起来。那枝意外惊喜的小栀子插在小玻璃瓶里,偏爱的菊花插在小白瓷瓶里,勿忘我、满天星这样的干花插在竹筒里,其他都插在大玻璃花瓶里,有时候,百合的花萼不堪其重,在一旁看着书时,它忽然就"啪嗒"一声掉到地上,让人无奈地盯着地板上的花瞧上半天,也有的时候是换水时手里拿着花束不小心戳到墙上,一个花苞就碰掉了。

这时候也有办法,拿一个矿泉水瓶,将花苞放到瓶口,让它的底部能挨着水。于是,满桌都开满了花。

我尤其喜欢花插了两三天之后,康乃馨的边缘有了一点点焦黄色,蔷薇现出颓势来,百合的花瓣卷曲了的盛放到极致时的样子。那是"日日花前常病酒,不辞镜里朱颜瘦"的美,那是"寻芳不觉醉流霞,倚树沉眠日已斜"的美,看着是让人由不得生一点哀愁的,可是比它极富生机时的样子更沉静一些,像是它有了心事,它的美更丰富了。

巴金的《家》里,觉慧不顾危险爬上梅树去帮鸣凤折梅花送给姑太太,爱情萌生;宝玉折怡红院的梅花孝敬老祖宗;汪曾祺家后园里什么花开了,常常是他第一个发现,他的祖母佛堂里那个铜瓶里的花常常是他换新,他总在下雪的冬天早晨,去园里摘一些冰心腊梅的朵子,再掺着鲜红的天竺果,用花丝穿成几柄,清水养在白瓷碟子里放在母亲和二伯母妆台上。富贵人家,送什么都不缺,书香门第,送什么都显俗,可是花很好。不只本就浪漫的文学里花很重要,它也常为现实添得一点浪漫气息。

我在很多方面是一个大人了,或者说在努力做一个大人了,但是花里留了我一些小孩子性情。在花里,我允许自己不长大,它保留了我贪恋的一些事,我可以不克制,不隐忍,尽情地喜欢、尽情地贪恋。甚至花之死都是慈悲的,它跳出世事无常的圈子,我知道一朵百合能开三天,一朵蔷薇大概四五天,一枝康乃馨能插十天,各花有各花的命数,它们来时即告了归期的,于是一切都显得平静、淡然而自然。宠物离开了是要撕心裂肺地痛的,可一枝花开过了,要从花瓶里拿出来了,要"咔嚓"一剪子从并蒂的枝上剪掉了,我还是可以看得开,觉得事情本该如此。花也是教了我一些事的。

人不宜太过多愁善感,可是过于迟钝麻木又不能体察生活之美,瓶插花在这其中找到了一个微妙的平衡。

(图/木木)